Mimpi yang Putus

Romansa Gargoyle yang Melindungi

Demelza Carlton

Lost Plot Press

Lost Plot Press

Satu

"Saya menyatakan Anda bersalah atas pembunuhan Lady Pamela Burke, dan menjatuhkan hukuman gantung di leher sampai mati."

Bagi pria normal mana pun, atau pembunuh mana pun, kata-kata itu seharusnya menandakan akhir dari kisahnya.

Namun bagi Ben dan saudara-saudaranya, yang tidak bersalah atas pembunuhan Pamela, apa pun yang dikatakan hakim, itu hanyalah awal dari sebuah babak baru, sebuah twist dalam kisah ini, karena menurut pengalaman Ben, takdir selalu punya rencana lain.

Begitu juga dengan Inspektur Penjara.

"Saya tidak suka baju itu. Bagian kerahnya terlalu tinggi, dan dasi saya tidak sesuai dengan mode saat ini. Saya bersikeras agar Anda menggantinya, lebih tepatnya." Inspektur mengangkat dagunya agar Ben dapat melihat dengan lebih baik bagaimana cravatnya diikat hari ini.

Ben menganggguk dengan serius. "Ya, Pak. Tapi saya perlu kanvas baru dan lebih banyak cat, untuk menangkap kemiripan Anda dengan benar. Seperti biasa, saya siap melayani Anda, Pak." Dia membungkuk dalam-dalam, hampir seperti seorang pria, atau mungkin pelayan pria, meskipun dia bukan.

"Kalau begitu, Anda harus memilikinya. Saya harus memiliki potret yang menggambarkan saya dengan sempurna." Inspektur membunyikan bel dengan kekerasan sesuai dengan reputasinya sebagai orang keras yang bertanggung jawab atas penjara yang penuh dengan pelanggar terburuk di Skotlandia. "Alan!" teriaknya.

Alan, pelayan Superintendent, muncul setelah beberapa saat. "Ya, Pak?" Dia dengan tegas mengabaikan Ben, seperti biasa. Para tahanan berada di bawah pengawasannya.

"Saya ingin Anda memesan lebih banyak kanvas dan cat untuk Stone di sini. Segera!" kata Inspektur.

"Ya, Pak." Tundukannya tidak serendah Ben, yang membuat Inspektur mengerutkan kening. "Maafkan saya, Pak, tapi ada utusan yang datang dengan surat yang mendesak." Alan mengulurkan surat itu, ibu jarinya dengan hati-hati diletakkan di atas segel lilin untuk menyembunyikannya dari pandangan Ben.

Ben menyembunyikan senyum. Ia tak peduli sedikit pun dengan surat-menyurat sang Inspektur, tapi ia akan segera mendengarnya, karena pria itu suka sekali mengobrol ketika Ben sedang melukis. Biasanya tentang mode-mode terbaru di London, karena pria itu memang pesolek yang sangat bersemangat, tetapi pada kesempatan-kesempatan langka, dia membicarakan hal-hal lain.

Benar saja, Inspektur merampas surat itu dari tangan pembantunya dan mengusirnya. Ben menambahkan beberapa sapuan kuas pada lukisannya sambil menunggu, karena ia tahu bahwa Inspektur akan berubah pikiran esok hari, dan ingin mempertahankan lukisan ini serta lukisan lain yang diperintahkannya untuk dibuat oleh Ben.

Akhirnya, sang Inspektur mengeluarkan suara mengejek dan melemparkan surat itu ke atas meja. "Tahukah Anda kebodohan apa yang dilakukan oleh para petinggi dan penguasa di London saat ini?"

Sesuatu yang aneh, mode baru, kemungkinan besar. Ben membiarkan matanya melebar karena terkejut. "Aku? Tidak, Pak."

"Mereka sepertinya berpikir bahwa ada orang-orang baik di penjara, pekerja keras, dan bukan hanya penjahat. Mereka ingin saya menemukan orang yang terlatih dalam bidang bangunan - tukang batu, tukang batu, pertukangan, dan sejenisnya - sehingga mereka dapat membawa mereka ke Koloni Sungai Angsa untuk membangun sesuatu!"

Ini jelas merupakan sebuah kemajuan dari cara terbaru untuk mengikat cravat. Hope mengepakkan tangannya dengan lemah di dada Ben. "Benarkah, Pak?"

Inspektur tertawa. "Mereka bahkan menawarkan hadiah untuk setiap penjahat yang diangkut." Dia menjadi bijaksana. "Apakah Anda tahu ada tahanan yang mungkin bisa memuaskan atasan saya? Bahkan satu orang saja?"

Ben berpura-pura berpikir keras, lalu berkata perlahan, "Saya hanya bisa memikirkan tiga orang, Pak. Kakak-kakak saya, Torstan dan Dunstan, masing-masing adalah seorang tukang batu dan tukang kayu kapal, dan kemudian ada saya. Saya sedang magang sebagai tukang batu magang dengan saudara saya Torstan sampai saya ditangkap. Seharusnya saya sudah menyelesaikan masa magang saya sekarang dan menjadi tukang batu sepenuhnya. Tapi saya tidak bisa memikirkan orang lain yang bisa memuaskan Anda, Pak."

Alis sang Inspektur berkerut. "Tapi kalian bertiga dijatuhi hukuman gantung, dan saya ingin potret saya yang baru dilukis. Lagi pula, ada hadiahnya, dan menghemat biaya algojo..."

Ben tetap diam. Dia tahu kesombongan dan keserakahan pria itu berperang untuk mendapatkan supremasi, tetapi dia juga tahu keserakahan selalu menang, karena semakin banyak koin yang dimiliki Inspektur, semakin banyak yang dapat dia bayarkan kepada penjahitnya.

"Saya kira ini adalah nasib yang lebih buruk daripada kematian, dikirim ke Koloni Sungai Angsa. Saya pernah mendengar cerita tentang orang-orang yang kelaparan, dibunuh oleh penduduk asli, atau binatang buas. Tanahnya begitu berlumuran darah, warnanya merah secara permanen. Tidak ada wanita yang terlihat, karena tidak aman bagi mereka. Dengan hadiahnya, saya mungkin akan menyewa seorang pelukis yang layak juga..."

Ben mencoba untuk terlihat khawatir, sementara hatinya membumbung tinggi. Nasib sedang tersenyum padanya, dengan caranya yang aneh. Jika dia harus memilih antara bekerja di tanah asing yang berlumuran darah atau membusuk di penjara ini, dia tidak akan ragu. "Oh, Pak, kedengarannya mengerikan. Mungkin jika Anda lupa bahwa saya pernah berbicara. Saya lebih suka tinggal di sini daripada dikirim ke Koloni. Kedengarannya sangat mengerikan."

Ah, itu dia. Senyum sadis sang Inspektur, ketika dia berpikir dia sedang sangat kejam. "Kalau begitu kau akan pergi ke Koloni, Stone. Kau dan saudara-saudaramu. Mungkin kau bisa membayar kejahatanmu di sana dengan nyawamu, daripada menjadi wabah bagi orang-orang baik di sini. Dan aku akan bisa membayar pelukis sungguhan untuk melukis potretku."

Inspektur memanggil seorang penjaga untuk membawa Ben kembali ke selnya. Ben menyeret kakinya, menundukkan kepalanya, tetapi diam-diam, hatinya lebih ringan dari udara, karena keinginan tersayangnya akan segera dikabulkan.

Dua

Ketika Ben masih kecil, ayahnya akan mengajak dia dan saudara-saudaranya pergi ke Firth of Clyde, dan dia akan menunjuk ke arah laut, di mana semenanjung Kintyre berakhir, dan dia akan berkata bahwa takdir menanti mereka di sana. Ben dan saudara-saudaranya akan mengintip ke arah Laut Irlandia, berusaha keras untuk melihat menembus kabut, merasakan garam dari ombak yang mengguncang perahu di bawah mereka, dan dia bersumpah bahwa dia hampir bisa merasakan masa depan yang dijanjikan ayahnya. Saudara laki-laki Ibu, Paman Stanley, yang telah pergi ke Koloni Sungai Angsa sebelum Ben lahir, telah mengirim surat dari pantai selatan yang jauh, dan Ayah akan mengutipnya. Betapa Fremantle seperti tebing-tebing di Dover, berpasir putih dan berbatu, dengan hamparan hijau yang cukup untuk memberi makan sebanyak mungkin domba dan sapi yang bisa mereka bayangkan, dan di pantai, sebanyak mungkin rumput laut yang ingin disuburkan oleh seseorang untuk menyuburkan ladangnya, menumpuk begitu saja di pantai, menanti mereka.

Sepanjang hidupnya, Ben ingin mempercayai cerita Ayah tentang tanah ini di mana keberuntungan menunggu mereka, jika saja mereka cukup berani untuk mengikutinya. Bahkan sekarang, di bawah sinar fajar, menunggu matahari terbit di atas kota Fremantle sehingga mereka akhirnya diizinkan untuk pergi ke daratan, dia berani berharap, bahkan ketika dia berkata pada dirinya sendiri bahwa itu semua hanyalah cerita dongeng, semacam dongeng khayalan yang diceritakan pada anak-anak untuk memberikan mereka harapan palsu. Namun, ketika matahari terbit di atas gedung-gedung putih itu, menyinari mereka dengan cahayanya yang kemerahan, Ben yakin dia masih bermimpi.

Rasa garam menyengat bibirnya yang pecah-pecah saat ia melihat tebing batu kapur, yang meluncur di sebelah kirinya, sementara ombak bermain di antara kapal dan pantai, menjilati yang satu dan yang lain, tidak yakin mana yang paling disukai. Jika dia mendengarkan dengan seksama, dia bahkan bisa mendengar ombak berbisik pada pasir, saat mereka membelai pasir seperti pasukan kekasih, satu demi satu. Ombak mungkin menyentuh kapal, seolah-olah dipaksa oleh tugas, tetapi yang benar-benar mereka sukai adalah daratan.

Seperti Paman Stanley, rupanya, atau begitulah yang dikatakan Ayah.

Seperti yang Ben inginkan, jika saja tanah ini mengizinkannya.

Rasanya tak lama kemudian matahari mulai meninggi, dan ia dan saudara-saudaranya mendayung ke daratan, bahu-membahu dengan narapidana lainnya. Untuk semua cerita tentang dipukuli dengan besi dan rantai yang ia dengar sepanjang perjalanan, rasanya seperti menjadi orang bebas lagi, pulang ke rumah dan bukannya ke tempat yang tidak diketahui.

Sampai salah satu ombak memercik di sisi kapal dan airnya terasa hangat. Di rumah, laut akan terasa dingin, tapi di sini... di sini rasanya seperti mandi. Stanley memang benar. Koloni Swan River benar-benar surga.

Namun, para narapidana tidak dimaksudkan untuk menikmati pemandangan - mereka di sini untuk bekerja, para penjaga mengingatkan mereka ketika mereka memerintahkan mereka untuk menurunkan perahu dan membawa kargo ke dalam gudang berlantai tiga di tepi pantai.

Di dalam gudang, lantainya berupa pasir pantai yang lembab, dipenuhi rumput laut, tetapi para penjaga ingin para narapidana membawa kargo ke dalam, dan meletakkannya di atas karung-karung dan peti-peti yang basah. Meskipun dinding gudang mungkin sudah selesai dibangun di luar, tidak ada apa pun di dalamnya - tidak ada lantai, dinding, atau tangga.

Tor dan Dunstan tidak setuju, bergumam dalam hati tentang kebodohan membawa sesuatu ke sini, hanya untuk merusaknya, padahal sudah jelas dari kayu dan pemberat yang ditumpuk di luar, siap untuk dimuat ke kapal, bahwa semuanya akan lebih aman di luar, di bawah langit tak berawan. Ben mendengarkan mereka cukup lama untuk mengetahui apa yang mereka pikir harus mereka lakukan, sebelum dia menarik perhatian salah satu penjaga yang pernah dia bantu di sekolah kapal.

"Pak, apakah Anda tahu mengapa gudang ini belum selesai?" Ben bertanya sambil berlalu, berhati-hati agar tidak tersandung saat mengangkat sebuah karung di pundak masing-masing dan membawanya ke pantai.

"Tidak cukup tenaga kerja, Nak. Untuk itulah Anda berada di sini," kata penjaga itu.

Ben menganggguk sambil berpikir. "Jadi itulah mengapa saudara-saudaraku berbicara tentang penggunaan kayu itu untuk membangun tangga dan tingkat atas, dan batu-batu pemberat itu untuk meninggikan lantai di atas pasir." Dia mengambil pensil dan buku catatan dari sakunya dan mulai membuat sketsa dari apa yang dijelaskan Dunstan. "Seperti ini, Pak?" Dengan beberapa baris, dia sudah selesai, dan dia merobek halaman itu untuk menyerahkannya kepada penjaga.

Ben terlalu lama mengulur waktu - salah satu penjaga Koloni menyadari hal itu, dan menghampirinya untuk menghukumnya karena memperlambat pekerjaannya. Penjaga yang lain segera mendiamkannya, dan menunjukkan sketsa tersebut, sementara Ben bergegas mengangkat karung yang lain.

Saat malam tiba, mereka mulai menarik karung-karung dari pasir ke atas papan di landasan yang baru dibangun di Dunstan. Pada akhir minggu, pendaratan telah menyelesaikan lantai pertama, dan lantai kedua sedang dikerjakan, dan Tor telah mulai meletakkan batu-batu bendera Yorkshire di atas pasir di bawahnya. Dia bahkan mendengar Tuan Henderson menyarankan kepada Tuan Wray, perwira pertamanya, bahwa mereka bahkan mungkin bisa memperluas Komisariat sesuai dengan rencana awal, jika produktivitas terus berlanjut dengan kecepatan seperti ini. Itulah nama mewah dari gudang yang menjulang tinggi di atas sebagian besar bangunan lain di Fremantle, kecuali Round House, yang berada di puncak tebing di Arthur Head.

Jadi, ketika Ben berbaring di samping saudara-saudaranya, semua di tempat tidur gantung yang digantung berderet di gudang yang tidak terlalu menyehatkan yang dikenal sebagai Scott Buildings, tak jauh dari pantai, dia merasa puas mengetahui bahwa mereka mungkin narapidana, tetapi mereka membantu membangun Koloni Sungai Angsa, dan sedang dalam perjalanan untuk mendapatkan surat cuti atau bahkan mungkin pengampunan, ketika mereka akan bebas untuk mencari peruntungan mereka sendiri, seperti yang diimpikan oleh Ayah, bertahun-tahun yang lalu. Sementara itu, dia bermaksud untuk tetap menundukkan kepala dan melakukan apa yang diperintahkan. Setidaknya dia pensiun dengan perut penuh roti dan sup setiap malam, yang lebih banyak daripada yang dia dapatkan di penjara di Skotlandia. Dan sementara digantung di leher sampai mati masih menjadi ancaman, ketika dia berbaring di tempat tidur gantungnya di udara malam yang hangat, cengkeraman dingin kematian di sekitar tenggorokannya tampak jauh seperti Skotlandia yang jauh.

Tiga

"Saya dapat membantu Anda melarikan diri," kata sebuah suara lembut, meskipun suara itu terdengar sampai ke seberang jalan, karena pria yang berbicara itu berdiri di depan toko daging dengan tangan terlipat di atas celemeknya, yang jelas merupakan pemilik tempat itu.

Saudara-saudara Ben mengabaikannya - Dunstan karena dia terlalu sibuk berusaha menjaga Tor tetap berdiri dengan kaki terbelenggu, sementara Tor bergoyang-goyang, darah dari cambukan semalam merembes ke dalam celana dalamnya yang berwarna-warni. Seolah-olah cambukan itu belum cukup sebagai hukuman, dia dipaksa untuk berpakaian seperti pelawak abad pertengahan dan bekerja sekeras orang lain, sambil mengenakan rantai. Semua itu untuk mengatakan yang sebenarnya, bahwa tembok penjara yang telah dirancang oleh para insinyur akan runtuh dalam badai musim dingin pertama.

Seharusnya Ben yang berbicara dengan para penjaga. Bukan Torstan. Mungkin tidak ada gunanya - para insinyur tidak berkenan mendengarkan kekhawatiran narapidana biasa, baik yang ahli dalam bidangnya maupun yang tidak, tetapi Ben mungkin bisa menyelamatkannya dari cambuk atau rantai.

"Saya tahu di mana ada emas yang bisa ditemukan. Emas yang tidak diketahui orang lain. Ikutlah dengan saya, dan Anda bisa menjadi kaya. Cukup kaya untuk membeli tiket pulang ke rumah, dan tidak pernah bekerja lagi. Tidak ada lagi setrika, dan tidak ada lagi cambukan, selamanya." Ada kegelapan dalam nada bicara si tukang daging sekarang, seolah-olah dia mengenali rasa sakit Torstan. Mungkin memang benar - banyak narapidana yang mendapatkan pengampunan dalam lima tahun terakhir. Semua orang di kapal Ben setidaknya sudah mendapatkan tiket cuti. Kecuali tiga bersaudara Stone, yang masih menjadi tahanan seperti saat mereka tiba.

"Lebih banyak emas daripada yang bisa Anda bayangkan," tukang daging itu berseru, dengan tatapan jauh di matanya.

Cukup emas untuk membeli kebebasan dan perjalanan pulang mereka? Bahkan mungkin cukup untuk membayar Ben untuk belajar melukis dengan benar?

Ben menggelengkan kepalanya. Itu hanya mimpi, sebuah janji palsu. Tidak ada orang lain yang mendengarkan tukang daging itu - mungkin semua orang tahu bahwa dia adalah orang gila yang hanya mengatakan omong kosong.

"Omong kosong," kata Ben. "Jika Anda memiliki emas sebanyak itu, mengapa Anda akan membaginya dengan siapa pun? Perbudakan itu ilegal, Pak Tua, karena itulah yang akan terjadi pada siapa pun yang menerima tawaranmu."

"Tidak, saya akan membaginya. Cukup untuk semua orang yang membantu saya melindunginya. Saya berjanji," tukang daging itu bersikeras.

"Di mana emas ini?" Ben menantangnya. "Victoria? Mereka tidak mengizinkan narapidana masuk ke sana. Anda perlu surat-surat untuk itu."

Si tukang daging bergidik. "Tidak, jangan Victoria. Emasnya ada di sini." Dia menghentakkan kakinya ke jalan, seolah-olah jalan itu terkubur di bawah kaki mereka.

"Tidak ada yang menemukan emas di Australia Barat. Saya pasti sudah mendengarnya jika mereka menemukannya!" Ben mengejek. Dia juga akan mendengarnya. Fremantle penuh dengan gosip seperti halnya desa-desa lain di Skotlandia.

Tukang daging itu meletakkan jarinya di samping hidungnya. "Tidak jika itu adalah rahasia yang hanya aku yang tahu." Dia melihat sekeliling, lalu memelankan suaranya. "Temui aku di sini pada tengah malam di hari Minggu malam, dan akan kutunjukkan padamu." Dia mengamati jalan sekali lagi, sebelum bergegas masuk ke dalam tokonya.

"Ben, apa yang kamu lakukan di sana? Kemarilah dan bantu aku dengan Tor. Saya pikir dia perlu menemui dokter penjara."

Ben dengan patuh kembali untuk membantu Dunstan dengan saudara mereka. Di antara mereka, mereka membawanya pulang ke tempat tidur gantungnya di Scott Buildings, rantainya berdenting di setiap langkahnya.

EMPAT

Hari Minggu fajar menyingsing dengan cerah, hari musim panas yang sempurna jika dia berada di Skotlandia. Namun, di Fremantle saat itu sedang musim dingin, dan angin terasa sangat kencang. Sayangnya, tidak cukup besar untuk menerbangkan tembok yang masih disumpah-serapahi Tor.

Dua keluarga sipir sedang berpiknik di tepi pantai, sementara anak laki-laki yang lebih tua mengarungi perairan dangkal dengan pancing mereka, dan menyatakan bahwa mereka akan menangkap hiu untuk makan malam.

Ben mempertimbangkan untuk menanyakan apakah anak-anak itu bisa memancing di tempat lain, atau bahkan mengabaikan mereka. Lagipula, lukisannya sudah hampir selesai. Akhirnya, ia memutuskan anak-anak itu tetap berada di tempat mereka berada - di pantai dan di dalam lukisannya. Akan membutuhkan waktu lebih lama untuk menyelesaikannya, tetapi dia tidak ingin kembali ke Scott Buildings. Lebih baik dia mengerjakan tugas ini dan menikmati hari di bawah sinar matahari.

Cat air yang cocok dengan langit musim dingin yang pudar, dan kapal-kapal yang berlabuh di Gage Roads, jalur pelayaran yang memisahkan Fremantle dari Pulau Rottnest, yang ia lihat sebagai bayangan di cakrawala pada hari yang cerah. Tidak hari ini. Dia berharap dia memiliki minyak untuk anak-anak itu, agar bisa membedakan satu dengan yang lain. Seperti yang terlihat, mereka semua tampak sama, disikat ke dalam lanskap dengan warna cokelat, menjadi latar depan dari bangunan-bangunan beratap sirap di seberang teluk.

Komisariat ini memiliki tempat yang membanggakan, dengan atap sirap berwarna merah darah yang menjulang tinggi di atas bangunan-bangunan lain di kota. Itu adalah bangunan pertama yang ia kerjakan bersama saudara-saudaranya, tetapi bukan yang terakhir. Mereka telah membangun separuh kota, mulai dari jalanan hingga ke atas, termasuk penjara baru yang akan segera dibuka. Tentu saja mereka tidak sendirian - ratusan narapidana lain telah bergabung dengan mereka, sebelum mendapatkan tiket cuti dan pergi untuk mencari pekerjaan di tempat lain di koloni tersebut.

"Itu terlihat indah," kata seorang wanita.

Ben melirik ke balik bahunya, dan mendapati salah satu istri sipir berdiri tak jauh darinya, mengulurkan secangkir teh. Dia mengambilnya, sambil menganggguk berterima kasih kepada wanita itu.

"Saya telah mengatakan kepada John bahwa saya ingin dia menggantungnya di atas perapian, jadi saya bisa melihatnya setiap hari," lanjutnya. "Terutama dengan anak-anak saya di dalamnya. Saya tidak pernah memiliki lukisan keluarga saya sebelumnya. Saya pikir itu hanya untuk para bangsawan, wanita dan sebagainya."

Ah, jadi ini adalah istri dari sipir yang menugaskan karya ini. Seorang wanita pemberani, melakukan perjalanan ke belahan dunia lain bersama suaminya untuk memulai hidup baru di koloni baru. Seperti yang akan dilakukan Pamela, jika dia masih hidup.

Ben menghela napas. Pamela pasti sangat senang, ingin menggambar setiap saat dia berada di sini. Dia juga pernah berbicara tentang menemukan emas, sama seperti tukang daging itu. Mungkin dia tidak begitu marah, jika seseorang yang berpendidikan seperti dia tahu bahwa emas bisa ditemukan di sini.

Jika Pamela tidak meninggal, mungkin dia akan datang ke sini bersamanya, dan anak-anak mereka, untuk melukis dan piknik dan... Seandainya saja dia ada di rumah malam itu, bukannya keluar dengan saudara-saudaranya. Mungkin dia bisa menyelamatkannya. Kalau saja...

"Kita harus memintanya untuk melukis potret pernikahan Vicky kita, saat dia menikah," kata salah satu sipir.

"Vicky baru berusia tujuh tahun! Dia akan sudah besar saat dia menikah nanti," istrinya mengejek.

"Bukan yang satu ini, atau saudara-saudaranya. Pembunuh, mereka bertiga. Mereka membunuh seorang wanita di Skotlandia. Pembunuhan yang sangat mengerikan, bahkan ayahnya yang mulia sampai menangis saat membicarakannya di depan hakim, saya dengar. Orang-orang seperti dia adalah alasan kami membangun penjara baru yang besar itu, dengan tembok yang cukup tinggi untuk menahan mereka, jauh dari keluarga kami. Beberapa narapidana menjalani hukuman mereka dan diampuni, tapi narapidana yang benar-benar jahat seperti ini akan menjadi narapidana seumur hidup. Tidak bisa mempercayai mereka di sekitar orang-orang yang normal dan taat hukum. Tidak tahu mengapa mereka tidak menggantung mereka semua alih-alih mengirim mereka jauh-jauh ke sini..."

Istri sipir telah lenyap, tidak lagi cukup berani untuk berdiri di sisi Ben.

Ben memejamkan matanya. Mungkin dia sudah cukup mendapatkan sinar matahari untuk satu hari. "Lukisannya sudah selesai, Pak," katanya. "Jika Anda ingin melihatnya."

Cat air tersebut mendapat persetujuan dari sipir, dan sipir dengan senang hati membawa Ben kembali ke barak tahanan, di mana ia diberi jatah tambahan untuk pekerjaan itu. Ben hanya menyelipkan bungkusan itu di bawah lengannya dan pergi menemui saudara-saudaranya.

LIMA

Barak narapidana itu kosong kecuali Stone bersaudara, dan seorang penjaga yang berjaga di dekat pintu. Ben terkejut sejenak, sampai dia ingat bahwa narapidana lainnya telah dikirim dalam rombongan kerja ke York atau Champion Bay, menyisakan tempat untuk kapal narapidana baru yang akan tiba dalam waktu dekat.

Dia bertanya-tanya mengapa mereka tidak dimasukkan ke dalam salah satu kelompok kerja, tapi sekarang dia mendapatkan jawabannya: untuk semua mimpinya tentang kebebasan, dan rencananya suatu hari nanti untuk memberikan keadilan yang sebenarnya kepada pembunuh Pamela, dia ditakdirkan untuk mati di sini, di dalam tembok penjara yang telah dia dan saudara-saudaranya bangun. Dia berharap Tor benar tentang tembok yang akan runtuh dalam badai, karena tidak mungkin mereka bisa melarikan diri dari tempat ini jika tidak. Ketika penjara itu selesai dibangun, hanya bagian dalam tembok itu yang bisa dilihatnya. Selamanya.

Dunstan telah menyiapkan makan malam untuknya, yang dimakan Ben dengan cepat di sela-sela menceritakan apa yang dia dengar di pantai.

"Kita akan mati di sini. Kita akan membangun makam kita sendiri," Ben mengakhiri.

Tidak ada respon. Tidak ada sepatah kata pun dari kedua saudaranya.

"Nah?" tanyanya.

Dunstan mengangkat bahu. "Jika saya bisa kembali ke masa lalu, dan Anda tidak pernah melihat gadis itu..."

"Jangan salahkan Pamela untuk ini. Bahkan jika aku tidak pernah bertemu dengannya atau berbicara sepatah kata pun dengannya, tidak ada yang mengatakan bahwa Lying Cove tidak akan membunuhnya dan tetap meninggalkan tubuhnya yang malang di rumah kita, atau di tambang, atau kastil, atau di suatu tempat yang akan membuat kita terlihat bersalah. Mungkin jika kalian berdua tidak memaksa kami pergi menemui peramal malam itu, Ratu Kelpies atau apa pun dia, kami akan berada di rumah, dan ketika dia datang pada kami untuk meminta bantuan, kami bisa membelanya dari bajingan itu, sebelum kami berempat berlayar menuju koloni ini, sebagai pemukim bebas dan bukannya dirantai!" Ben menendang manacles Tor, yang bergemerincing sejenak sebelum mereka terdiam.

Tor bergidik, tapi tidak mengatakan apa-apa. Matanya berkaca-kaca, tidak bisa melihat, tapi dia tidak terlihat demam. Ben menatap Dunstan dengan curiga.

"Itulah masa depan kita. Mereka telah mematahkan semangatnya, dan Anda dan saya adalah yang berikutnya," kata Dunstan. Dia menghela napas panjang, seolah-olah dia juga sudah menyerah.

Tidak, Ben tidak akan mengizinkannya. "Kita harus melarikan diri. Sebelum mereka mengurung kita di penjara selamanya. Melarikan diri selagi kita masih bisa. Kita harus menemui tukang daging malam ini. Lihat apa yang dia tawarkan."

"Orang gila yang berteriak-teriak di jalan?" Dunstan menggelengkan kepalanya. "Jangan bodoh."

"Kita bodoh jika tetap tinggal di sini, padahal kita memiliki kesempatan untuk melarikan diri. Menurutmu berapa lama Tor akan bertahan seperti ini? Kita harus mengambil kesempatan kita sekarang, sebelum temboknya selesai dan mereka menutup gerbang dengan kita di dalamnya." Ben menatap manekin Tor. "Kita harus melepaskan rantai-rantai itu darinya, atau mereka akan membuat terlalu banyak suara dan membuat kita ketahuan."

"Kami tidak bisa..."

"Apa yang akan mereka lakukan kepada kami jika mereka menangkap kami? Kita sudah menghadapi hukuman seumur hidup di penjara, yang berarti tidak ada kehidupan sama sekali. Menurut saya, kita harus menemui tukang daging. Setidaknya dengarkan apa yang dia katakan." Ben beranjak ke jendela. Dengan hanya satu penjaga, tidak akan ada yang memperhatikannya. Dia akan keluar jendela dan melompati tembok sebelum ada orang yang tahu.

"Tidak, tunggu, aku ikut denganmu!" Kata Dunstan.

"Bawa Tor juga."

ENAM

Sebuah lilin menyala di jendela toko daging, jadi Ben mengetuk pintu, yang terbuka saat disentuhnya. Tukang daging itu sudah menunggunya.

"Turunlah ke ruang bawah tanah." Tukang daging itu memberi isyarat dari balik meja. Ben dan saudara-saudaranya tidak punya pilihan selain mengikutinya menuruni tangga, dan di antara bayangan bangkai yang menggantung di langit-langit menuju... apa yang tampak seperti jamban.

Tukang daging meletakkan jari ke bibirnya sebelum dia mengangkat kursi bangku untuk memperlihatkan sebuah tangga, yang mengarah ke kegelapan.

Kakak beradik itu saling berpandangan satu sama lain. Sebuah ruang rahasia di bawah ruang bawah tanah yang penuh dengan kematian? Ini bukan pertanda baik.

"Jika para penjaga lewat, mencari Anda, mereka tidak akan menemukan Anda di sini. Saya akan segera menyusul Anda - saya hanya perlu membeli minuman," kata tukang daging itu sambil bergegas pergi. Bangkai-bangkai domba bergoyang-goyang di belakangnya.

Dunstan mengangkat bahu. "Aku akan turun duluan. Tor, kau menyusul, dan jika aman, Ben, kau turun setelahnya. Jika tidak aman... kau yang terbaik untuk pergi dan menjemput para penjaga."

Karena sebagian besar penjaga percaya bahwa Ben adalah anak yang baik yang telah disesatkan oleh saudara-saudaranya. Jika dia mengatakan kepada para penjaga bahwa ada sesuatu yang jahat yang terjadi di bawah toko daging, dia akan dipercaya, bukannya dicambuk atau dipukuli dengan besi, seperti Tor atau bahkan Dunstan.

Nasib saudara-saudaranya akan seperti itu, jika mereka tidak digantung karena mencoba melarikan diri, bahkan jika Ben dibebaskan dengan ringan.

Ben berdoa agar tawaran sang tukang daging itu tulus, dan masa depan mereka akan menjadi lebih baik.

"Ben! Turunlah!" Dunstan mendesis.

Namun, si tukang daging sudah hampir kembali. Dia meletakkan nampan tehnya di lantai. "Maukah Anda mengambil kaleng biskuit, sementara saya membawa teko?"

Ben mengulurkan tangannya, menyelipkan kaleng biskuit itu di bawah lengannya, dan mulai menuruni tangga. Dunstan bisa saja membuat sesuatu yang lebih baik dari benda reyot ini dengan mata tertutup, pikir Ben sambil berjalan dengan hati-hati menuruni anak tangga yang bengkok. Dia bukan tukang kayu, dan dia mungkin bisa membuatnya lebih baik.

Tetapi ketika dia muncul ke dalam gua di bawahnya, dia mulai mengerti mengapa. Tempat itu tampak seperti bagian bawah lorong ranjau - balok-balok kayu yang menyangga langit-langit batu yang terpotong, dan menopang dindingnya.

Bahkan ada pijakan tangan dan pijakan kaki yang terpahat di dinding batu kapur di belakang tangga, seolah-olah tangga itu adalah tambahan baru di tempat itu. Rak-rak juga telah dipotong ke dalam dinding, untuk menyimpan kotak-kotak berdebu, yang isinya disembunyikan di bawah penutup kanvas.

Tor dan Dunstan duduk di langkan rak kosong setinggi pinggang, dengan kaki menjuntai, tetapi ketika tukang daging mengangkat teko, mereka langsung beraksi. Mereka menggeser meja di sudut ke rak, dan menyeret sebuah bangku di sampingnya, sehingga mereka bisa duduk di meja dan minum teh.

Tukang daging itu mengeluarkan cangkir dari sakunya dan mulai menuangkannya dalam porsi yang banyak. Ben meletakkan kaleng biskuitnya agar ia bisa menerima cangkirnya.

"Minumlah, tuan-tuan yang baik, dan makanlah biskuitnya. Segar dari toko roti di Market Street," kata tukang daging itu sambil mengangkat tutupnya.

Tor dan Dunstan membantu diri mereka sendiri, tetapi Ben menolak. Dia sudah kenyang saat piknik di pantai, dan makanan itu meninggalkan rasa asam di mulutnya.

"Ceritakan kepada kami tentang emas yang Anda temukan ini," kata Ben sambil menyilangkan tangannya. "Di mana di Australia Barat Anda menemukannya?"

Si tukang daging menyeringai. "Wah, tentu saja ada di sini." Dia meraih salah satu kotak dan mengeluarkan apa yang Ben sadari bukanlah penutup, tapi sebuah karung yang terlipat. "Lihatlah sendiri." Bongkahan-bongkahan emas berjatuhan di atas meja, berkilauan di bawah cahaya lentera.

Dunstan menyambar sebuah kepingan seukuran kepalan tangan dan menggigitnya, lalu menyeringai. "Ini emas, baiklah." Dengan enggan ia meletakkan bongkahan besar itu kembali ke meja bersama teman-temannya.

Pandangan Ben menyapu meja, mengukur ukuran karung, sebelum dia menghitung kotak-kotak yang berjejer di sepanjang dinding. "Jika semuanya penuh, itu berarti hampir lima ratus pon emas! Dan Anda menemukan semua itu di sini, di bawah rumah Anda?"

Tukang daging itu mengetuk-ngetuk hidungnya. "Seandainya saja Gubernur tahu, eh?

Dia akan menyuruh kalian para narapidana untuk menggali jalan, bukannya membangunnya. Tapi itu sebabnya aku butuh pemahat batu dan tukang kayu yang baik. Orang-orang kuat yang tahu cara memotong batu dan menopangnya, mau bekerja keras dan menjaga rahasiaku. Orang-orang yang baik dalam pertarungan , yang akan mempertahankan emas saya seperti milik mereka sendiri, karena sebagian dari emas itu akan menjadi milik Anda. Sekian persen dari semua emas yang Anda gali."

"Berapa persen?" Ben bertanya. Biasanya, Dunstan yang mengajukan pertanyaan, tetapi sejak penangkapan mereka, kakak tertuanya telah kehilangan semangatnya, bersama dengan hatinya, jika apa yang digumamkan pria itu dalam tidurnya benar. "Jika kita melakukan semua pekerjaan, sepertinya kita harus mendapatkan bagian yang tidak kurang dari bagian yang sama dalam usaha ini. Seperempat bagian untuk kita masing-masing."

Si tukang daging tertawa. "Kedengarannya adil. Mari kita berjabat tangan." Dia mengulurkan tangannya kepada Ben.

Ben tidak mau menerimanya. Tidak ada orang yang menyerah dengan mudah, bukan tanpa tawar-menawar. Ada yang tidak beres di sini.

"Saya membutuhkannya secara tertulis," kata Ben.

Tukang daging itu mengeluarkan perkamen, pena dan tinta, dan Ben dengan cepat menulis kontrak sederhana, lalu menandatangani namanya di bagian bawah, memerintahkan saudara-saudaranya untuk melakukan hal yang sama, sebelum mendorong kertas itu ke arah tukang daging. "Kamu juga."

William Silas Pearse menggoreskan namanya, lalu menyerahkan kertas itu kembali kepada Ben. "Jadi kita sudah sepakat. Ayo kita minum untuk itu, eh?" Ia mengambil teko dan mengisi ulang cangkir Tor dan Dunstan. Mugnya sendiri dan milik Ben masih penuh.

Mereka berempat mengangkat cangkir mereka, mendentingkannya bersama-sama dan meminumnya. Teh itu terasa seperti tar, pahit saat melapisi lidahnya sebelum membakar bagian belakang tenggorokannya, sampai ke bawah. Ben mengertakkan gigi dan tetap meminumnya. Besok, dia akan memastikan bahwa dialah yang bertanggung jawab untuk menyeduh teh dengan benar, bukan si tukang jagal ini.

Pearse bangkit dari tempat duduknya. "Saya membayangkan kalian mungkin ingin tidur nyenyak sebelum mulai bekerja di pagi hari. Ruang bawah tanah ini milik Anda - tidak ada penjaga yang akan berpikir untuk mencari Anda di sini."

Ben melihat sekelilingnya. Di mana tukang daging itu mengharapkan mereka untuk tidur? Bahkan tidak ada tempat tidur gantung, atau tempat yang cocok untuk menggantungnya. Tidak ada selimut... mungkin tidak sedingin Skotlandia, tetapi di Fremantle masih musim dingin, dan malam-malamnya terasa dingin.

Tapi Tor dan Dunstan sudah berbaring di sepanjang rak, menggunakan karung-karung kecil berisi barang-barang mereka sebagai bantal. Mereka pasti berpura-pura tidur, agar tukang daging itu pergi dan mereka bisa berbicara. Ya, begitulah.

Ben menyelipkan kontrak yang telah ditandatangani ke dalam buku sketsa, lalu menguburnya dalam-dalam di bagian bawah karungnya, sebelum menaruhnya di rak kosong sebagai bantal. Dia hanya berbaring sejenak, sampai tukang daging itu meninggalkan mereka.

Pearse menumpahkan isi cangkirnya sendiri ke lantai - dia tidak meminumnya, Ben menyadari, sebelum mengumpulkan cangkir dan teko dan menaiki tangga bersama mereka. Dia meninggalkan lentera di atas meja.

Ben menunggu sampai dia bisa mendengar langkah kaki pria itu menghilang sebelum mengikutinya menaiki tangga. Kursi jamban itu terangkat dengan mudah - jika mereka ingin melarikan diri, mereka bisa melakukannya. Hal yang tidak masuk akal, karena tukang jagal itu telah meninggalkan sekantung emas di sana bersama mereka. Bersama para narapidana.

Bagaimanapun Ben melihatnya, semua ini tidak masuk akal. Jika memang ada emas yang bisa ditemukan di Fremantle, dia dan saudara-saudaranya pasti sudah menggalinya sekarang. Jika bongkahan emas itu asli, maka mereka tidak datang dari sini. Mungkin itulah yang diinginkan si tukang daging - membebaskan para narapidana untuk membangun terowongan di bawah Fremantle, di mana mereka tidak akan menemukan emas, tetapi akan terus menggali dengan harapan akan adanya emas.

Pearse jelas mengira mereka idiot.

Yah, dia akan menunjukkan bahwa Pearse lah yang bodoh di sini, bukan dia, atau saudara-saudaranya. Satu karung emas akan membuat mereka memiliki lahan pertanian, seperti yang mereka inginkan. Mungkin tidak di sini, di mana wajah mereka terlalu familiar, tapi mungkin di Adelaide, atau salah satu koloni timur lainnya.

"Dunstan," Ben mendesis, mengguncang bahu adiknya. Dunstan hanya mendengkur lebih keras. Dia tidak bangun.

Begitu juga dengan Tor, bahkan ketika Ben berteriak di telinganya.

Saat itulah rasa kantuk mulai mencuri akalnya, dan dia menyadari bahwa pasti ada sesuatu di dalam tehnya. Teh yang diminum Pearse sama sekali tidak diminumnya.

Sambil mengumpat, Ben nyaris tidak berhasil mencapai tempat tidur daruratnya sebelum teh yang membiusnya menyeretnya ke dalam kegelapan.

Tujuh

Rochelle menarik napas dalam-dalam. Dia akan menyelesaikan pengeditan rekaman ini, kemudian menyerahkan tugas, yang mana dia akan mendapatkan nilai tertinggi, jadi dia pasti akan lulus unit ini dan semua unit lainnya sehingga dia akhirnya bisa menyelesaikan gelarnya dan lulus pada akhir tahun.

Kekuatan berpikir positif. Atau apakah itu hukum tarik-menarik? Dia sudah cukup banyak mendengarkan podcast yang memberitahunya bagaimana cara mengubah keberuntungannya. Tentunya dia akan segera mendapatkan keberuntungan.

Benar. Dia mengetuk ikon untuk perangkat lunak pengeditan videonya.

FILE TIDAK DITEMUKAN.

"Sebaiknya Anda bercanda. Jangan lagi..."

Dia menggali ke dalam menu, mencarinya dalam daftar file terbarunya. Ya, itu adalah file terakhir yang dia kerjakan. Dia mengetuk nama file tersebut.

FILE TIDAK DITEMUKAN.

Dia telah melakukan segalanya dengan benar. Menyimpannya di cloud drive, mencadangkannya di laptopnya, bahkan menyimpan cadangan rekaman yang belum diedit, tetapi semuanya hilang. Bahkan menjalankan pencarian pada hard drive-nya tidak menghasilkan apa-apa.

"SIAL!"

"Tolong, jangan ada sumpah serapah di latar belakang. Saya akan siaran langsung, dan Anda tahu jika terlalu banyak sumpah serapah, saya akan mendapatkan pelanggaran standar komunitas lainnya. Jika saya mendapatkan terlalu banyak pelanggaran, mereka akan memblokir saluran saya, dan kami akan kehilangan semua sponsor dan pendapatan iklan, dan harus memulai lagi dari awal."

Ya, dia tahu itu. Dia sudah cukup sering memberitahunya. "Maaf, Jakob. Hanya saja file video untuk tugasku hilang."

Sebuah desahan keras dan dramatis datang dari kamar tidur cadangan, yang Jakob siapkan sebagai ruang kerja komputernya. "Ini Iago, sayang. Jangan gunakan nama asli saya saat saya bekerja."

Ya, karena dunia akan berakhir jika para penggemar remajanya mengetahui bahwa ia memiliki nama yang biasa saja seperti Jakob. Atau mereka mungkin akan melacak alamatnya, dan datang menggedor-gedor pintu depan, menggemari dan meminta tanda tangan. Atau mereka mungkin akan bingung, dan berhenti menonton, yang berarti berkurangnya pendapatan iklan, kehancuran finansial, dan hal-hal semacamnya.

"Maaf. Aku hanya... kesal. Saya tidak dapat menemukan file saya. Dapatkah Anda melihat-lihat? Kamu kan ahli komputer. Saya putus asa - terbukti dengan saya kehilangan tugas saya lagi, beberapa hari sebelum waktunya."

Jakob - dia tidak bisa menganggapnya sebagai Iago, bahkan jika dia harus memanggilnya demikian - memberinya tatapan iba. "Tidak saat saya akan siaran langsung, sayang. Mereka mengeluarkan banyak sekali konten baru hari ini, dan para penggemar saya ingin sekali mendengar pendapat saya saat saya menunjukkannya kepada mereka untuk pertama kalinya. Mereka mengandalkan saya."

Itu berarti dia tidak bisa mengandalkannya untuk membantunya sama sekali, karena setelah dia selesai bermain game dan menyiarkannya di salurannya, dia akan terus berdebat dengan siapa pun yang berkomentar hingga dini hari, sebelum akhirnya dia pergi tidur dan tidur hingga siang hari, ketika dia bangun dan memulai semuanya dari awal.

Dia tidak punya pilihan lain selain menemui dosennya untuk meminta perpanjangan waktu. Jika dia membawa laptopnya dan benar-benar menunjukkan bahwa file-file tersebut hilang, mu ngkin...

Siapa yang dia bercanda? Dia akan gagal dalam unit ini seperti yang lainnya, dan kemudian mereka akan mengeluarkannya dari universitas, dan dia akan terjebak bekerja di kedai kopi seumur hidupnya. Nah, jika pandemi berdarah ini berakhir dan kedai kopi dapat dibuka kembali dengan baik, alih-alih omong kosong ini di mana pemilik kafe hanya mendapat sedikit keuntungan kecuali mereka bekerja secara gratis, tidak mempekerjakan staf, dan melakukan sanitasi tiga kali lipat. Dia sudah cukup sering mendengar Tacey mengeluh tentang pembatasan ini.

Ooh, mungkin Octavia, saudara perempuan Tacey, bisa membantu. Lagipula, dia sedang mengambil gelar ganda di bidang ilmu komputer, dan kadang-kadang bekerja di bagian bantuan IT saat dia tidak sedang mengoperasikan mesin espresso. Jika dia mampir ke Shut Up Café dalam perjalanan ke kampus, dia mungkin bisa menemui Octavia dan mendapatkan kembali semua pekerjaannya yang hilang.

Akan jauh lebih mudah jika Jakob mau membantunya, seperti yang biasa ia lakukan. Sebelum dia terkenal di internet, saat mereka berdua masih menjadi mahasiswa, dia menghabiskan waktu berjam-jam untuk memuat semua perangkat lunak yang tepat ke dalam laptopnya dan mengaturnya untuknya. Tidak ada masalah yang terlalu besar - dia akan melakukan apa pun untuknya.

Sedangkan sekarang...

"TIDAK! TIDAK! TIDAK! Anda bodoh fucking vagina! Aku menyuruhmu membaca mantra, jalang, bukan mencium pantatnya! Jika kamu sungguhan, aku akan melepaskan semua baju zirahmu dan memukulmu dengan pedangmu sendiri sampai berdarah..."

Rochelle menghela napas. Ia tahu bahwa sebenarnya ia meneriaki avatar perempuannya yang berpakaian minim di dalam game, tapi terkadang, ketika ia bermain game selama beberapa hari berturut-turut, ia mencampuradukkan keduanya dan mulai meneriakinya seperti itu juga. Hal itu tidak membantu karena dia pernah meng-cosplay-kan avatarnya di sebuah konvensi tahun lalu, dan dia menjadi sangat bersemangat sampai-sampai dia mencoba untuk memukulnya.

Dia bergidik ngeri mengingatnya. Ia tahu ada wanita di luar sana yang menyukai hal semacam itu - atau setidaknya banyak sekali pahlawan wanita yang mengaku demikian - tetapi ia dengan senang hati akan kehilangan kostum itu malam itu juga dan para arkeolog akan menemukan Cawan Suci sebelum Jakob menemukan bikini logam itu lagi. Kalaupun dia menemukannya, tidak mungkin dia akan memakainya lagi, dan kali ini, pedang itu pasti akan menancap di pantatnya sebelum pedang itu mendekati tubuhnya.

Lihat, bagaimana para penggemar siaran langsungnya senang menontonnya.

Teriakan Jakob terus berlanjut, jadi dia pergi ke luar, untuk melakukan apa yang selalu dia lakukan ketika hidup menjadi terlalu frustasi - dia membersihkan halaman rumah mereka dari bebatuan. Tidak peduli berapa banyak yang ia pungut, selalu ada seratus batu lagi yang menunggunya. Kerikil batu kapur kecil, beberapa sekecil kuku jarinya, dan kadang-kadang ada yang sebesar kepalan tangannya. Dia tidak yakin apakah orang-orang melemparkannya ke dinding batu kapurnya yang sudah tua, atau apakah batu-batu itu jatuh dengan sendirinya, karena bosan menggantung di udara selama lebih dari satu abad.

Malam ini, ia mengisi kantongnya dengan kerikil, lalu mengangkangi dinding. Dari sini, ia bisa melihat ke seberang Fremantle, sampai ke laut. Atau melintasi oval perguruan tinggi seni ke gedung-gedung di luarnya, tergantung ke arah mana dia menghadap. Kali ini, ia berbalik ke arah sekolah, atau lebih tepatnya, jalan yang memisahkan pagar belakang rumahnya dengan gedung oval. Jalan itu adalah lautan genangan air, membentang tepat di seberang jalan.

Jika dia mengarahkannya dengan tepat...

Rochelle menggeser sebuah batu di genangan air terdekat. Batu itu meluncur di atas air, menimbulkan gelombang kecil di kedua sisinya, hingga menabrak trotoar dan berhenti. Batu kedua yang dilemparnya memantul ke jalan setapak di sisi lain. Batu ketiga menghantam tembok rendah di sisi lain jalan, lalu memantul kembali ke genangan air dengan cipratan air.

Tuhan, dia bahkan tidak bisa melakukan ini dengan benar. Mungkin sudah waktunya untuk menyerah pada semua mimpi yang telah ia pegang sejak SMA.

Menjadi pembuat film yang inovatif.

Splash.

Mengunggah video pendek yang menjadi viral.

Splash.

Menciptakan sesuatu yang membuat orang lain merasa.

Splash.

Menunjukkan kepada dunia sesuatu yang belum pernah mereka lihat sebelumnya.

Splash.

Berjalan di karpet merah bersama orang tuanya pada pemutaran perdananya.

Splash.

Dia tidak membutuhkan batu untuk menghancurkan mimpi itu - kanker payudara telah melakukannya untuknya, ketika kanker itu mencengkeram Ibu dan tidak melepaskannya sampai dia menjadi bayangan dirinya sendiri di rumah sakit.

Saat itu ia masih berada di tahun pertama kuliahnya, saat ia kehilangan Mum, dan saat itulah nasib buruknya dimulai. Mum percaya pada mimpinya, lebih dari yang dilakukan Rochelle, dan tanpa Mum... sulit untuk menemukan antusiasme untuk melakukan sesuatu saat dia hampir tidak bisa bertahan untuk lulus dengan kukunya yang tergigit.

Ia berharap dengan sekuat tenaga agar seseorang menolongnya, bukannya meneriakinya.

Batu terakhir meluncur tepat di seberang jalan, melewati tembok, dan turun ke lapangan sekolah, tidak terlihat.

Ya Tuhan - bagaimana jika dia menabrak seseorang? Saat itu sudah larut malam, dan dia tidak bisa melihat siapa pun yang sedang berolahraga di lapangan oval itu sekarang, tapi bagaimana jika ada seorang tunawisma yang sedang tidur di tempat berlindung di balik tembok dan terluka oleh batunya? Dia menahan napas, mendengarkan, tapi tidak ada seorang pun yang muncul.

Rochelle menghela napas dan membiarkan batu-batu yang tersisa jatuh ke tempat tidur taman. Ia mungkin harus pergi tidur, daripada meratapi kesedihan karena kehilangan Ibu. Tidak, dia tidak membutuhkan bantuan orang lain. Dia hanya butuh tidur nyenyak agar bisa berpikir jernih dan menyelesaikan masalahnya sendiri.

Bahkan mungkin sebagian harapan dan tekadnya akan kembali muncul dalam semalam. Dia akan membutuhkan semua kemampuan persuasinya untuk membujuk dosennya agar memberikan perpanjangan waktu jika Octavia tidak bisa menyelamatkannya.

Delapan

Rasa sakit mengiris dada Ben, dan dia menjerit, mengibaskan tangannya hingga mengenai daging, dan sesuatu berderak di lantai batu.

Seorang pria mengumpat dan menginjak-injak.

Ben melompat berdiri, kepalanya bergerak dari satu sisi ke sisi lain saat dia mengamati ruangan itu. Saudara-saudaranya terbaring di tempat mereka tertidur, di atas rak, hanya saja sekarang dada mereka telanjang, dengan lingkaran berlumuran darah di dada kiri, di atas jantung mereka.

Atau di mana hati mereka seharusnya berada, dia menyadari saat dia melihat dua gumpalan darah di atas meja.

"Tor! Dunstan!" Tak satu pun dari mereka menarik napas.

"Kau telah membunuh mereka!" Ben berteriak, menerjang ke arah si tukang daging.

Tapi Pearse telah mengambil pisaunya, yang kini diacungkan di antara mereka dengan cengkeraman yang pasti dari seorang pria yang tahu bagaimana menggunakan pisau.

Hingga Ben menendang bola itu dari tangannya dan melanjutkannya dengan sebuah tinju ke wajah pria itu. Dia mungkin tidak memiliki otot seperti kedua saudaranya, tetapi dia adalah petarung terbaik di antara mereka bertiga. Dan dia bukanlah pria terhormat - para narapidana bertarung secara kotor, dan Ben dapat bertahan dengan salah satu dari mereka. Dia segera membuat si tukang daging terlentang di lantai, terengah-engah.

"Dari mana emas itu berasal?" Ben menuntut, menginjakkan kakinya di tenggorokan pria itu.

"Williamstown... Nelson!" pria itu berseru.

Kalau begitu, bukan Fremantle. Kemungkinan dicuri dari pemiliknya yang sah, sebelum disembunyikan di sini. Begitu banyak mimpi Ben untuk mengambil sekantong daging itu dan melarikan diri bersama saudara-saudaranya. Bahkan jika dia membunuh tukang daging dan pergi sekarang, seseorang akan tetap mengejarnya. Dia tidak akan pernah bebas.

Tapi orang ini... tukang jagal ini... telah membunuh saudara-saudaranya. Dia pantas digantung atas kejahatannya, bahkan jika itu berarti Ben menghabiskan sisa hidupnya di penjara. Dia harus pergi ke penjaga, dan membawa mereka kembali ke sini.

Ben menaiki tangga, menggeleng-gelengkan kepalanya untuk membersihkannya. Apapun yang dimasukkan tukang daging ke dalam tehnya membuatnya pusing. Dia memanjat keluar ke ruang bawah tanah, hanya saja tukang daging itu menangkap kakinya, hampir menjungkirbalikkannya.

Ben menendang di belakangnya, lalu menendang lagi hingga tukang daging itu melepaskannya. Tapi Ben tidak berhenti sampai di situ. Tendangan berikutnya membuat pria itu terjatuh dari tangga ke tanah, dan dia tidak bisa bangun lagi. Ben membanting pintu jamban itu dan terhuyung-huyung keluar dari toko dan menuju jalan.

"Tolong! Pembunuhan!" teriaknya, mencoba untuk berlari namun ia tidak bisa mengatur nafasnya. Sepertinya dia tidak bisa berdiri. Dia merasa dirinya jatuh, jatuh, dan dia tidak berdaya untuk menghentikan dirinya sendiri agar tidak terhempas ke jalan.

Dia mendengar suara langkah kaki. "Itu narapidana, jatuh dan mati dalam keadaan mabuk di jalan. Panggil penjaga!" kata seseorang.

Ya. Ya. Para penjaga akan datang dan membantu. Mereka akan mendengarkannya. Mereka selalu mendengarkannya.

Hentakan sepatu bot menandai para penjaga. "Balikkan dia," salah satu dari mereka memerintahkan, dan tangan-tangan kasar menggulingkannya hingga bagian belakang kepalanya membentur batu.

Ben berusaha keras untuk berbicara, membuka matanya untuk melihat penjaga mana yang datang, tetapi dia hampir tidak bisa bergerak. Apa yang ada di dalam teh itu?

"Hei, apakah itu darah? Dekatkan lentera itu."

Jeda.

"Ini adalah darah. Sepertinya dia ditusuk. Sebaiknya bawa dia ke rumah sakit, agar mereka bisa menambalnya."

"Dengan luka sedalam itu, dia tidak akan sampai ke rumah sakit. Lebih baik bawa dia ke pemakaman Skinner Street dan kuburkan dia. Dia sudah mati."

Tangan-tangan kasar mengangkatnya, mengayunkannya di antara mereka saat Ben berusaha keras untuk mengatakan bahwa ia belum mati. Tapi tidak ada kata-kata yang keluar, dan dia tidak bisa merasakan kakinya lagi. Atau kakinya. Atau apapun...

Sembilan

"Hei, Tacey, apakah Anda keberatan jika saya tinggal selama satu jam atau lebih, sehingga saya bisa mengulang rekaman video yang hilang?" Rochelle bertanya.

"Octavia tidak bisa membantumu?" Tacey tidak mendongak dari pesanan kopi besar yang sedang ia susun.

Rochelle menggelengkan kepalanya, lalu menyadari bahwa Tacey tidak akan melihatnya. "Tidak. Dia mengatakan bahwa file-file tersebut telah hilang sama sekali. Tapi saya pikir saya telah melakukan begitu banyak pengambilan gambar, saya mungkin bisa mengulang semuanya dalam waktu beberapa jam. Pengeditan dan efek yang akan memakan waktu paling lama."

Tacey melambaikan tangannya. "Hei, jika ini adalah iklan gratis untuk kafe saya, Anda bisa mengambil waktu selama yang Anda inginkan. Selama Anda membuat kami terlihat bagus."

Rochelle memaksakan sebuah senyuman. "Yah, itulah tujuannya. Saya akan gagal dalam tugas ini jika saya membuat Anda terlihat buruk. Iklan dimaksudkan untuk membuat Anda terlihat baik."

"Kalau begitu, rekamlah apa pun yang Anda suka."

Rochelle memulai dengan beberapa pemotretan dasar, close-up Tacey yang sedang menggunakan mesin espresso, uap yang mengepul dari cangkir, dan makanan di lemari kaca. Kemudian ada sedikit jeda, sehingga Tacey menawarkan untuk membuatkan latte untuk mereka berdua, meluangkan waktu untuk mengubah buih susu di atasnya menjadi sebuah karya seni. Tentu saja, saat dia selesai membuatnya, pelanggan berdatangan, semuanya memuji betapa cantiknya karya seni itu, dan meminta latte art mereka sendiri.

Rochelle dengan hati-hati merekam setiap karyanya. Dia belum yakin bagaimana cara menggunakannya, tetapi sesuatu memberitahunya bahwa dia harus melakukannya. Ketika dia merasa sudah memiliki cukup banyak rekaman untuk dikerjakan, dia duduk di salah satu meja dan mengunduh semuanya. Kemudian ia mulai mengedit, dan menambahkan efek khusus, dan...

Dia tersentak dari lamunannya saat komputernya mengeluarkan bunyi bip yang mengkhawatirkan saat CRITICAL LOW BATTERY ERROR muncul di layarnya. Dia mencari-cari di dalam tasnya untuk mencari kabel pengisi daya, tetapi tidak ada. Dia mengumpat sambil bergegas menyelamatkan pekerjaannya sebelum laptopnya mati.

"Terima kasih, Tacey. Saya akan pulang sekarang, jadi saya bisa menyelesaikan ini dan mengirimkannya. Siapa tahu? Jika dosen saya menyukainya, mungkin Anda bisa menggunakannya di beberapa akun media sosial kafe."

Tacey tertawa. "Ya, terima kasih. Pandemi ini mungkin akan berakhir pada saat saya bisa memperbarui media sosial kami."

"Atau bisnis bisa berjalan lancar, dan Anda bisa meminta kami membuatkan kopi lagi, sehingga Anda bisa menghabiskan waktu berselancar di internet untuk kencan seru berikutnya," kata Rochelle.

Tacey menggelengkan kepalanya. "Oh, tidak, saya rasa saya tidak akan berpacaran lagi sampai Rory menikah. Atau mungkin tidak sampai dia lulus SMA, setidaknya."

Rochelle tidak dapat mengingat kapan terakhir kali ia dan Jakob pergi berkencan, atau bahkan menghabiskan malam bersama. Bahkan sebelum semua restoran tutup karena pandemi, mereka hanya pergi menonton film atau semacamnya. Tapi itu berbeda. Mereka sudah bersama sejak SMA, dan hampir tidak dalam masa-masa awal cinta. Mereka tinggal bersama. Hanya selangkah lagi menuju pernikahan dan selamanya, sungguh.

Dia menghela napas. Menikah dengan Jakob tidak membuat hatinya berdebar-debar seperti dulu. Mungkin dia terlalu lelah - bekerja terlalu keras untuk menyelesaikan tugas ini. Omong-om ong...

"Sebaiknya saya pergi, jadi saya bisa menyelesaikan tugas ini tepat waktu. Beritahu saya jika Anda membutuhkan saya untuk menggantikan tugas Anda," kata Rochelle sambil mendorong pintu.

Sesampainya di rumah, ia mencolokkan laptopnya dan mengambil segelas air. Dentingan keyboard Jakob yang berderak kencang menandakan bahwa dia sedang bermain game, dan dia tahu lebih baik tidak mengganggunya di tengah-tengah pertarungan dengan monster atau yang lainnya.

Dia membuka file video dan mengaturnya untuk dirender, sehingga dia bisa mengunggahnya untuk diserahkan untuk dinilai. Setelah rendering selesai, ia menonton versi finalnya, memastikan bahwa ia telah mengatur waktu transisinya dengan tepat agar sesuai dengan musiknya. Ya, semuanya berjalan dengan sempurna - sialnya, sekarang dia ingin kembali ke kafe untuk minum kopi.

Mungkin setelah ia menyerahkan tugasnya, ia bisa pergi minum kopi dengan Jakob.

Dia mencoba membuka situs web universitas, tetapi laptopnya bersikeras bahwa situs tersebut tidak tersedia secara offline. Hal ini tidak masuk akal, karena dia seharusnya masuk ke wifi rumah.

Dia memeriksa pengaturan laptopnya, lalu memerintahkan laptopnya untuk memindai wifi, tetapi tidak muncul. Oh, ada banyak jaringan, dari rumah-rumah dan bisnis di sekitar, serta sekolah dan pusat kesenian di rumah sakit jiwa tua, tetapi bukan milik mereka.

"Jakob?" panggilnya, menuju kamar tidur yang merupakan gua permainannya. "Jakob, ada yang salah dengan wifi-nya. Bisakah Anda menyalakannya?" Dia menyuruhnya mematikan dan menyalakannya lagi, seolah-olah dia tidak mengerti apa itu power cycle. Dia mengomel setidaknya selama satu jam saat terakhir kali dia tergelincir.

"Tidak, wifi tidak aktif. Satu-satunya internet di sini adalah melalui kabel langsung ke modem, dan saya membutuhkan semua bandwidth untuk siaran langsung saya. Kami sedang menjelajahi area baru dan saya membutuhkannya untuk berjalan pada resolusi tertinggi, sehingga semua orang bisa melihat grafisnya."

Rochelle menghela napas. "Saya hanya membutuhkannya untuk mengumpulkan tugas. Lima menit, itu saja."

"Jika hanya lima menit, Anda bisa menunggu sampai saya selesai. Ini penting. Ini siaran langsung, Shellie, dan para penggemar saya mengandalkan saya untuk menunjukkan kepada mereka semua konten baru." Dia memencet tuts, lalu melanjutkan, "Ini adalah mata pencaharian saya di sini. Bukankah menyediakan makanan di atas meja lebih berharga daripada proyek kecil Anda?"

Dia tidak ingat kapan terakhir kali dia membeli makanan, menyiapkannya, atau bahkan menaruh sesuatu di atas meja yang belum dia masak. Padahal dia sudah hampir gagal dan dikeluarkan dari universitas untuk selamanya. "Jika saya gagal dalam satu tugas lagi, mereka akan mengeluarkan saya, Jakob. Saya harus mengumpulkannya, atau saya hanya akan menjadi orang yang dikeluarkan dari universitas."

"Putus? Sambungannya tidak boleh putus! Kita hampir melewati para minion dan sampai pada pertarungan bos besar!" Jakob menjerit. "Ya ampun, kau membuatku takut. Sekarang, pergilah dan berhentilah mengganggu, Shellie. Ini penting." Dia benar-benar melakukan gerakan mengusir, meskipun matanya tetap terpaku pada layar.

Seolah-olah dia tidak berada di sana. Dia tidak penting baginya, dan bahkan gelar dan hidupnya tidak sepenting monster khayalan apa pun yang bisa dilihatnya di layar. Dia tidak peduli padanya, atau apa yang diinginkannya, dan mengenai pernikahan atau kemitraan atau semacam selamanya...

Selamanya diabaikan dan diteriaki? Tidak, terima kasih.

Rochelle membasahi bibirnya. "Sudah berakhir," bisiknya. Saat kata-kata itu keluar dari mulutnya, hatinya terasa lebih ringan. "Sudah berakhir, Jakob."

Tentu saja, dia mendengarnya. Wajahnya memerah saat matanya fokus pada wanita itu, amarah membara di hidungnya. "Ini belum berakhir. Bagaimana kamu bisa mengatakan itu? Pertarungan baru saja dimulai. Sekarang, pergilah dari sini sebelum aku harus memukul pantatmu di depan semua penggemarku karena mengalihkan perhatianku dari pertarungan bos yang sangat penting ini. Itu tidak lucu, Shellie. Kau bisa lihat semua komentarnya? Mereka membanjiri. Semua penggemarku menganggapmu anak nakal. Mereka ingin aku memukulmu. Sekarang, pergilah, atau, tolong aku..."

Suaranya meninggi menjadi jeritan, tetapi dia sudah tidak mendengarkan. Bahkan, dia sudah keluar dari rumah dan masuk ke halaman, dan dia bertengger di dinding belakang sebelum omelan-nya berakhir.

Sepuluh

Gelap. Tidak bisa bernapas. Begitu banyak beban di dadanya...

Ben mendorong benda itu dengan tangannya, lalu mengangkat bahunya ke bawah dan mengangkatnya, sebelum dia mengangkatnya lagi. Sesuatu bergeser... dan ada pasir... pasir meluncur ke bawah di mana-mana... seperti dikubur hidup-hidup...

Tidak. Dia menolak untuk mati dengan cara ini. Dia harus membalaskan dendam atas kematian saudara-saudaranya. Dan Pamela juga. Dia harus hidup.

Ben mencakar dan berjuang, merayap ke atas, sampai dia menerobos udara malam yang dingin dalam hujan pasir dan rerumputan. Dia tidak pernah menyukai aroma debu batu kapur seperti yang dia rasakan sekarang, bahkan saat dia batuk-batuk di atas rumput yang lembap.

Dia masih hidup. Hidup dan...

"Tolong aku."

Kata-kata itu terdengar di kepalanya seperti wanita itu membisikkannya tepat di telinganya, tetapi tidak ada seorang pun yang terlihat.

Tapi dia harus membantunya. Jika dia membutuhkannya.

"Tidak, saya tidak membutuhkan bantuan siapa pun."

Kelegaan mengalir dalam dirinya, meskipun dia tidak mengerti mengapa. Siapapun dia, dia bertekad untuk menolong dirinya sendiri. Dia bisa menghormati itu. Jika saja Pamela memiliki kekuatan tekad seperti itu, mungkin...

Tidak. Apapun kualitas baik yang dimiliki Pamela telah lenyap bersamanya. Tidak ada gunanya berharap sebaliknya.

Dia harus memperhatikan sekelilingnya, lalu membuat rencana. Para penjaga pasti akan mencarinya. Kecuali mereka tidak mencarinya, karena mereka mengira dia sudah mati.

Dia berbalik, dan melihat apa yang sebelumnya tidak dia lihat. Dia menggali jalan keluar dari sebuah kuburan. Para penjaga telah menguburnya hidup-hidup. Sejauh yang mereka ketahui, dia sudah mati. Yang berarti dia bebas untuk mengejar tujuan apa pun yang dia suka.

Pertama, dia harus mencari tahu di mana dia berada. Halaman rumput yang indah ini tidak terlihat seperti pemakaman, dan dia tidak mengenali bangunan yang menjulang di sepanjang tepiannya, atau dinding batu kapur di antara dia dan jalan. Dia memanjat tembok itu dan turun ke jalan yang terbuat dari batu hitam yang halus. Aneh. Macam apa...

Cahaya kembar yang menyilaukan muncul di hadapannya, suara gemuruh roda yang berputar di atas batu. Tapi dia tidak bisa mendengar kuda-kuda itu, dia juga tidak bisa mengerti bagaimana kuda itu bisa bergerak begitu cepat...

Masinis tidak dapat melihatnya, dia baru sadar tepat pada waktunya, melompat ke samping dan keluar dari jalur kereta. Dia berharap untuk menabrak dinding batu kapur, tetapi dia malah tenggelam ke dalamnya, seolah-olah batu dingin itu tidak lebih dari air. Dia hampir tidak sempat mengagumi sensasi itu sebelum dia keluar dari sisi lain, jatuh berulang kali di halaman yang basah oleh embun.

Mungkin dia harus mencari jawaban di dalam gedung terlebih dahulu, kemudian, dia memutuskan, sambil bangkit berdiri. Dan mungkin juga pakaiannya, tambahnya, sambil menatap dirinya yang telanjang. Para penjaga itu tidak hanya menguburnya hidup-hidup, mereka juga mengambil semua pakaiannya. Yah, bukan berarti itu adalah pakaiannya, tidak juga, karena pakaian-pakaian itu memiliki stempel lembaga pemasyarakatan, betapapun kecilnya, tapi... Ben menghela napas.

Dia akan menyelidiki bangunan itu, menemukan beberapa pakaian, dan kembali ke rumah tukang daging, karena pasti di sanalah jawaban akan ditemukan.

Bangunan yang gelap memberi isyarat, dan ketika Ben melangkah melintasi halaman, sebuah papan nama besar mulai terlihat, diterangi oleh lampu-lampu yang dipasang di tanah. Itu adalah Sekolah Tinggi Seni, kata papan nama itu, dan Ben tertawa terbahak-bahak.

Apakah dia sudah meninggal dan pergi ke surga? Karena satu hal yang ia impikan dan harapkan selain datang ke Swan River Colony adalah suatu hari nanti ia bisa mendapatkan dana untuk bisa belajar seni dan belajar menggambar dan melukis seperti seniman sejati.

Tidak, takdir suka menertawakannya, seperti yang mungkin terjadi sekarang, karena berani percaya bahwa ia mungkin memiliki tempat di surga, setelah semua yang telah ia lakukan. Sekolah tinggi seni ini pasti nyata, sama seperti saat dia masih hidup, meskipun tampaknya lebih merupakan keajaiban daripada akal sehat.

Tapi Ben akan memanfaatkan keajaiban ini, dan membuatnya bekerja untuknya, dia bersumpah, saat dia memasuki portal suci dari perguruan tinggi seni yang misterius ini.

Sebelas

Ketika matahari terbit, Ben menyelinap di antara dinding-dinding kampus, seperti yang dikatakan oleh nalurinya, dan tidak lama kemudian koridor mulai bergema dengan langkah kaki. Pertama, langkah penuh percaya diri dari para pengajar, yang membuatnya terkejut karena mereka terdiri dari pria dan wanita, meskipun mereka berpakaian sangat mirip, seolah-olah pengajar wanita diharuskan berpakaian seperti pria. Kemudian para siswa, berseragam dalam nuansa biru, termasuk rok tartan sepanjang rok panjang, tetapi dikenakan oleh para gadis.

Perguruan tinggi seni ini sangat aneh. Dia hampir tidak dapat memahami setengah dari apa yang mereka katakan pada awalnya, sampai dia menjadi terbiasa dengan aksen mereka yang aneh, dan bahkan saat itu, banyak kata-kata yang tidak dikenalnya. Namun dia menyerap semuanya - setiap kata, setiap gambar yang muncul seolah-olah secara ajaib di layar di depan setiap ruang kelas, atau di papan tulis yang sama ajaibnya dengan yang dimiliki oleh setiap siswa.

Kelas-kelasnya juga bukan hanya seni - sejarah, geografi, matematika, dan ilmu pengetahuan yang hampir tidak dapat ia percayai. Dia menemukan bahwa lapangan tempat dia dikuburkan biasa digunakan untuk pertandingan sepak bola. Apakah para penjaga tahu bahwa mereka menguburnya di bawah lapangan olahraga? Dia belum pernah mendengar bisikan di Fremantle bahwa ada perguruan tinggi seni yang sedang dibangun, tetapi dia tidak dapat menyangkal bukti indranya. Sekolah itu sama nyatanya dengan dirinya, dan merupakan sumber pengetahuan yang sesungguhnya.

Keajaiban keberadaannya tidak benar-benar menyadarkannya sampai dia menguping salah satu kelas sejarah, tentang segala hal.

"Apakah ada yang tahu kapan demam emas dimulai di Australia Barat?" tanya sang guru. Dia adalah salah satu dari sedikit wanita yang mengenakan pakaian dengan gaya yang dikenal Ben - kemeja yang dikancingkan hingga ke tenggorokan dan rok yang melilit di pergelangan kakinya saat berjalan.

Tangan-tangan melambai-lambai di udara, dan para siswa mulai menyemburkan angka-angka, yang tidak masuk akal bagi Ben, atau gurunya, yang menggelengkan kepala pada mereka semua.

Ia mengetuk-ngetukkan jarinya di atas papan tulis dan sebuah gambar muncul di layar di bagian depan ruangan.

"Emas pertama kali ditemukan di Australia Barat pada tahun 1885, di Halls Creek, kemudian di Southern Cross, lalu Cue, sebelum penemuan besar di Kalgoorlie dan Coolgardie yang membutuhkan Skema Pasokan Air Goldfields, sebuah jaringan pipa yang membentang hingga ke Kalgoorlie dari Mundaring Weir, di bukit-bukit di luar kota Perth..."

Dia tidak mungkin mengatakan tahun 1885. Namun, di sana ada di layar, bersama dengan serangkaian tanggal yang berpuncak pada penyelesaian pipa pada tahun 1903. Sejarah bagi guru dan murid-muridnya, yang berarti...

Di bagian bawah layar, dengan huruf dan angka kecil yang tidak pernah ia perhatikan, ia melihat waktu, diikuti dengan tanggal. Tanggal hari ini, jika bisa dipercaya.

Napas Ben tersengal di tenggorokannya. Hari di mana Pearse membantai saudara-saudaranya terjadi pada bulan Juni 1855. Layar memberitahunya bahwa saat itu masih bulan Juni, tetapi di tahun 2020 yang mustahil.

Seratus enam puluh lima tahun telah berlalu, sementara rumput tumbuh di atas makamnya dan sebuah sekolah seni berdiri di sampingnya. Tak heran jika mode telah berubah, dan papan tulis anak-anak bekerja seperti sihir. Jika dia dilahirkan di zaman sekarang, bukannya dibesarkan di bawah pemerintahan Ratu Victoria, apakah dia akan duduk di ruang kelas ini, menimba ilmu yang hampir tidak dapat dia bayangkan?

Lebih buruk lagi, dia benar. Ada emas yang bisa ditemukan di Australia Barat, dan jika dia tidak dipenjara dan kemudian dikubur, dia mungkin yang akan menemukannya.

Takdir pasti sedang tertawa terbahak-bahak saat ini.

Pikiran Ben berputar. Begitu banyak yang telah berubah dalam satu setengah abad sejak dia dikubur. Dia bahkan tidak bisa membayangkan bagaimana dia masih hidup saat ini. Si penjagal pasti telah merapalkan semacam mantra padanya, yang tidak hanya menjelaskan keabadiannya, tapi juga kemampuannya untuk berjalan menembus dinding dan sayap yang muncul dan menghilang dalam sekejap. Bukan berarti dia punya banyak alasan untuk menggunakan sayap, apalagi dengan tetap berada di dalam sekolah ini.

Mengapa Pearse membangunkannya? Mengapa sekarang? Karena jika si penjagal bisa membuat Ben menjadi abadi, maka tentunya dia sudah melakukan mantra yang sama pada dirinya sendiri. Itu berarti Pearse mungkin mencarinya, dan jika Ben berniat membalas dendam atas kematian saudara-saudaranya, maka dia perlu mengetahui sebanyak mungkin tentang kehidupan saat ini, karena Pearse pasti merasa nyaman di sini seperti saat dia berada di Fremantle pada tahun 1855.

Jadi Ben menghantui sekolah, semacam hantu yang berwujud fisik, menyerap semua pengetahuan yang dia bisa, dan mengamati orang-orang di masa ini. Para siswa mengingatkannya pada dirinya sendiri, selama masa sekolahnya - mudah teralihkan perhatiannya, bosan, tidak menyadari betapa berharganya pengetahuan. Dan para gu ru... ia terus terganggu oleh wahyu yang disampaikan oleh setiap guru yang tampaknya dapat disampaikan secara terus-menerus sehingga membuatnya terengah-engah.

Dia merasa diperas, otaknya akan meledak keluar dari tengkoraknya, ketika dia mencari sesuatu yang tidak asing lagi.

Dia hampir menangis ketika dia menemukan studio seni, sebuah ruangan yang penuh dengan siswa yang membuat sketsa dengan pensil, melukis dengan palet dan kuas, dan beberapa bahkan menggunakan pastel... Ben ingin berteriak kegirangan. Ini adalah jenis perguruan tinggi seni yang ia impikan, dan di sini mereka mengajarkan seni kepada anak-anak!

Sepanjang hari, dia memanjakan matanya dengan semua karya seni yang sedang dibuat, sampai anak-anak pulang dan matahari mulai terbenam. Kemudian, dia menyerah pada godaan, mengambil sekotak pastel dan alas gambar untuk dirinya sendiri, sebelum berjalan ke bukit di belakang sekolah untuk memanjakan diri dengan karya seninya sendiri.

Dua Belas

Menatap ke arah oval sekolah, menyaksikan senja yang mulai turun, hati Rochelle mulai berdebar-debar. Hubungannya dengan Jakob sudah berakhir. Kenapa dia tidak melihatnya lebih cepat? Dia sudah tidak peduli lagi padanya. Dia sudah menikah dengan game apa pun yang dia mainkan, dan dia bahkan tidak melihatnya melewati avatar seksi berpakaian minim yang dia pilih untuk bertarung untuknya.

Permainan berakhir untuk mereka. Sungguh. Dia tidak dapat menghentikan air matanya sekarang, mengalir di pipinya seperti anak laki-laki remaja yang melakukan tantangan di Maccas larut malam setelah pesta kelas 12. Oke, mungkin air matanya tidak terlihat seperti air mata anak remaja yang menyusut dingin saat mereka berlari telanjang di ruang makan, tapi air mata itu masih membuatnya bergidik dan berharap dia bisa menutup matanya dan tidak melihat ... semuanya.

Kalau saja.

Dia mengambil batu paling atas dari tumpukan batu yang dia simpan di sini dan melemparkannya sekuat tenaga. Batu itu terbang melintasi jalan dan memantul ke batu oval di bawahnya. Satu demi satu, dia melemparkan batu, sampai semuanya habis. Setelah itu, ia membenamkan wajahnya ke dalam tangannya yang penuh debu batu kapur, dan terisak dengan air mata yang mengalir deras.

Tanpa Jakob, dia tidak punya siapa-siapa. Ibu telah tiada, Ayah masih berada di utara, mengelola peternakan, dan siapa yang tahu kapan ia akan mendengar kabar darinya lagi, karena ia berada di luar jangkauan telepon satelit hampir sepanjang waktu, dan itu pun hanya digunakan dalam keadaan darurat. Ha. Perasaan kesepian dan sengsara yang dialaminya bukanlah keadaan darurat. Dia seharusnya sedih, atau bahagia, atau semacamnya, tapi saat ini, yang dia rasakan hanyalah marah.

Marah pada dirinya sendiri karena tidak menyadarinya lebih cepat. Marah pada Jakob karena begitu egois, dia bahkan tidak menyadari bahwa dia telah putus dengannya.

Sebuah tawa kecil keluar, menembus air matanya. Ya Tuhan, dia menjadi gila sekarang. Kesal, marah, dan tertawa pada saat yang bersamaan.

Jika ada yang bisa melihatnya...

Dan saat itulah dia melihatnya. Di seberang jalan, di tempat pengintaian di atas bukit, menatap tepat ke arahnya.

Rochelle ingin menyusup ke balik dinding dan menyelinap pulang.

Tapi ini adalah rumahnya, dan temboknya, dan dia punya hak untuk menjadi gila di sini seperti halnya di tempat lain. Selain itu, menatap itu tidak sopan.

"Apa yang kamu lihat?" bentaknya.

Dia berhenti sejenak dan memiringkan kepalanya sedikit. "Wah, mengagumi pemandangan yang indah, tentu saja."

Tiga Belas

Dia menatapnya seolah-olah tidak percaya. Yah, mungkin dia tidak bisa melihatnya sebaik yang dia bisa. "Naiklah ke sini dan lihatlah, jika Anda mau. Ini sangat berharga," katanya, memberi isyarat.

Gadis itu menegang, tulang punggungnya tegak keluar dari kemerosotan yang menyedihkan saat dia menarik napas dalam-dalam. Dia luar biasa - dari menyedihkan menjadi permaisuri dalam satu tarikan napas.

"Anda mengharapkan saya datang ke sana?"

Sebenarnya, dia tidak melakukannya, meskipun dia akan menyukainya jika dia melakukannya. Kemudian lagi, bertemu dengan pria asing di malam hari bukanlah sesuatu yang dilakukan oleh gadis-gadis yang baik - sekarang atau nanti, karena beberapa hal tidak berubah. Untuk semua kesenangannya pada pemandangan yang indah, bahkan Pamela pun akan merasa ragu-ragu. Bukan berarti hal itu menyelamatkannya, pada akhirnya.

Gadis ini, siapa pun dia, tidak akan bernasib seperti Pamela.

"Tidak jika kamu tidak mau. Ini, saya akan datang kepada Anda, jadi saya bisa menunjukkannya kepada Anda," kata Ben, sambil menutupi tanah di antara mereka dalam beberapa langkah penuh semangat.

Dia adalah orang pertama yang dia ajak bicara sejak terbangun di dalam kubur. Orang pertama yang benar-benar melihatnya. Dan jika dia bisa melihatnya, maka dia berhak untuk melihat apa yang dia gambar.

Dia mengulurkan buku sketsanya, tinggi di atas kepalanya, karena dinding yang didudukinya lebih tinggi satu kaki darinya. Untuk sesaat, ia berpikir bahwa ia akan melompat dari dinding dan melarikan diri, sampai ia melihat ke bawah ke arah kertas itu. Dan terkesiap.

"Kamu telah menggambar matahari terbenam di atas pelabuhan. Burung-burung bangau, kapal-kapal, dan air, semua bayangan gelap dan pantulan cahaya jingga...indah sekali," ia menghela napas, mengambil sketsa itu darinya untuk melihatnya lebih dekat.

"Yah, pemandangannya, atau dulu. Warnanya memudar sekarang," katanya, sambil menundukkan kepalanya. Ia tidak yakin bahwa ia telah mendapatkan bayangan langit yang tepat, terutama dengan garis-garis awan di atasnya. Ia lebih mahir menggunakan kuas, dan cat air atau cat minyak, daripada pastel berkapur ini, tetapi para siswa telah belajar menggunakannya hari ini, dan tangannya gatal untuk mencobanya sendiri. Ia belum bisa membayangkan menggunakan pastel untuk sebuah potret, karena ia belum cukup terampil untuk itu, tetapi sebuah lanskap yang luas... itu bukan karya terbaiknya, tetapi setidaknya ada sesuatu.

"Seandainya saja saya bisa menggambar seperti ini. Menciptakan sebuah bentuk seni yang tidak hilang begitu saja ke awan setiap kali komputer saya cegukan," gumamnya, sambil menyerahkan buku itu kembali.

Dia mengetahui bahwa papan tulis yang digunakan anak-anak sekolah kadang-kadang disebut tablet atau komputer, dan dia telah melihat mereka membuat karya seni di atasnya, bersama dengan pelajaran mereka yang lain. Tapi seni seperti apa yang lenyap ke awan? Seni yang bisa terbang?

Dia berhenti sejenak untuk mempertimbangkannya. Dia telah mengetahui tentang mesin yang bisa terbang, jadi pemikiran untuk menggabungkan penerbangan ke dalam seni... menakjubkan. Mengapa, jika dia terbang ke awan, dia bisa menggambar seperti apa yang dilihat burung dari ketinggian. Dia ingin... tidak, dia ingin tahu lebih banyak.

"Tolong, ceritakan lebih banyak tentang seni fana Anda di awan," pintanya.

Dia tertawa. "Ketika Anda mengatakannya seperti itu, hampir terdengar seperti ketika ia menghilang, itu adalah bagian dari apa yang saya maksudkan, alih-alih hanya kesialan yang luar biasa. Media yang saya sukai adalah film. Video, dalam segala bentuknya, meskipun sebagian besar digital. Saya mencoba menangkap apa yang ada di sana dengan lensa, kemudian setelah pengeditan dan efek dan segala macam hal, membuatnya menjadi sebuah film yang membuat orang merasakan sesuatu, atau setidaknya melihat sesuatu yang tidak mereka lihat sebelumnya. Bahkan jika itu hanya beberapa detik." Ia menunjuk ke arah buku sketsanya. "Ini bukan tentang keterampilan dalam mengambil gambar, atau rekaman, tetapi berada di tempat yang tepat dan waktu yang tepat untuk melihatnya."

Ben mengangguk perlahan. Dia telah melihat para siswa melakukan hal serupa, menangkap gambar satu sama lain di papan tulis mereka, atau dengan perangkat yang lebih kecil yang mereka sebut ponsel. Membuat sketsa sesuatu akan jauh lebih mudah jika ia bisa menyimpan gambar yang jelas di sebuah perangkat, untuk dilihat kembali nanti. Sesuatu yang fana, disimpan selamanya. Atau tidak selamanya, jika itu menghilang.

"Lalu, bagaimana karya seni Anda bisa hilang?" tanyanya.

Dia mengerutkan kening. "Seandainya saya tahu. Saya merekamnya, menyimpannya, dan mencadangkannya, lalu ketika saya kembali untuk menemukannya... file tersebut hilang, seperti tidak pernah saya simpan di sana sejak awal. Kadang-kadang saya bahkan menyelesaikan banyak pengeditan, hanya untuk kemudian file-file tersebut lenyap. Kadang-kadang saya bahkan tidak sempat mengeditnya. Rasanya seperti saya menghapus semuanya, setiap kali saya menyalakan komputer, tetapi saya tahu itu bukan saya. Saya tidak melakukan apa pun pada mereka. Mereka hilang begitu saja."

"Mungkin awan-awan itu sangat menyukai karyamu, atau mereka iri dengan kemampuanmu, jadi mereka mencurinya," Ben menyarankan. Dia sudah cukup banyak mengenal para pencuri di penjara, yang memiliki seribu alasan mengapa mereka mencuri. Iri hati adalah hal yang kuat ketika orang lain memiliki lebih banyak daripada Anda.

Ia tertawa terbahak-bahak. "Saya hanya seorang mahasiswa pembuat film, dan hampir tidak lulus, jadi saya tidak bisa membayangkan ada orang yang cemburu pada saya. Kecuali jika itu adalah AI, karena saya pun bisa melakukan pekerjaan yang lebih baik daripada kebanyakan AI..." Dia melirik ke belakangnya, ke rumah tempat Ben membayangkan dia tinggal. "Aku mungkin harus masuk ke dalam dan tidur, jadi aku bisa bangun pagi dan mengumpulkan tugasku tepat waktu.

Senang sekali berbicara denganmu. Mungkin jika Anda akan membuat sketsa matahari terbenam lagi dan Anda melihat saya di dinding, kita bisa berbicara lagi? Dan Anda bisa menunjukkan lebih banyak lagi hasil karya Anda?"

Semua karyanya yang lain sudah lama hilang, kemungkinan besar hilang bersama saudara-saudaranya. Yang ia miliki hanyalah satu lanskap pastel yang tercoreng dengan tergesa-gesa, dan dia telah melihatnya.

Tapi dia tidak boleh mengecewakan seorang wanita, jadi Ben menggumamkan sesuatu yang menyenangkan, sebelum melihat wanita itu menyelinap dari dinding dan kembali ke rumahnya.

Setelah dia yakin gadis itu tidak terlihat, dia bergegas kembali ke sekolah. Banyak yang harus ia kerjakan, jika ia berniat untuk menunjukkan kepada gadis ini, seni seperti apa yang bisa ia ciptakan. Karena jika dia mengagumi sketsa kasar malam ini, dia pasti akan terpesona dengan sesuatu yang lebih detail. Jenis pekerjaan yang membuatnya mendapatkan hak istimewa di penjara, atau, sebelum itu, uang untuk membayar biaya perjalanan mereka ke Koloni Sungai Angsa.

Hanya ketika ia menemukan pensil di ruang kelas seni dan mulai membuat sketsa seekor gadis rusa yang bertengger di dinding, ia baru menyadari bahwa ia bahkan tidak tahu namanya.

Empat Belas

Keajaiban dari keajaiban, videonya masih ada di sana keesokan paginya, saat ia mengirimkannya untuk dinilai. Tetapi bukan berarti ia bisa bersantai - ia masih memiliki satu penilaian lagi yang harus diserahkan untuk unit ini, dan ini adalah penilaian yang paling sulit. Tugas ini mengharuskannya membuat beberapa video iklan pendek dengan durasi yang berbeda-beda, menciptakan sebuah kampanye cerita. Dia telah memeras otaknya sepanjang hari untuk menghasilkan sesuatu yang cocok untuk Shut Up Café, yang tidak terlalu murahan sehingga membuat orang tidak tertarik.

Ia tidak bisa menyingkirkan sosok anak laki-laki itu dari pikirannya - anak laki-laki aneh yang membuat sketsa matahari terbenam. Ia berharap bisa mengetahui namanya, atau semacamnya, tetapi satu hal yang melekat di benaknya adalah betapa tertariknya pria itu pada karya seninya yang fana itu.

Karena... itulah yang dimaksud dengan kampanye video media sosial. Itu bersifat fana, dimaksudkan untuk bertahan dalam waktu singkat, tetapi harus membekas di hati orang-orang, untuk menggerakkan mereka, meskipun hanya sesaat, sehingga tetap melekat pada diri mereka setelah karya seni itu sendiri tidak ada lagi, atau tidak lagi terlihat. Seperti... video yang muncul di feed media sosial Anda. Atau gambar di atas kopi Anda...

Itu dia!

Semua seni latte yang telah dibuat Tacey - apakah dia masih memiliki rekaman yang diambilnya? Pasti ada di laptopnya di suatu tempat... kecuali, tentu saja, laptopnya sudah lenyap ditelan awan.

Dua puluh menit kemudian (setengahnya dihabiskan untuk mengumpat), Jakob berjalan ke dapur dan membuka lemari es.

Rochelle menarik napas dalam-dalam. "Dapatkah Anda membantu saya menemukan beberapa file yang seharusnya ada di cloud drive saya? Saya tahu saya telah menyimpannya..." Itu terdengar lebih cengeng daripada yang dia inginkan, tetapi sepertinya berhasil, sama saja.

Jakob mengambil laptop itu dari tangannya dan mengetuk-ngetuknya. "File apa? Tidak ada file video di sini."

Dia mengintip dari balik bahunya. Ia tahu bahwa barang-barang yang ia rekam di kafe telah hilang, tetapi sekarang sepertinya tugas yang ia kirimkan juga telah lenyap. Untung saja dia sudah mengirimkannya pagi ini.

"Mereka semua ada di sana kemarin..." dia memulai.

Dia mengangkat bahu dan meletakkan laptopnya. "Anda pasti sudah membayangkannya. Tidak ada apa-apa di sini."

"Tapi mereka ada di sini, dan saya bisa membuktikannya. Saya mengeditnya tadi malam. Saya mengirimkan versi finalnya pagi ini. Nama-nama file masih muncul di perangkat lunak pengeditan, lihat? Hanya saja ketika saya melihat ke dalam folder, nama-nama itu tidak ada di sana."

Dia mengintip ke dalam kulkas lagi. "Di mana makan malamnya? Bukankah seharusnya kamu memasak makan malam daripada bermain-main dengan komputermu, mencari video yang tidak ada di sana? Aku akan segera melakukan siaran langsung, dan kamu tahu aku harus makan sebelum gula darahku terlalu rendah, karena kamu tahu apa yang terjadi jika gula darahku terlalu rendah."

Dia berubah menjadi balita yang rewel dan suka mengamuk, yang hampir selalu terjadi hampir sepanjang waktu.

Selain itu, dia sudah kesal karena dia mengira bahwa dia hanya berkhayal.

"Saya tidak sedang bermain-main di depan komputer. Saya sedang mengerjakan tugas, yang harus saya lakukan untuk lulus unit ini, sehingga saya tidak dikeluarkan dari universitas, atau kehilangan rumah ini, yang hanya boleh saya tinggali selama saya belajar, kalau-kalau Anda lupa. Lagipula, ini bukan giliranku untuk memasak. Malam ini, giliranmu, karena aku biasanya melakukan tur dengan cahaya obor di penjara pada Jumat malam." Rochelle melipat tangannya di dadanya. "Dengar, ini benar-benar tidak berhasil. Saat kamu pindah, kita berdua belajar, dan sama-sama mengerjakan separuh pekerjaan rumah. Kecuali saat kamu membantuku dengan dukungan teknis, dan terkadang aku memasak sementara kamu menangani hal-hal yang berhubungan dengan komputer. Tetapi jika kamu bahkan tidak bisa memasak makan malam ketika tiba giliranmu, dan kamu bahkan tidak mengizinkanku mengumpulkan tugas-tugasku saat aku perlu agar kamu bisa bermain ga me..."

"Siaran langsung game saya tidak hanya sekadar bermain game. Di antara pendapatan iklan dan kesepakatan sponsor, sayalah yang menghasilkan uang di sini. Bukan kamu. Jika Anda tidak memasak makan malam untuk saya sekarang, Anda tidak hanya akan kehilangan rumah. Kamu juga akan kehilangan aku, dan kamu akan menjadi pecundang terbesar yang pernah ada. Sekarang buatkan aku makan malamku, jalang, dan aku ingin makanan itu ada di mejaku sebelum aku harus pergi siaran!" Jakob meloncat ke ruang kerjanya.

"Saya sudah bilang ini sudah berakhir. Aku sudah mencampakkanmu dua kali, dan kamu terlalu pecundang untuk mendengarkannya, dasar pemalas." Dia membuka lemari es. "Kau mau makan malam? Baiklah, makanlah salah satu makanan beku yang kau buat saat aku bekerja malam. Aku akan memasukkannya ke dalam oven untukmu, tapi saat timernya berbunyi, itu masalahmu." Dia membuka segel plastiknya, memasukkan makanan itu ke dalam oven, dan membanting pintunya.

Kemudian dia berlari ke luar untuk memanjat tembok sebelum Jakob melihatnya menangis.

Lima Belas

Lebih dari segalanya, Ben ingin membuat sketsa kota Fremantle di siang hari, dari ketinggian, tetapi ia tahu bahwa ia tidak dapat melangkah ke dalam sinar matahari. Bagaimana dia tahu itu, dia tidak bisa mengatakannya, tetapi ada kepastian dalam naluri tubuhnya untuk bersembunyi dari sinar matahari, sehingga dia tidak repot-repot mempertanyakannya. Nalurinya jarang sekali salah, dan dia mengabaikannya dengan risiko yang harus d itanggungnya... atau lebih buruk lagi, risiko bagi orang-orang terdekatnya.

Bukan berarti dia tidak memiliki siapa pun yang bisa membahayakan, tetapi...

Sebuah kepala muncul dari balik dinding, sebelum disusul oleh sebuah tubuh. Nafas Ben tercekat di tenggorokannya saat dia duduk di sana lagi, kaki terlipat di bawahnya seperti peri yang terserang penyakit, saat dia menarik lengannya ke belakang dan melemparkan sesuatu yang jelas ke seberang jalan menuju lapangan olahraga di bawahnya.

"Aku berharap bisa bertemu denganmu lagi," Ben memulai, mendekat perlahan dari tempat pengintaian, agar tidak mengagetkannya. "Apakah Anda datang ke sini setiap malam?"

"Tidak." Sebuah rudal lain meluncur di seberang jalan. "Dulu saya tidak pernah melakukannya, tapi sekarang sepertinya saya ingin melakukannya. Ini lucu, saya bukan orang yang butuh atau ingin menyendiri, tapi saya tidak ingin menghindari orang lain, melainkan menghindari seseorang secara khusus. Kami sudah saling kenal sejak lama. Kami bahkan pergi ke sekolah bersama, dan bersahabat sejak SMA. Kami sering menyelinap ke rumah nenek saya untuk berkumpul. Kemudian dia meninggal dan kami menjadi lebih dekat dan dia pindah dan sekarang dia... tidak sama lagi."

"Anda kuliah di perguruan tinggi seni ini?" Ben bertanya.

Dia berhasil tersenyum kecil. "Ya, benar. Saya tinggal bersama Nenek selama masa sekolah, lalu pulang ke rumah untuk liburan. Yah, sampai Ibu meninggal. Saya pikir itulah yang membuat Nenek sedih, sungguh - ketika ia kehilangan Ibu, ia seperti... menyerah. Saya baru saja berusia delapan belas tahun, jadi Ayah mengizinkan saya tinggal di sini sendirian, selama saya masih bersekolah, dan kemudian ketika saya mendaftar di universitas, dia bilang saya bisa tinggal sampai saya lulus. Meskipun saya tidak tahu apakah itu akan terjadi."

Perempuan yang kuliah di universitas. Lulus, sama seperti pria. Ben hanya bisa mengaguminya.

"Universitas tempat Anda belajar produksi film," katanya perlahan.

Dia menggelengkan kepalanya. "Ya, meskipun untuk berapa lama lagi, saya tidak tahu. Saya terus kehilangan semua video yang saya rekam. Aku tahu aku menyimpan video-video seni kopi itu. Aku yakin akan hal itu. Aku... tunggu. Saya berada di kafe, dan baterai saya hampir habis. Mungkin aku tidak mendownloadnya dan masih ada di kamera .. Kalau begitu yang harus kulakukan adalah mendownloadnya dan aku bisa mulai mengerjakan tugas. Wow, hanya dengan berbicara dengan Anda, segalanya menjadi jauh lebih baik."

Ben menundukkan kepalanya. "Senang bisa membantu, meskipun saya tidak yakin saya bisa mengklaim banyak pujian untuk Anda yang telah menyelesaikan masalah Anda sendiri."

"Mungkin tidak, tetapi ketika saya kesal dengan sesuatu di rumah, saya akan pergi ke halaman, memanjat pagar dan berbicara dengan sapi-sapi tentang hal itu sampai saya merasa lebih baik, atau menyelesaikan masalah. Biasanya ada lebih banyak sapi daripada orang, dan saya tidak pernah marah pada sapi."

Ben tertawa. "Kedengarannya seperti tempat saya dibesarkan di Skotlandia. Hanya saja bagi kami itu adalah domba. Saya tidak bisa mengatakan bahwa saya pernah mencoba bercakap-cakap dengan domba. Saya tidak ingat mereka sangat cerdas, atau banyak bicara."

Ia juga tertawa. "Saya tidak bisa membayangkan memiliki domba di sana, meskipun beberapa pemilik stasiun memilikinya, dan kemudian mereka mengeluh tentang dingo. Dingo dan anjing liar dapat membunuh domba, tetapi mereka jauh lebih waspada terhadap sapi, jadi kami tidak pernah mengalami kehilangan ternak seperti itu. Sebagian besar sapi terjual habis, setelah melewati tahun-tahun yang buruk, tetapi Ayah masih di sana, melakukan pekerjaannya, dan mungkin menghasilkan keuntungan. Sejujurnya saya tidak tahu apakah dia mengharapkan saya untuk mengambil alih suatu hari nanti, atau apakah dia bermaksud untuk menjual tempat itu ketika dia ingin pensiun. Namun, saya tidak bisa membayangkan diri saya menjalankan stasiun seperti itu. Saya akan membutuhkan seorang manajer, jika saya mampu membayarnya. Atau saya bisa membukanya untuk turis sebagai tempat peristirahatan para seniman, mungkin..."

"Seniman yang ingin melukis dan memfilmkan sapi?" Ben bertanya. Dia tidak bisa membayangkannya, tapi dia pernah mendengar hal-hal yang lebih aneh.

Dia hanya tertawa. "Mungkin. Orang-orang kota ingin merasakan semak-semak, dan melihat peternakan yang bekerja, bahkan hanya sekali dalam hidup mereka. Tapi warna-warna di atas sana... tanah merah dan semak belukar yang rendah, gunung-gunung yang menjulang entah dari mana, kuno seperti mereka telah memandang ke bawah ke arah peternakan itu sejak dunia dimulai, bertanya-tanya apa yang dilakukan sapi-sapi ini di tanah mereka. Begitu banyak burung juga - burung-burung besar, elang dan sebagainya. Oh, dan bintang-bintang di malam hari... hampir seperti berada di Stasiun Luar Angkasa Internasional, sangat jelas. Jika Anda punya kesempatan, Anda harus melihatnya."

Tanah merah darah, seperti yang dikatakan dalam cerita. Mungkin dia harus pergi dan melihatnya. Setelah dia berurusan dengan tukang jagal, tentu saja.

"Ada beberapa stasiun kerja di dekat Coral Bay dan Exmouth yang diperuntukkan bagi turis asing. Ditambah lagi, ada pantai dan snorkeling di Ningaloo Reef yang luar biasa." Dia mengangkat kedua tangannya, sekitar satu kaki. "Saya pernah berada sedekat ini dengan hiu yang lebih besar dari saya. Untungnya, itu adalah hiu karang, jadi dia tidak tertarik pada saya. Saya rasa hiu itu sama terkejutnya dengan saya, jadi dia berenang pergi, lebih cepat dari yang bisa saya ikuti. Sayang sekali. Saya ingin sekali mengambil gambarnya."

Seorang gadis tak kenal takut yang mengejar hiu di dalam air, di dunia yang mengizinkannya untuk melakukan hal-hal seperti itu. Ben menggelengkan kepalanya. Dalam semua mimpinya yang paling liar, dia tidak bisa membayangkan masa depan seperti ini. Atau bahwa dia akan berada di sini untuk melihatnya.

Suara bip melengking datang dari rumah di belakangnya.

Dia memiringkan kepalanya, mendengarkan sejenak, sebelum dia berkata, "Itu makan malam Jakob. Bukan masalah saya." Ia turun dari dinding dan mengulurkan tangannya untuk mengambil buku sketsa miliknya. "Apa yang kamu gambar malam ini?"

Dia sedang sibuk. Sore ini, dia naik ke titik tertinggi di sekolah, dan berbaring di bawah atap, untuk mencoba membuat sketsa Fremantle di bawah sinar matahari sore, seperti hari ini. Awan telah membuat lautan menjadi kelabu seperti yang dia ingat dari perairan Skotlandia, jadi dia tetap bertahan dengan sketsa pensil, mengubah semuanya menjadi nuansa abu-abu. Dia menunggu hari yang cerah sebelum mencoba mereproduksi pemandangan tersebut dengan cat air.

Tetapi bunyi bip terus terdengar, dan ia semakin merasa tidak nyaman, bahkan saat ia membuka-buka sketsa-sketsanya.

"Maafkan saya, mungkin saya harus pulang dan mematikannya," katanya, dengan enggan menyerahkan kembali bukunya. Kemudian dia menatap dengan ragu-ragu ke arah dinding. "Saya tidak menyadari betapa tingginya di sisi ini. Sial, sepertinya saya harus berjalan kaki." Dia berjalan menyusuri jalan setapak menuju kegelapan.

"Tunggu, saya akan berjalan bersamamu. Agar kamu tetap aman," katanya, bergegas mengejar.

"Tidak perlu," katanya, tetapi dia hampir bisa merasakan kelegaan yang mengalir deras.

Jadi, para wanita yang berjalan sendirian tidak aman sekarang, lebih dari pada masa Ben. Kesedihan memperburuk suasana hatinya. Mungkin masa depan ini tidak sesempurna yang terlihat.

"Tidak masalah," dia bersikeras, karena dia merasakan tarikan yang kuat untuk melindunginya.

Jika saja dia ada di sana untuk melindungi Pam ela...

"Apa yang Anda suka rekam, ketika Anda tidak sedang mencoba menangkap hiu?" tanyanya, mengikuti langkahnya.

Dia menatapnya dengan tatapan aneh. "Itu hanya sekali, jujur saja. Fotografi bawah air tidaklah mudah, dan semuanya bergerak begitu cepat, sulit untuk merekam apa pun. Tetapi bahkan dengan hiu, ini adalah... momen. Saya ingin mengabadikan momen. Momen dalam waktu, sehingga saya bisa mengabadikannya selamanya. Yang mungkin berarti saya harus menjadi fotografer pernikahan, atau videografer, karena hanya itu yang mereka lakukan. Tapi video, bukan foto, karena saya ingin menangkap gerakan yang tidak ada dalam foto diam. Maksud saya, sebuah foto adalah seperti sebuah lemari kupu-kupu, dengan semua kupu-kupu mati yang dipegang oleh peniti, atau boneka, makhluk taksidermi dengan mata kaca. Tapi sebuah film... Anda bisa melihat makhluk itu bergerak, seperti masih hidup. Maksud saya, ada banyak sekali gambar thylacine, harimau Tasmania, dan bahkan boneka di museum, tetapi seseorang baru-baru ini mewarnai video salah satu yang terakhir yang masih hidup di penangkaran, dan ketika Anda menontonnya, itu seperti hidup kembali, alih-alih punah selama lebih dari delapan puluh tahun. Hampir seperti membangkitkannya dari kematian." Dia menarik napas dalam-dalam, lalu tertawa terbahak-bahak. "Dengarkan saya bercerita tentang membangkitkan orang mati. Saya tahu itu tidak mungkin, tapi... Saya ingin merekam sesuatu yang akan dilihat seseorang dalam waktu delapan puluh tahun lagi, sehingga mereka akan merasa seperti melakukan perjalanan waktu, meskipun hanya sesaat."

Melakukan perjalanan ke masa lalu yang sudah diketahui, bukan ke masa depan yang tidak diketahui. Jika Ben dapat memilih ke arah mana dia akan pergi, dia akan memilih masa lalu, sehingga dia dapat mengubah banyak hal. Menyelamatkan Pamela, dan mungkin saudara-saudaranya juga. Namun di sinilah dia, di...

"Ini aku." Ia menunjuk ke arah pintu depan sebuah pondok yang sepertinya sudah ada di sini sejak Ben tiba di Fremantle. Sebuah pondok yang luas, menurut standarnya, tetapi jauh lebih kecil dari bangunan di sekitarnya. Seolah-olah rumah-rumah, seperti halnya kota itu sendiri, telah berkembang dari waktu ke waktu.

Dia meraih gagang pintu, lalu matanya membelalak ngeri.

Enam Belas

Rochelle meraih pintu, hanya untuk menyadari bahwa kenopnya tidak bisa diputar. Dia telah meninggalkan kuncinya di dalam, dan sekarang dia terkunci di luar. Dan jika Jakob bahkan tidak bisa mendengar pengatur waktu oven yang berbunyi dengan keras, dia pasti tidak akan mendengar Rochelle mengetuk pintu.

Dia harus mencari kunci cadangan, di depan orang asing yang ramah yang masih belum sepenuhnya dia percayai... dan menemukan tempat persembunyian baru saat dia pergi. Dan tak lama kemudian, sebelum makan malam Jakob terbakar dan menyalakan alarm kebakaran.

Rochelle menarik napas dalam-dalam, mengambil kunci, dan memasukkannya ke dalam kunci. Seolah-olah secara ajaib, pengatur waktu oven terdiam.

Makan malamnya benar-benar terbakar.

Dia merenggut pintu hingga terbuka, lalu menariknya dari tangannya dan Jakob berdiri di ambang pintu, siap untuk meledak.

Dan tentu saja, dia melakukannya.

"Dari mana saja kamu? Dari mana saja kamu? Kenapa kamu membiarkan makan malamku gosong?" Lubang hidungnya membesar, membuatnya terlihat lebih seperti sapi daripada manusia saat ia mengamati jalanan. Ketika dia melihat rekannya, dia mengerutkan bibirnya dan meraung, "Siapa dia? Apa kamu selingkuh dengan pria brengsek ini saat makan malamku sedang gosong?"

Dia mendorong Rochelle untuk berhadapan langsung dengan artis yang masih belum dia ketahui namanya. "Kamu pikir kamu bisa datang ke sini dan merebut pacarku, noob?"

Dia memegang pundaknya. "Jakob, jangan. Sudah kubilang, kita sudah selesai, dan aku baru saja berbicara dengannya." Jakob dua kali lebih besar darinya. Satu pukulan dan dia akan menghancurkan pria malang itu, hanya karena bersikap baik.

Jakob menepisnya. "Apakah Anda tahu siapa saya, orang baru? Aku Jakob Tollak, atau dikenal sebagai Iago, dan aku makan sampah seperti kamu untuk sarapan. Pergilah sebelum aku mengunyahmu seperti roti panggang."

Sang seniman hanya menyeringai. Dia meletakkan buku sketsanya dan benar-benar berpose berkelahi dengan tinjunya terangkat. "Saya tidak pernah mendengar tentang Anda. Bawalah, nak."

Jakob akan menghancurkannya.

"Tidak, jangan..." Rochelle mulai, mencoba melangkah di antara mereka.

Hanya saja, ada sesuatu yang bertabrakan dengan kepalanya, mengirimnya jauh ke dalam kegelapan.

Tujuh Belas

Anak laki-laki itu mungkin bertubuh kekar, tetapi dia jelas bukan petinju. Sama seperti Ben yang selalu menjadi yang terkecil di antara saudara-saudaranya, tapi dia dengan mudah menjadi petinju terbaik. Lebih cepat berdiri daripada Dunstan, lebih cepat berpikir daripada Torstan, dengan mata seorang seniman, dia bisa melihat dari cara otot dada seseorang bergerak sejelas orang itu berteriak, jauh sebelum dia bisa mendaratkan pukulan. Itu berarti dia tahu di mana tinjunya harus berada, dan di mana tubuhnya tidak boleh berada, untuk menang.

Narapidana lain pada awalnya menganggapnya sebagai mangsa empuk, tetapi setelah dia mengalahkan beberapa dari mereka dalam pertarungan yang adil dan tidak adil, mereka segera belajar untuk mewaspadainya, dan saudara-saudaranya.

Flapdoodle ini tidak memiliki peluang.

Ben dengan mudah menghindari pukulan pertama pria itu, dan akan menghindari pukulan kedua, jika saja dia tidak masuk ke dalam perkelahian. Ben tidak berpikir - dia hanya bereaksi, menempatkan dirinya dalam jangkauan si bodoh untuk melindunginya. Hanya si bodoh yang tersentak mundur dengan panik saat Ben bergerak masuk, mengayunkan tangannya agar tidak terjatuh. Satu kepalan tangan yang kuat menghantam pipinya, dan dia terjatuh, kedinginan karena pukulannya atau karena kekuatannya yang menghantam geladak.

"Ya Tuhan, kamu telah membunuhnya. Ini salahmu!" si flapdoodle memekik, sambil mengeluarkan ponselnya.

Bahkan sebelum Ben dapat menyangkal kebohongan tersebut, anak laki-laki itu mulai berbicara dengan seseorang di teleponnya.

Jika ia tidak melihat para siswa di sekolah seni melakukan hal ini, ia mungkin mengira ada keajaiban yang sedang terjadi.

Tapi saat ini, dia tidak peduli dengan sihir atau ilmu pengetahuan atau apa pun yang menjadi bahan bakar ponsel anak itu. Semua perhatian Ben terfokus pada gadis yang terbaring di kakinya. Masih bernapas, syukurlah, tapi berdarah dari luka di kepala di bawah rambutnya. Ben bukanlah seorang dokter, dan gadis itu pasti membutuhkannya. Jika saja dia tahu di mana menemukannya, dia akan segera pergi.

"Saya butuh ambulans, dan juga polisi. Seorang pria gila mengetuk pintu kami dan ketika pacar saya menjawabnya, dia memukulnya! Dia tidak sadarkan diri, dan dia masih berkeliaran." Anak laki-laki itu melayangkan tendangan ke arah Ben. "Aku akan menelepon polisi untukmu. Jangan sentuh dia!"

Anak laki-laki itu menyebutkan namanya dan alamatnya, sebelum ia kembali menghampiri Ben. "Kau yang melakukan ini!" dia mengembik. "Kamu menjauhlah darinya, kamu dengar, atau kamu akan tahu apa yang mereka lakukan pada orang bodoh sepertimu di penjara!"

Ben tidak bisa menahannya. Dia tertawa. "Oh, saya tahu semua tentang penjara. Menurutmu kenapa aku bisa kabur? Menurutku, kaulah yang memukulnya, jadi kaulah yang seharusnya ditangkap, bukan aku. Yang saya lakukan hanyalah mengantar wanita itu pulang."

Mata anak laki-laki itu membelalak. "Kamu tidak bisa... kamu..." Dia menjatuhkan telepon dan bergegas pergi ke jalan.

Ben mempertimbangkan untuk mengejarnya, untuk menyeretnya kembali ke pengadilan, tapi dia tidak bisa meninggalkannya. Dia juga tidak bisa membiarkan polisi menangkapnya, tapi... dia tidak bisa meninggalkannya. Bahkan hanya dengan membayangkan meninggalkannya saja sudah membuatnya ngeri. Dia harus melindunginya.

Dia tidak tahu berapa lama dia berdiri di sana, berharap dia tahu apa yang harus dilakukan, sampai mobil van itu berhenti, dan dua wanita berpakaian hijau keluar, mendorong tempat tidur logam yang sempit. Perawat atau dokter atau apa pun itu, memindahkannya dengan cepat, memeriksanya sebelum memindahkannya ke tempat tidur dan mendorongnya ke dalam van.

Sebelum Ben dapat memutuskan apakah akan mengikuti mereka atau tetap tinggal di sini untuk menunggu, sebuah mobil bertuliskan POLISI berwarna biru di bagian sampingnya berhenti di tempat mobil van tadi berada. Ben menelan ludah. Sudah terlambat untuk lari sekarang - mereka hanya akan mengejarnya.

Dan ketika mereka menemukan bahwa dia telah melarikan diri dari penjara seratus enam puluh lima tahun yang lalu... Ben tidak yakin apa yang akan mereka lakukan.

Jika mereka mengenalinya. Karena dia mengenal semua penjaga penjara, dan dia belum pernah melihat dua orang ini sebelumnya. Yang satu seorang wanita, dan yang satunya lagi berkulit hitam. Namun keduanya mengenakan seragam mereka dengan penuh percaya diri yang membuat Ben merasa tidak ada gunanya menantang otoritas mereka - waktu telah berubah, dan dia sangat perlu beradaptasi dengan mereka.

Namun, ia tidak bisa mencari tukang daging itu jika ia kembali ke penjara.

Sebuah ide mulai terbentuk. Ide yang gila, tetapi tidak lebih gila dari kebanyakan ide lainnya yang telah berhasil dengan baik baginya.

"Siapa nama Anda?" tanya polisi itu.

Ben menelan ludah. "Jakob. Jakob Tollak."

Pria itu hanya menganggguk dan menuliskannya. Seolah-olah dia mempercayainya. "Apa yang terjadi?"

Ben memutuskan untuk sedikit lebih berani. "Dia membakar makan malam saya, jadi saya marah. Saya tidak bermaksud memukulnya, tetapi dia menghalangi, dan dia terjatuh dan kepalanya terbentur."

Polisi itu menatapnya dengan penuh kecurigaan, mungkin juga dia. "Bagaimana dengan penyerang itu? Petugas mengatakan ada orang lain?"

Ben menelan ludah lagi. "Saya membohonginya, jadi bantuan akan datang lebih cepat. Dia tidak sadarkan diri, dan saya tidak tahu apa yang harus saya lakukan. Saya tidak bermaksud memukulnya..."

Polisi wanita itu bertukar pandang dengan rekannya, dan pria itu menganggguk. "Jika Anda mau ikut dengan kami ke kantor polisi, kita bisa menyelesaikan masalah ini."

Ben memejamkan matanya sejenak. Kembali ke penjara, tempat terakhir yang ingin ia tuju. Setidaknya mereka tidak tahu nama aslinya.

Delapan Belas

"Dia sudah bangun. Nona, bisakah kau mendengarku? Bisakah Anda memberi tahu saya nama Anda?"

Kepala Rochelle sakit dan bunyi apa itu? Apakah itu pengatur waktu oven atau alarm asap? Dia hanya ingin bunyi itu berhenti.

"Nona? Dapatkah Anda memberi tahu saya nama Anda?"

Rochelle menyipitkan mata ke arah wanita berseragam itu. "Saya Rochelle Bourke."

"Apakah Anda ingat apa yang terjadi?"

Dia mengalihkan pikirannya ke belakang. Pengatur waktu oven, mengkhawatirkan alarm asap, Jakob yang berkelahi dengan orang asing yang baik hati itu... tidak ada. Tapi jika ia harus men ebak... "Kurasa... seseorang memukulku?"

"Apakah Anda merasa cukup sehat untuk berbicara dengan polisi tentang hal itu? Karena mereka sudah menunggu..."

Sebenarnya tidak, tapi yang terbaik adalah menyelesaikannya. "Tentu." Dia berjuang untuk duduk, dan mendapati bahwa sakit kepalanya tidak terlalu berdenyut ketika dia tidak menatap ke arah lampu yang terang.

Seorang polisi wanita masuk ke dalam bilik, lalu menarik tirai kembali ke tempatnya dengan suara gesekan logam yang membuat gigi Rochelle gemetar. Dia menarik kursi tamu hingga duduk menghadap Rochelle dan mengeluarkan sebuah tablet.

"Bisakah Anda memberi tahu saya nama dan alamat Anda?"

Rochelle menghela napas dan memberikan rinciannya.

"Saya dan rekan saya dipanggil ke rumah Anda tadi malam, karena ada telepon tiga kali nol dari Tuan Jakob Tollak, yang juga tinggal di alamat Anda. Ketika kami tiba, dia sangat tertekan, mengatakan bahwa dia telah menabrak Anda dan membuat Anda pingsan. Dia juga mengatakan bahwa ada sesuatu yang terbakar, tapi tidak ada tanda-tanda kebakaran. Bisakah Anda ceritakan apa yang terjadi?"

Menerima tanggung jawab atas tindakannya. Tidak seperti Jakob. Sekali lagi, jika dia mengatakan bahwa dia akan memukulnya, maka dia mungkin melakukannya. Satu hal yang lebih tidak mungkin daripada dia bertanggung jawab atas tindakannya sendiri adalah dia menyalahkan orang lain.

"Saat itu adalah gilirannya untuk memasak makan malam, tetapi dia harus bekerja, jadi saya memasukkan sesuatu ke dalam oven untuknya dan mengatur pengatur waktu, lalu pergi berjalan-jalan. Ketika saya pulang, saya mendengar timer berbunyi, dan ketika saya masuk, dia berteriak dan menggerakkan tangannya dengan liar. Kemudian sesuatu menabrak saya dan saya tidak ingat banyak hal lainnya," kata Rochelle.

"Jika pacar Anda memukul Anda, maka saya sarankan untuk mengajukan permohonan penahanan," kata polisi wanita itu.

Rochelle memejamkan matanya. "Dia bukan pacar saya. Dia memang pacar saya, tapi saya sudah putus dengannya, atau saya sudah mencoba, dan dia tidak mau pergi."

"Semakin banyak alasan untuk mendapatkan perintah pencegahan kekerasan. Dia tidak akan diizinkan mendekati Anda, sehingga dia tidak akan bisa menyakiti Anda lagi."

Rochelle menghela napas. Sepertinya tidak cukup serius untuk membutuhkan perintah penahanan, tapi...

"Jika dia memukul Anda sekali, dia akan melakukannya lagi. Kekerasannya akan terus meningkat, hingga nyawa Anda dalam bahaya. Semakin lama Anda tinggal, semakin kecil kesempatan Anda untuk keluar hidup-hidup."

Jika polisi bisa membuatnya cukup takut untuk membuatnya mengatakan yang sebenarnya, maka dia akan mendengarkan mereka ketika mereka menyampaikan perintah penahanan. "Baiklah. Katakan padaku apa yang harus kulakukan untuk mewujudkannya."

Sembilan Belas

Ben berharap untuk keluar dari mobil polisi di Penjara Fremantle, di tengah-tengah tembok batu kapur tinggi yang dipahat olehnya dan saudara-saudaranya dengan tangan, tetapi sebaliknya, polisi itu membawanya ke sebuah bangunan bata yang terletak di antara toko-toko dan rumah makan, dengan hanya ada papan nama POLISI di bagian depan yang menandakan bahwa bangunan itu tidak sama dengan bangunan lainnya.

Dan sel-sel itu... sebagian kandang, sebagian dinding biasa, dan semuanya kosong. Ben menghela napas lega. Begitu tidak ada yang melihat, dia bisa menyelinap ke salah satu dinding dan bebas.

Dia menghabiskan waktu enam belas menit di dalam selnya, menurut jam di dinding, sebelum Ben melarikan diri. Dia menunggu selama setengah jam, untuk melihat apakah ada orang yang menyadari bahwa dia hilang dan mencoba mengejarnya, sebelum dia memutuskan bahwa tidak ada yang benar-benar peduli dengan apa yang terjadi padanya, dan menyelinap melalui tembok ke jalan di luar.

Tidak ada seorang pun yang berjalan di jalan setapak yang tampak menyadari kemunculannya di tengah-tengah mereka - dia hanyalah bayangan di malam hari. Di High Street, salah satu papan penunjuk jalan memberitahunya. Jalan yang sama dengan toko daging itu, bertahun-tahun yang lalu.

Untuk pertama kalinya sejak dia terbangun, Ben mulai merasakan harapan. Harapan bahwa ia mungkin akan berhasil menemukan si penjagal dan keadilan bagi saudara-saudaranya.

Dua Puluh

Alih-alih langsung pulang ke rumah dari rumah sakit saat mereka membebaskannya, Rochelle meminta supir taksi untuk berhenti di Shut Up Café, di mana ia bisa melihat Tacey melayani pelanggan.

"Hai Rochelle, ada yang bisa saya bantu?" Tacey bertanya ketika Rochelle mendekati konter.

Rochelle menarik napas dalam-dalam. "Saya butuh tempat tinggal."

Tangan Tacey berhenti menyeka meja di tengah-tengah usapan. "Kenapa?"

Ceritanya seperti tumpah begitu saja. Segalanya, kecuali sang artis.

Hingga Rochelle mengakhiri dengan, "Jadi polisi merekomendasikan saya untuk mencari tempat tinggal, sampai mereka memiliki kesempatan untuk mengirimkan surat perintah penahanan sementara kepada Jakob dan dia pergi dari tempat saya."

Tacey meringis. "Saya ingin membantu Anda, sungguh, tapi tempat kami penuh sesak. Maksudku, ada aku, Octavia, dan Rory, dan dengan Sybil yang terjebak di Kutub Utara, mencari mumi es, kami menyimpan barang-barangnya, dan teman serumah Callie tidak berhasil masuk sebelum perbatasan ditutup, jadi dia kembali tinggal bersama kami, di kamar Sybil, saat masa sewanya berakhir."

"Sungguh, saya akan dengan senang hati tidur di sofa. Ini hanya akan berlangsung selama satu atau dua minggu," kata Rochelle, hatinya tenggelam.

"Saya akan menawarkan tempat tidur sofa jika saya bisa, tapi itu pun sudah tidak ada lagi. Kami harus menyimpannya di lantai atas di sini untuk memberi ruang bagi barang-barang Sybil. Octavia terkadang tidur di atasnya saat dia mengerjakan proyek film di studio yang dia buat di lantai atas..."

Rochelle berani berharap. "Jadi, Anda mungkin memiliki ruang di sini?"

Tacey menatapnya sejenak. "Sebenarnya, itu bukan ide yang buruk. Sudah ada pembicaraan mengenai pembatasan jam kerja, jadi kita bisa segera memiliki pelanggan yang duduk di meja di dalam, dan saya berharap untuk membuka kafe di malam hari lagi. Octavia biasanya menangani shift malam, tetapi dia mengambil peran dukungan teknis di bagian utara, jadi jika Anda bersedia untuk bekerja di malam hari di kafe, saya bisa mengizinkan Anda untuk tinggal di sini. Tidak ada dapur di lantai atas, jadi Anda harus menggunakan dapur kafe, tetapi Anda akan memiliki akses ke kamar mandi staf di lantai atas, dan tentu saja tempat tidur sofa..."

Rochelle bertepuk tangan. "Oh, kedengarannya sempurna. Saya juga bisa menggunakan studio Octavia untuk menyelesaikan proyek media saya."

"Saya tidak tahu seberapa ramai kafe ini di malam hari, atau ketika kami buka kembali. Kami harus memperhitungkannya, tergantung pada seberapa ramai pengunjungnya. Anda mungkin harus tutup lebih awal, atau buka lebih lama. Jika tidak ada yang datang, kami mungkin harus berhenti beroperasi di malam hari sampai bisnis kembali ramai, tetapi Anda masih bisa tetap tinggal, bahkan jika kami tutup. Yah, sampai masalah dengan mantanmu selesai. Bukankah kamu bilang rumah tempat kamu tinggal sebelumnya adalah milik keluarga?"

Rochelle mengangguk. "Rumah itu milik nenek saya. Dia memberi syarat dalam surat wasiatnya agar saya tinggal di rumah itu sampai saya menyelesaikan kuliah. Entah itu karena saya lulus atau diusir... siapa yang tahu?"

"Tentu saja kamu akan lulus. Tanpa mantanmu, yang membuat hidupmu sulit, aku yakin kamu akan baik-baik saja. Apakah kamu butuh bantuan untuk membawa barang-barangmu? Jika kamu bersedia menunggu sampai aku menutup kafe dan menjemput Rory dari sekolah..."

Rochelle menggelengkan kepalanya. Membayangkan seorang gadis kecil seperti Rory menjadi sasaran amarah Jakob atau lebih buruk lagi, lebih banyak kekerasan... tidak. Hanya... tidak. "Aku akan baik-baik saja. Sebagian besar barang-barangku muat di dalam koper, jadi aku akan memilih waktu ketika Jakob sedang siaran langsung, terlalu sibuk untuk menyadari bahwa aku ada di sana, mengemasi apa yang kubutuhkan, dan kembali sebelum kau tutup di sore hari. Jangan khawatir."

Untuk kali ini, semuanya berjalan lancar seperti jarum jam. Keajaiban di atas keajaiban, Jakob tidak ada di rumah, jadi hanya butuh waktu kurang dari satu jam sebelum Rochelle kembali ke kafe, mengemasi barang-barangnya di apartemen studio yang sangat besar di atas kafe.

"Gunakan peralatan saya jika Anda mau. Saya tidak akan membutuhkannya saat saya pergi, dan saya baru saja memperbarui kartu grafis di komputer saya. Pasti akan lebih baik daripada laptop Anda."

Rochelle terlonjak kaget. "Octavia? Kukira Tacey bilang kau ada di utara!"

Octavia menyeringai. "Saya akan terbang lagi besok pagi. Mungkin hal yang bagus juga, jadi aku bisa menyiapkanmu di sini. Oh, dan aku telah memikirkan masalah cloud Anda, dengan file-file Anda yang hilang dan sebagainya. Sekali atau dua kali, saya akan menyalahkan perangkat lunaknya, tapi setiap salinan, di mana pun Anda menyimpannya? Tidak, itu berbahaya - baik kode maupun orangnya. Saya akan menjalankan pemindaian sistem secara menyeluruh, dan mengubah kata sandi Anda. Saya yakin itu akan memperbaikinya."

"Saya tidak pernah melakukan kedua hal tersebut," aku Rochelle. "Jakob biasanya menangani masalah dukungan teknis saya, dan tentu saja dia memiliki semua kata sandi saya."

Octavia mengangkat bahu. "Mungkin dia telah diretas, dan tidak mengetahuinya. Pokoknya, hal pertama yang harus Anda lakukan adalah mengubah kata sandi Anda. Sekarang juga. Dan aku akan membuatkanmu akun di komputerku selagi kau melakukannya."

Sebenarnya, dia harus mengganti kata sandinya. Semuanya hampir semuanya bertema sama - Jake dan Shelly 4 EVA - karena saat dia dan Jakob mengaturnya, dia mengira mereka akan bersama selamanya. Betapa bodohnya dia. Dia tidak mungkin lebih salah lagi jika dia mencobanya.

Diadili dan salah... seperti Martha Rendell, satu-satunya wanita yang mereka gantung di Penjara Fremantle. Pengadilan yang terburu-buru dengan bukti-bukti yang tidak langsung, untuk pembunuhan yang mungkin bukan pembunuhan sama sekali, namun mereka tetap menggantungnya. Karena orang-orang lebih percaya pada ibu tiri yang jahat daripada percaya bahwa dokter bisa melakukan kesalahan.

Rochelle sudah tidak lagi mempercayai orang yang salah. Dia tidak ingin berakhir seperti Martha yang malang, dan dia telah mengatur kata sandi barunya untuk mengingatkannya.

"Anda terlihat seperti sedang berpikir keras. Kata sandi tidaklah sulit untuk dibuat," goda Octavia.

Rochelle merasa pipinya memanas karena malu. "Sebenarnya, saya sedang memikirkan Martha Rendell."

Octavia mengerutkan kening. "Bukankah itu pembunuh yang mereka katakan menghantui kapel penjara? Yang mereka gantung?"

Rochelle bangkit, dalam mode pemandu wisata. "Dia dihukum karena pembunuhan dan digantung kurang dari tiga minggu kemudian, meskipun dia menyatakan dirinya tidak bersalah sampai hari kematiannya. Dan dia tidak menghantui kapel ini. Anda bisa melihat bayangannya di jendela kapel dari luar, di lapangan parade, tetapi Anda tidak bisa melihatnya dari dalam sama sekali."

Octavia menyeringai. "Ah, itu membuatmu bersemangat kembali. Apa kau masih menjalankan tur di penjara?"

Rochelle menggelengkan kepalanya. "Mereka ditutup karena adanya pembatasan. Mudah-mudahan, dengan dibukanya semuanya, mereka akan diizinkan untuk menjalankan tur lagi, dan saya bisa berdandan dan melompat-lompat di depan orang-orang."

Octavia menggelengkan kepalanya. "Saya masih tidak percaya Anda dibayar untuk berpura-pura menjadi hantu. Maksud saya, bayaran untuk melakukan dukungan TI memang bagus, tapi tidak semenyenangkan itu."

"Yah, saya hanya bisa menjadi hantu beberapa malam dalam seminggu, dan hanya ketika penjara dibuka untuk tur. Sementara Anda di utara melakukan pekerjaan superhero untuk komputer orang-orang, saya akan membuat miliaran kopi, dan mencoba mengubahnya menjadi sebuah karya seni, seperti yang dilakukan Tacey. Pernahkah Anda melihat buih yang ia buat di atas cappuccino tempo hari? Saya yakin saya memotretnya dengan ponsel saya..." Rochelle mengambil ponselnya dan menemukan gambar itu. "Ini.

Ada anak kucing... dan angsa... dan hati..." Ketika ia membolak-balik gambar-gambar itu, ia menemukan sebuah file video. "Oh wow, ini video yang saya kira hilang. Baterai saya hampir habis, jadi saya pasti merekamnya dengan ponsel dan lupa. Ini persis seperti yang saya butuhkan untuk tugas saya..."

Octavia menyentuhkan dua jari ke dahinya sebagai bentuk penghormatan. "Baiklah, jangan biarkan saya menahan Anda. Anda seharusnya bisa mengakses semua yang ada di komputer saya dengan baik jika perlu, dan jika Anda memiliki masalah TI, silakan kirimkan email kepada saya. Saya mungkin terjebak di sebuah kamp di tengah padang pasir, namun akses internetnya lebih baik daripada kantor CBD di sini. Saya harus tahu - sudah menjadi tugas saya untuk memastikannya tidak terputus."

Rochelle mengucapkan terima kasih, dan berharap penerbangannya lancar saat ia menyambungkan ponselnya ke laptopnya untuk mengunduh semua foto dan rekaman kopi. Pada saat dia memulai transfer, Octavia sudah pergi.

Dua Puluh Satu

Saat matahari terbit, Ben menyelinap ke dalam tembok terdekat untuk melihat High Street di siang hari. Mesin-mesin penggali besar merobek jalan, menghancurkan apa yang seharusnya menjadi kerja keras selama berhari-hari oleh para narapidana hanya dalam hitungan menit. Tidak ada narapidana yang hadir hari ini - hanya pria dan wanita dengan rompi kuning dan oranye terang yang menyilaukan mata di bawah sinar matahari.

Di penghujung hari, mereka telah meratakan jalan yang tertutup aspal hitam menjadi puing-puing, diangkut dengan truk besar saat para pekerja berhenti sejenak untuk makan siang, dan menggali ke dalam pasir untuk menemukan pipa-pipa setebal manusia. Pipa-pipa yang terlihat sudah tua, namun belum pernah ada saat Ben menyusuri jalan ini. Jika dia tidak menghabiskan begitu banyak waktu di sekolah seni itu, menyerap sebanyak mungkin pengetahuan yang bisa dia masukkan ke dalam kepalanya, dia yakin otaknya akan meledak karena kesadaran yang terpaksa dia hadapi sekarang.

Desa Fremantle yang ia kenal telah berubah menjadi kota besar, jauh lebih megah dari apa pun yang bisa ia bayangkan, yang membuat pencarian tukang daging menjadi tugas yang lebih mustahil lagi. Namun dia akan melakukannya, meskipun itu membutuhkan waktu seumur hidupnya. Dia berhutang banyak pada saudara-saudaranya.

Saat matahari tenggelam, para kru pekerja pulang ke rumah, memagari mesin penggali mereka di dalam sangkar logam yang terbuka ke langit, sementara orang-orang yang berbeda bermunculan di jalanan. Orang-orang berlalu lalang, melihat-lihat rumah makan yang mereka lewati. Toko-toko tutup, dan orang-orang tinggal di pintu-pintu rumah. Awalnya Ben mengira mereka adalah pengemis, sampai mereka mulai menjajakan dagangan mereka.

Seorang pria membawa gitar, yang digunakannya dengan sangat baik, bernyanyi sambil memetik lagu yang tidak dikenali Ben, meskipun banyak orang yang lewat tampaknya mengenalinya, karena mereka melemparkan koin ke dalam kotak gitarnya.

Sepasang wanita membentangkan papan-papan yang dilapisi kain yang menampilkan beragam perhiasan manik-manik dalam berbagai warna pelangi.

Namun, kios yang paling membuatnya penasaran adalah di mana seorang pria membentangkan selimut, lalu meletakkan lembaran kertas di atasnya seperti ubin. Dalam cahaya senja, Ben tidak dapat melihat apa yang tertulis di kertas-kertas itu dari seberang jalan, jadi dia keluar dari tempat persembunyiannya untuk melihat lebih dekat.

Halaman-halamannya dipenuhi dengan gambar pena dan tinta, karikatur yang menangkap wajah atau kemiripan dengan hanya beberapa garis.

"Apakah Anda ingin saya menggambar Anda sebagai kartun?" tanya pria itu.

Ben berkedip. Dia tidak pernah mengenal seniman lain yang memiliki kemampuan untuk menggambar dirinya, namun itu terdengar seperti hal yang paling tidak sopan untuk digambar oleh orang lain. "Saya tidak punya uang," akunya.

Pria itu menyeringai. "Oh, tidak apa-apa. Kalau begitu, aku akan menambahkanmu ke dalam galeriku." Ia mencoret satu baris, lalu baris lainnya, di halaman di hadapannya, dan mengacungkannya untuk dilihat Ben.

Ben terkesiap. Dia belum pernah melihat ke cermin sejak sebelum meninggalkan Skotlandia, namun di sinilah dia, diabadikan dalam beberapa baris tinta. Mengenakan pakaian yang ia pinjam dari kotak bertuliskan Harta Benda yang Hilang di perguruan tinggi seni, ia bisa saja disangka sebagai salah satu mahasiswa yang lebih tua. Tak seorang pun akan menyangka bahwa dia seharusnya sudah meninggal lebih dari satu abad.

"Itu dua puluh dolar jika Anda memutuskan untuk kembali dan membelinya," kata sang seniman, sambil menyisipkan gambar tersebut ke dalam pola yang dibuat oleh rekan-rekannya.

Ben mengangguk. Dia pernah melihat orang lain membeli foto dari pria ini, jadi harganya pasti masuk akal. "Apakah Anda menghasilkan cukup uang untuk hidup seperti ini?" tanyanya.

Pria itu mengangkat bahu. "Sebelum pandemi melanda, saya menghasilkan lebih dari lima ratus dolar per malam pada hari Jumat dan Sabtu. Dua kali lipatnya jika saya buka di siang hari di dekat pasar, ketika ada turis. Sekarang, itu cukup untuk membayar sewa, tapi tidak lebih dari itu. Jadi saya harus mengambil pekerjaan di utara, dan sekarang saya hanya melakukan ini pada hari libur. Karena saya mungkin hanya seorang pekerja di tambang, tetapi saya tetap seorang seniman, dan mereka tidak bisa mengambilnya dari saya."

Ben mau tidak mau harus setuju. Mereka telah merampas kebebasannya, keluarganya, dan rumahnya, tetapi selama ia memiliki arang dan kertas, bahkan di dalam sel penjara sekalipun, ia tetaplah seorang seniman.

"Jika saya menemukan cara untuk mendapatkan uang untuk itu, apakah Anda di sini setiap malam?" Ben bertanya.

Pria itu mengangkat bahu. "Hanya di akhir pekan, dan hanya ketika saya tidak berada di utara. Saya akan terbang besok, jadi saya tidak akan kembali selama tiga minggu."

Ben mengangguk. "Sampai jumpa tiga minggu lagi."

Dia memaksa dirinya untuk berjalan pergi, pikirannya berputar-putar dengan berbagai ide. Mungkin dia mungkin punya tempat di kota ini.

Dua Puluh Dua

"Ini bukan hanya kopi, ini adalah seni," gumam Rochelle dalam hati saat dia memberikan sentuhan akhir pada kampanye iklan tersebut. Ya, kampanye iklan untuk tugasnya, karena dia tidak yakin Tacey akan menggunakan ini untuk mempromosikan kafenya. Itu lucu dan memang benar, dan gambar-gambar kreasi seni kopinya sangat bagus, tapi kampanye itu sepertinya tidak cukup.... Perlu satu hal yang lebih menarik untuk membujuknya agar benar-benar ingin minum kopi di sini, dan dia menyukai kucing-kucing busa buatan Tacey.

Mungkin dia membutuhkan semacam adegan intro, memperkenalkan kafe dalam satu pan cepat sebelum memperbesar kopi. Rochelle mengambil ponselnya dan berjalan ke lantai bawah ke dalam kafe yang sudah tutup. Satu-satunya cahaya berasal dari jalan di luar, memantulkan logam dan kaca dan menimbulkan bayangan aneh di sekelilingnya. Mungkin bisa digunakan untuk iklan Halloween, jika dia menambahkan beberapa kelelawar dan benda-benda pasca produksi.

Rochelle tertawa pelan pada dirinya sendiri saat ia mengamati sekeliling ruangan, lalu memperbesar gambar mesin espresso. Bagian belakang mesin memantulkan jalan di luar dan apa yang tampak seperti Batman yang berdiri di bawah tenda di seberang jalan.

Sempurna untuk Halloween, meskipun saat itu masih bulan Juni.

Dia mendekat ke jendela, mencoba mendapatkan sudut pandang yang lebih baik pada pria berkostum itu. Sebenarnya, dari sudut ini, dia sama sekali tidak terlihat seperti Batman. Seperti seorang pria besar dengan sayap dan tanduk, bukan seorang pria berjas.

Kemudian seorang gadis berlari masuk ke dalam bidikan, bertabrakan dengan pria berkostum, sebelum mereka berdua menghilang begitu saja.

Rochelle mengerjap, menyipitkan mata ke layar ponselnya sebelum mengintip ke luar jendela. Ya, dia benar-benar pergi.

Mereka mungkin baru saja masuk ke dalam gedung. Lagipula, dia telah berdiri di ambang pintu. Dia mungkin telah mendorong pintu dan membantingnya menutup di belakang mereka, sementara Rochelle mengedipkan mata. Karena orang bisa saja berpakaian seperti pahlawan super atau apa pun, tapi semua itu tidak nyata.

Akan menjadi iklan yang mengagumkan untuk kafe ini, jika Batman atau siapa pun dia minum kopi di sana.

Rochelle menggelengkan kepalanya. Dia akan melihat lebih dekat di pagi hari, dan melihat apakah ada yang bisa dia lakukan dengan rekaman itu. Membersihkannya, mungkin, karena akan terlihat sangat buram dalam kegelapan, dan melihat apakah ada yang bisa digunakan.

Dua Puluh Tiga

Rochelle menggelengkan kepalanya. Siapapun pria yang berkostum tadi malam, pasti bukan Batman. Dia pasti memiliki tanduk dan sayap. Dia mengambil tangkapan layar dan melakukan pencarian gambar.

Beberapa hit pertama adalah semacam tipuan di Amerika Serikat tentang manusia ngengat. Dia memiliki sayap dan antena, bukan tanduk, tapi itu cukup cocok dengan apa yang pernah dilihatnya. Hanya saja... Mothman yang datang ke Shut Up Café untuk minum kopi tidak terdengar semenarik Batman yang melakukannya. Bahkan, meskipun Anda bisa melihat logo kafe pada jendela di sudut bidikan...

Sebenarnya, hasil rekamannya tidak terlalu buruk. Ini jelas lebih jelas daripada beberapa video buram Mothman lainnya di tempat lain di dunia. Mungkin dia harus mempostingnya secara online hanya untuk kesenangan saja...

Sebelum ia sempat menebak-nebak, Rochelle mengunggah video tersebut. Sebagai keterangan, dia menyebutnya: "Mothman datang ke Fremantle High Street untuk minum kopi."

Kemudian dia naik ke lantai atas untuk bersiap-siap bekerja, karena pembatasan tersebut telah dicabut hari ini. Kafe itu bisa mengizinkan orang untuk duduk di dalam di meja lagi, dan Tacey ingin membuka tempat itu di malam hari juga. Rochelle telah berjanji untuk menyediakan diri sepanjang hari dan malam, kalau-kalau dia dibutuhkan, dan hari itu tampak seperti hari yang indah di luar.

Setelah tiga bulan menjalani pembatasan, dia ingin berada di luar, menikmati kopi dan apa pun yang dia rindukan.

Ia bahkan meragukan penampakan Mothman akan menghentikan sebagian besar penduduk Fremantle untuk menikmati kebebasan yang baru mereka temukan.

Dan dia tidak salah.

Dua Puluh Empat

Ketika sang kartunis tidak kembali keesokan malamnya, Ben sudah berada di sana, siap untuk menggantikannya. Berbekal sejumlah perlengkapan yang ia dapatkan dari sekolah seni, serta semua sketsa yang telah ia buat sejak ia terbangun saat itu, ia tidak mengalami kesulitan untuk menarik perhatian orang yang lewat. Bahkan, belum sampai satu jam ia bekerja, ia sudah mendapatkan tidak kurang dari tiga pesanan, dengan gaya yang menurutnya jauh lebih memukau daripada karikatur kartunis.

Ketika tengah malam tiba, dan dia adalah satu-satunya orang yang tersisa di jalan, dia mengemasi kiosnya, mengantongi keuntungannya, dan berangkat untuk mencari sisa-sisa Fremantle yang dia kenal.

Dia mengikuti High Street sampai ke punuk Arthur Head, yang masih berada di atas Round House dari batu kapur yang mendahului penjara yang dia dan saudara-saudaranya bangun. Bangunan-bangunan lain dari masanya masih tersisa, terjepit di antara bangunan-bangunan yang lebih modern dari batu berwarna dan kaca, dan sekelompok bangunan bata yang membentang di antaranya.

Penjara ini berada di atas bukit berbenteng, menguasai kota seperti kastil di masa lalu. Penjara ini juga telah berkembang selama Ben tidur, menumbuhkan bangunan-bangunan baru dan tembok-tembok yang lebih tinggi, dengan kawat berduri tajam yang dapat menghalangi pemanjat yang paling gigih sekalipun.

Tapi toko daging itu tidak terlihat. Seolah-olah toko itu tidak pernah ada, meskipun Ben tahu sebaliknya. Dia menghela napas. Ia tahu tukang daging itu tidak akan mudah ditemukan, tapi ia berharap takdir akan tersenyum padanya untuk kali ini. Lebih dari satu abad mungkin telah berlalu, tapi dia masih menjadi bahan lelucon takdir.

Namun, tidak untuk waktu yang lama. Dia adalah orang yang bebas, dengan uang di sakunya dan sarana untuk menghasilkan lebih banyak, dan jika dia tahu sesuatu tentang uang, itu adalah bahwa orang yang memilikinya memiliki kekuatan yang jauh lebih besar daripada yang tidak.

Saat malam-malam berlalu, dia membeli pakaian baru, yang lebih sesuai dengan mode terkini yang dia amati dari para pria yang berjalan di jalanan Fremantle saat ini. Ketika persediaan barang seni hasil curiannya menipis, dia mengunjungi toko alat tulis, karena dia tidak perlu mencuri lagi.

Sebuah papan nama di dinding, ditutupi dengan potongan-potongan kertas yang ditempelkan dengan peniti, menarik perhatiannya. Di sana ada iklan untuk pameran seni, dan berbagai macam kelas. Salah satu yang tidak bisa ia lepaskan adalah kelas menggambar kehidupan, di mana para siswa dapat membuat sketsa bentuk manusia telanjang. Kelas malam juga, yang mungkin akan ia ikuti.

"Apakah ada yang bisa pergi ke sana?" Ben bertanya sambil menunjuk ke arah poster tersebut.

"Hmm?" Pelayan toko itu menoleh untuk mengintip. "Oh, ya, kelas-kelas seni itu ada di rumah sakit jiwa tua, Fremantle Arts Centre. Selama Anda membayar biayanya, kelas-kelas itu terbuka untuk seniman dari semua tingkatan, dari pemula hingga profesional."

Ben mengangguk. Jika dia menemukan dan menangani tukang daging itu dengan cepat, dia akan bebas untuk mengejar hasratnya yang sebenarnya, dan menghadiri kelas seni seperti ini.

Berterima kasih kepada pelayan toko, ia mengambil tas belanjaannya dan kembali keluar menuju malam.

Dua Puluh Lima

Seharusnya Rochelle tahu. Kurang dari dua puluh empat jam setelah dia mengunggah video Mothman itu, video berdarah itu menjadi viral, sehingga pada malam pertama kafe itu dibuka, kafe itu penuh sesak dengan para penggila konspirasi, pemburu monster, dan orang-orang yang mungkin hanya ingin tahu, yang ingin melihat sekilas Mothman yang misterius itu.

Keesokan paginya, karena sangat senang dengan keberhasilan pembukaan kembali, Tacey memutuskan untuk menawarkan hadiah bagi siapa saja yang dapat mengabadikan foto Mothman yang lain. Hal ini membuat mereka berbondong-bondong datang. Rochelle bersumpah bahwa hari itu lebih sibuk daripada yang dia ingat sebelum pandemi. Antara membantu Tacey di siang hari dan menjaga konter di malam hari, dia hampir tidak punya waktu untuk berkedip, apalagi menambahkan apa pun ke dalam tugasnya, jadi dia menyerahkannya apa adanya. Dia tidak percaya bahwa file-file tersebut tidak akan hilang, meskipun cloud drive-nya telah berperilaku sangat baik sejak dia mengganti kata sandinya.

Dia mempertimbangkan untuk memperingatkan Jakob bahwa dia mungkin telah diretas, tetapi polisi bersikeras untuk menghindarinya sebisa mungkin sampai dia mendapatkan tanggal pengadilan untuk perintah penahanan. Menurut polisi, dia seharusnya sudah mendengarnya sekarang, tetapi dengan adanya pembatasan pandemi yang membuat pengadilan ditutup beberapa bulan terakhir, ada banyak sekali berkas yang harus diselesaikan, jadi dia harus menunggu. Itu berarti dia akan menghabiskan lebih banyak waktu di kafe, atau di apartemen di atasnya.

Ketiadaan dapur pada awalnya cukup mengganggu, sampai ia menyadari bahwa ia tidak akan punya waktu untuk memasak, apalagi dengan jam kerja. Selain itu, biasanya ada sisa muffin dan sandwich di penghujung hari, yang berarti ia jarang sekali memasak.

Ketika nilai tugasnya keluar, Rochelle bersorak gembira. Dia mendapatkan nilai untuk keduanya, yang berarti dia mungkin akan lulus dari unit ini. Mungkin dia bisa kuliah di universitas semester depan. Bahkan mungkin lulus.

Dia sangat senang, dia hampir menari sepanjang jalan menuju kafe, dan senyumnya tidak bisa lepas dari wajahnya. Bahkan ketika dua pelanggan yang memaksa dan berhak tidak mau menerima jawaban tidak.

Dua Puluh Enam

Ben baru saja meletakkan tasnya, siap untuk mengemasi barang dagangannya untuk malam itu, ketika ia merasakan dorongan yang tidak dapat dijelaskan untuk berada di tempat lain saat ini. Sebenarnya, bukan di tempat lain, melainkan di seberang jalan dan lebih dekat ke air. Dia tidak berpikir. Dia hanya menyampirkan tasnya di bahunya dan berjalan ke arah yang diinginkan hatinya.

Dia berhenti di luar sebuah kedai kopi, jendela-jendela kacanya yang lebar menunjukkan interior yang terang benderang yang ditempati oleh seorang wanita dan sepasang pria yang tampak berdiri di atasnya dengan sikap mengancam.

Ben menarik pintu, mencengkeram gagang pintu dengan sangat keras, sampai-sampai engselnya berderit sebagai bentuk protes.

Salah satu pria meliriknya, mengerutkan dahi, lalu mengalihkan perhatiannya pada gadis di balik meja kasir.

"Kenapa kamu tidak mau pergi denganku?" tuntutnya.

"Jika Anda belum menyadarinya, saya sedang bekerja," katanya.

Dia tidak bisa melihat wajahnya, tapi dia bisa mengenali suara gadis peri itu di mana saja.

"Kalau begitu, cium saja," kata pria itu. Dia terdengar bingung.

"Kami tidak menjualnya di sini. Hanya muffin, sandwich dan kopi. Oh, dan kue. Bolehkah saya merekomendasikan macadamia brittle afghans? Manis, cokelat dan kenyal, cocok untuk menyibukkan mulut Anda sampai latte Anda cukup dingin untuk diminum." Senyumnya tidak goyah, meskipun terlihat dipaksakan. Dan ada api di matanya, seperti dia akan menunjukkan kepada mereka apa yang dilakukan oleh salah satu jenisnya kepada orang bodoh yang membuat mereka tidak senang.

Lebih dari segalanya, Ben ingin menarik kursi dan menyaksikan kembang api, tetapi dia terlalu sopan untuk itu.

Tidak seperti dua orang idiot ini.

"Ini kopi Anda." Ia menyodorkan dua cangkir yang bisa dibawa pulang ke arah para pria itu.

"Tapi kami tidak hanya ingin kopi. Dia menginginkanmu," rengek teman yang satu itu.

"Seperti yang saya katakan, saya sedang bekerja. Mungkin Anda akan lebih beruntung di salah satu bar atau klub malam di Terrace. Selamat menikmati malammu." Dia berpaling dari mereka untuk menatap mata Ben dan percikan pengakuan muncul. "Ada yang bisa saya bantu, Pak?"

Si mulut besar melirik Ben lagi, dan ekspresinya berubah dari meremehkan menjadi jahat. "Hei, kami belum selesai denganmu."

Seorang pria akan memanggil kedua orang idiot ini untuk menjawab hinaan mereka di luar.

Tapi Ben tidak pernah, dan tidak akan pernah menjadi pria sejati. Dengan dua kakak laki-laki yang lebih besar darinya, dia belajar bermain kotor bersama dengan alfabet.

Dia menyeringai. "Ya, benar. Anda sudah mendapatkan apa yang Anda pesan. Sekarang pergilah."

Pasangan Mouthy menatapnya. "Sudahlah, kerdil. Kembalilah ke Timezone di mana anak-anak lain berkumpul."

"Tapi di sinilah mereka membuat kopi terbaik. Dan kue-kue terbaik." Ben tersenyum. Ia tidak peduli jika kopinya terasa seperti ter, tapi ia menyukai rasa kue-kue itu. "Saya berharap dia akan selesai dengan saya sebelum patroli polisi tiba di sini, karena sepertinya mereka memesan untuk seluruh kantor polisi dan itu akan memakan waktu lama. Untungnya, mereka berhenti untuk menangani seseorang yang mabuk dan tidak tertib, atau mereka akan memukuli saya di sini."

Ben menghitung sampai lima dalam hati sebelum pintu dibanting di belakang mereka berdua.

Dia menyipitkan mata ke arahnya. "Kamu membuat kebiasaan seperti ini. Muncul saat nasib burukku memburuk. Apa kau semacam pahlawan super atau semacamnya?"

Superhero. Mereka adalah tokoh-tokoh dalam buku komik yang dimiliki oleh beberapa siswa sekolah.

Ben menggelengkan kepalanya. "Maaf. Saya bukan pahlawan buku komik. Hanya seorang pria yang sedang mencari kopi yang enak dan... apakah Anda mengatakan kue kering macadamia?"

Dia tertawa. "Sebenarnya kue-kue itu sudah basi dan tidak boleh dijual. Tapi saya lebih suka kue-kue itu kenyal, saat masih berumur tiga hari. Dan kue-kue itu sangat cocok dipadukan dengan susu berbusa, yang pada dasarnya merupakan pesanan orang-orang itu - topping latte dengan hanya setengah suntikan espresso. Oh, dan saat kenyal, mereka cenderung menempel di gigi Anda, yang saya pikir mungkin akan membuat mereka diam sebentar..." Dia menundukkan kepalanya. "Maafkan aku, aku biasanya sangat baik, dan suasana hatiku selalu baik sepanjang hari, tapi pria seperti itu hanya mengeluarkan sisi terburuk dalam diriku. Semua kedewasaan seorang anak berusia tiga tahun, yakin bahwa dunia ini ada hanya untuk menuruti keinginan mereka."

"Seperti...ah, siapa namanya? Jakob Tollak?"

Ekspresinya menjadi gelap. "Ya, persis seperti dia. Tapi dia bukan bagian dari hidup saya lagi, karena yang saya lakukan sekarang hanyalah hidup dan menghirup kopi, atau sesekali teh atau cokelat panas. Ngomong-ngomong, apa yang bisa saya ambilkan untuk Anda? Oh, dan saya berjanji jika Anda memesan latte, saya akan membuat karya seni yang tepat di atasnya, dan bukan penis."

Dia berkedip. Apakah dia benar-benar baru saja mengatakan...?

Dia memejamkan matanya. "Kamu tidak percaya padaku. Saya tahu, saya tahu, ini kekanak-kanakan, dan saya tidak seharusnya melakukannya, tapi..." Dia melepaskan ponselnya dari tripod kecil yang telah berdiri di atasnya dan menggesekkan jarinya di layar. "Ini. Saya telah merekam semua karya seni untuk kampanye iklan."

Benar saja, dia menuangkan susu dalam pola yang terlihat persis seperti penis dan bola yang sedang ereksi, dengan taburan rambut dan segala sesuatunya.

Ben tidak bisa menahan tawa. "Itu sangat..." Dia tidak yakin apakah dia harus mengatakan akurat, atau benar secara anatomis. Dia jelas telah melihat hal yang nyata, untuk dapat menggambarkannya dengan begitu akurat, tapi...

"Remaja?" dia memberikan penjelasan. "Aku tahu. Aku mungkin harusnya menorehkan ngengat di atasnya dengan bubuk cokelat, seperti yang sudah kulakukan pada semua orang malam ini. Seperti yang harus kulakukan jika separuh kantor polisi datang, mengingat kita akan tutup dalam waktu kurang dari setengah jam. Apakah mereka benar-benar menuju ke sini?"

Ben menggelengkan kepalanya. "Saya khawatir saya berbohong tentang patroli. Aku tidak melihat ada polisi malam ini." Itu adalah hal yang bagus, mengingat dia telah melarikan diri dari sel penjaranya pada malam sebelumnya. "Tapi saya ingin kopi hitam, tolong. Hanya hitam. Saya akan menyediakan karya seni saya sendiri." Dia mengeluarkan buku sketsa dari dalam tasnya.

Dia tersenyum. "Satu espresso, sebentar lagi." Dia berkonsentrasi pada mesin kopi, yang mendesis dan mengepul seperti naga yang marah. "Beginilah cara saya minum kopi pagi saya di Italia. Sekarang, seni yang saya lihat di sana... ada di mana-mana... berabad-abad menciptakan hal-hal yang paling menakjubkan dan melestarikannya agar tetap ada..." Dia menggelengkan kepalanya. "Apakah Anda pernah ke Italia?"

Ben menggelengkan kepalanya. "Saya selalu ingin pergi. Suatu hari, mungkin..."

Dia membanting kedua tangannya ke atas meja. "Kamu harus melakukannya. Setiap seniman harus melakukannya. Kapel Sistina saja sudah sepadan dengan perjalanannya. Maksud saya, Anda hanya boleh berada di sana selama lima belas menit, tetapi saya berhasil masuk sebelum rombongan tur, jadi saya mendapat waktu dua kali lipatnya, tetapi saya bisa saja berbaring di lantai, menatap langit-langit sepanjang hari."

"Maukah kamu ikut denganku?" Kata-kata itu telah keluar dari bibirnya sebelum ia memikirkannya, dan yang bisa ia lakukan hanyalah mengutuk lidahnya yang bodoh, karena terdengar sama buruknya dengan orang-orang bodoh yang baru saja pergi.

Tapi dia tidak menatapnya seperti biasanya. Tidak, dia lebih bijaksana sekarang.

"Kamu tahu? Ketika perbatasan dibuka, jika saya bisa mengumpulkan cukup uang untuk tiket pesawat...ya, saya benar-benar ingin mengunjungi Kapel Sistina bersama Anda. Akan sangat menarik untuk mendengar pendapat Anda, seorang seniman berbakat yang baru pertama kali melihatnya."

"Kalau begitu, ini adalah kencan."

Kata-kata modern keluar dari mulutnya - dia tidak bisa mengatakan di mana dia mendengarnya, tapi entah bagaimana kata-kata itu terasa benar. Dia menatapnya, dan dia menatap balik.

Setelah beberapa saat yang terasa lama, ia menggelengkan kepalanya, dan mematahkan kesurupannya. Dia mengeluarkan secangkir kecil kopi dan menutupnya. "Ini dia."

Ben memandangi cangkir kecil itu. "Apakah Anda keberatan jika saya meminumnya di dalam kafe, alih-alih membawanya pergi? Aku akan duduk di dekat jendela, di mana aku tidak akan mengganggumu, jadi aku bisa menggambar."

"Tentu, saya... seharusnya saya bertanya apakah Anda menginginkannya di sini, atau dibawa pulang. Saya sangat bingung dengan pelanggan sebelumnya, saya tidak berpikir...oh, dan Anda juga ingin kue, bukan? Keripik coklatnya adalah yang terbaik. Tacey membuatnya segar pagi ini, dan saya bersumpah, ada cokelat sebanyak kue di dalamnya. Saya tidak tahu bagaimana dia melakukannya." Dia meraih toples itu.

Ben mengangkat tangannya untuk menghentikannya. "Jangan khawatirkan hal itu. Kopinya baik-baik saja. Aku akan kembali dan membeli kue lain kali."

"Jika Anda yakin..."

Dia menganggguk secara mekanis, dan bergerak ke arah meja, meskipun setiap langkah menjauh darinya terasa seperti mengenakan manacles, mereka sangat berat.

Pelanggan lain datang dan pergi. Di sela-sela itu, ia membersihkan kafe, menyeka setiap meja dengan kain lap, sebelum menata kursi-kursi di atasnya. Kemudian ia membalikkan papan nama di pintu dan menuju ke mesin kopi. Apa pun yang dia lakukan pada mesin itu membuatnya mengepul, berasap, dan menjerit, tetapi tekad yang kuat dalam ekspresinya menunjukkan bahwa dia akan menyelesaikan tugasnya, apa pun itu, sebelum dia menyelesaikan pekerjaannya pada malam itu.

Buku sketsa dan pensilnya sudah ada di tangannya bahkan sebelum dia benar-benar memikirkannya, mencoba mengabadikan gadis peri yang sedang menundukkan naga mekaniknya.

Ketika sang istri pergi untuk membawa beberapa piring ke dapur melalui pintu belakang, dia melarikan diri, menuangkan kopinya ke dalam pot tanaman di dekatnya sebelum menyelinap keluar dari pintu menuju jalan di luar.

Namun, ada sesuatu yang membuatnya merobek foto itu dari bukunya, dan meninggalkannya untuk sang istri. Foto itu lebih menjadi miliknya daripada miliknya, mengabadikan momen kemenangan pribadi yang tidak diketahui oleh orang lain selain mereka berdua.

Malam harinya, saat cahaya fajar menyentuh ufuk timur, ia menyelinap masuk ke dalam dinding kafe, penasaran untuk mengetahui apa yang dipikirkan wanita itu tentang hadiahnya, atau apakah ia pernah melihatnya.

Meja itu sekarang memiliki kursi di atasnya, tanpa ada tanda-tanda fotonya, jadi dia pasti sangat menyukainya dan membawanya.

Puas, Ben menuju ke atap, di mana ia hanya memiliki waktu beberapa saat untuk mengepakkan sayapnya dan terbang ke sekolah, sebelum matahari terbit dan membuatnya kembali ke dalam bayang-bayang.

Dua Puluh Tujuh

"Jadi, bagaimana dengan malam harinya?" Tacey bertanya. "Maksud saya, saya dapat melihat dari angka-angka bahwa kami mengalami peningkatan yang bagus dalam penjualan sejak pembatasan dicabut, atau mungkin itu hanya karena video Mothman Anda yang viral, tetapi itu tampaknya sudah mereda sekarang, jadi.. . bagaimana dengan malam hari?"

"Sangat baik. Hampir seperti tidak pernah ada batasan. Bisnis seperti biasa, hanya saja... lebih sibuk." Dia menundukkan kepalanya, menatap buih anak kucing di sisi cangkirnya. Bahkan mata penuh perasaan anak kucing itu seakan ingin memintanya untuk 'mengaku'. "Tentu saja, kami masih mendapat bagian dari para bajingan yang berhak, dan lebih banyak lagi sekarang pub-pub yang buka."

"Apa yang terjadi? Apakah kita membutuhkan lebih banyak keamanan?" Tacey langsung bertanya.

Dan itulah mengapa Rochelle senang bekerja untuk Tacey. Dia benar-benar peduli bahwa karyawannya aman, alih-alih mengabaikan kekhawatiran mereka. Kemudian lagi, Tacey tahu bagaimana rasanya tidak merasa aman...

Rochelle menggelengkan kepalanya. "Itu hanya beberapa orang bodoh yang mabuk yang membuat masalah karena saya di sini sendirian. Begitu ada pelanggan lain yang masuk, mereka langsung mundur dan pergi."

"Tapi bagaimana jika pelanggan itu tidak datang?" Tacey bertanya, menggemakan pemikiran Rochelle.

"Sejujurnya saya tidak tahu, tetapi itu bukan sesuatu yang harus saya khawatirkan sejak saat itu, karena dia selalu mengawasi." Rochelle menunjuk ke arah jendela, ke tempat sang seniman mendirikan kiosnya di depan toko alat tulis di seberang jalan. "Pelanggan yang datang tadi, hampir setiap malam membuka lapak di trotoar, menggambar potret orang. Dia mengatakan jika saya mengalami kesulitan, atau membutuhkan bantuannya, cukup melambaikan tangan dan dia akan datang."

"Apakah Anda mengenalnya?"

Rochelle ragu-ragu. "Sedikit. Dia tinggal di dekat sini. Pada malam Jakob... dia ada di sana malam itu. Dia mencoba membantu, dan Jakob malah marah kepadanya, bukan saya."

Tacey mengangguk perlahan. "Jadi karena dia, Anda tidak mengalami cedera yang lebih parah."

Rochelle ingin mengangguk, tapi dia tidak sadarkan diri. Dia masih tidak tahu apa yang terjadi antara pingsan dan terbangun di rumah sakit, tetapi polisi sudah berada di sana, dan mereka menyarankannya untuk mendapatkan surat perintah penahanan, jadi...

Tacey sepertinya dapat membaca jawaban dari ekspresinya, bahkan tanpa kata-kata. Dia membersihkan tangannya dengan celemeknya. "Baiklah, saya kira saya sebaiknya pergi ke sana dan berbicara dengannya." Tanpa sepatah kata pun, ia berjalan keluar pintu dan menyeberang jalan sebelum Rochelle bisa menghentikannya.

Tentu saja, kemudian beberapa pelanggan datang, sehingga Rochelle bahkan tidak dapat menyaksikan pertukaran tersebut, karena dia harus berkonsentrasi untuk mendapatkan pesanan kopi mereka dengan benar tanpa membakar dirinya sendiri.

Ketika mereka akhirnya pergi, dan Rochelle memiliki kesempatan untuk melihat ke luar jendela lagi, baik Tacey maupun sang artis telah pergi. Dia menghela napas dengan frustrasi.

"Anda punya waktu sebentar, Rochelle?"

Dia berkedip. Tacey sedang duduk di sebuah meja di sudut dengan...

"Rochelle, saya ingin memperkenalkan Anda kepada Ben Stone. Mulai minggu depan, dia akan menjadi seniman kita di malam hari, dan meja ini akan disediakan untuk dia dan kliennya. Beri dia tarif staf untuk apa pun yang dia inginkan, sama seperti kita semua." Tacey menyampirkan tasnya lebih tinggi di bahunya. "Sampai jumpa besok." Dan dia pun pergi.

Meninggalkan Ben Stone yang berdiri di sana dengan senyum lebar di wajahnya, dan mengulurkan tangannya untuk berjabat tangan.

Rochelle mengguncang dirinya sendiri untuk mengambil jarak. Dia tidak bisa tidak terpesona oleh senyumnya. Ini bukan pertemuan pertama mereka. Dia tahu dia orang Skotlandia dan dia tidak pernah berbicara dengan sapi atau domba. Dan dia bisa menggambar gambar-gambar yang paling indah...

Ia menggenggam tangannya. Hangat dan kokoh di bawah jari-jarinya, namun dia tidak berusaha meremukkan tangannya seperti yang dilakukan beberapa pria. Dia menggenggamnya seperti dia takut akan menyakitinya.

"Ben Stone," katanya. Tentu saja sambil tersenyum.

"Rochelle Bourke," jawabnya. "Saya tidak pernah sempat mengucapkan terima kasih atas apa yang telah Anda lakukan malam itu, atau atas fotonya."

Senyumnya semakin melebar. "Apa kau menyukainya?"

Dia menelan ludah. "Apa kau harus membuat mereka terlihat seperti penis? Maksud saya, Anda membuat saya terlihat bagus, tapi saya membayangkan jika mereka benar-benar terlihat seperti penis, saya tidak akan bisa terlihat begitu tenang, memberikan dua cangkir kopi kepada dua penis raksasa yang berjalan!"

Dia menghela napas. "Jadi Anda tidak menyukainya. Kalau begitu, saya akan berusaha menggambar potret Anda yang Anda sukai, pada malam pertama saya sebagai seniman residensi minggu depan."

Rochelle merasakan pipinya memerah. "Saya tidak mengatakan itu." Sebenarnya, dia telah menempelkan foto itu di dinding di lantai atas, sampai dia khawatir anak perempuan Tacey yang masih kecil, Rory, akan melihatnya, dan dengan enggan dia menurunkannya. "Saya hanya... yah, saya tidak bisa menempelkannya di dinding atau menunjukkannya kepada siapa pun, bukan?"

Ben tertawa. "Tidak, saya rasa tidak. Janji saya masih berlaku - saya akan menggambar potret baru untuk Anda, yang cocok untuk digantung di dinding dan diperlihatkan kepada semua orang. Berwarna, bukan hanya sketsa pensil. Di sela-sela tugas saya yang sebenarnya, yaitu menjadi pelindung Anda."

Kalimat terakhir itu menyentuh perasaannya, semacam harmoni yang tidak dapat ia jelaskan. Rasanya... benar, sementara pada saat yang s ama... "Anda tidak perlu melakukan itu. Sejujurnya, saya pikir yang Tacey ingin kamu lakukan hanyalah hadir di kafe, bukan untuk benar-benar ... yah, tidak seperti malam itu saat Jakob mencoba melawanmu. Itu hanya..."

"Saya rasa saya berhutang permintaan maaf kepada Anda untuk malam itu. Jika saya tidak mengantarmu pulang, dia tidak akan menantang saya berkelahi, dan kamu tidak akan terluka." Ben menundukkan kepalanya. "Jadi, cedera yang kamu derita malam itu adalah kesalahan saya."

Rochelle menatapnya. "Maksudmu... kau memukulku, dan bukan Jakob?" Dan sekarang dia hanya berdua dengannya. Oh Tuhan, dia harus mengeluarkannya dari sini. Atau dia harus keluar dari sini.

"Tentu saja tidak. Saya tidak akan pernah menyakiti seorang wanita. Pukulannya ditujukan kepada saya, tapi kemudian dia panik dan malah memukul Anda. Tangan yang memukul Anda bukan tangan saya, tapi saya tetap harus disalahkan."

Rochelle santai. Oke. Dia bisa tinggal, kalau begitu. "Tidak, jangan minta maaf padanya. Dia sudah cukup menyalahkan orang lain. Itu adalah yang terakhir, dan aku lebih baik tanpa dia. Bahkan, aku ingin melupakan bahwa dia pernah ada."

Ben menundukkan kepalanya. "Untuk hal ini, kami setuju. Ini akan menjadi seperti yang Anda inginkan. Saya tidak akan pernah menyebut namanya lagi."

Dan dia mempercayainya.

Dua Puluh Delapan

Tentu saja, keesokan paginya ia mendapat kabar mengejutkan - tepat di tengah-tengah kotak masuk emailnya. Penjara Fremantle mulai mengadakan tur lagi, dan mereka ingin dia melanjutkan perannya sebagai salah satu pemandu wisata malam. Begitu banyak hal yang bisa ia lakukan untuk menghabiskan waktu setiap malam bersama Ben di kafe.

Rochelle mempertimbangkan untuk mengatakan tidak, bahwa kafe ini memberikan jam kerja yang cukup baginya untuk melepaskan pekerjaan keduanya, tapi...

Dia senang melakukan tur tersebut. Selama beberapa malam dalam seminggu, dia mengenakan kostum dan berpura-pura menjadi salah satu tahanan, melompat ke arah pengunjung dan menceritakan kisah penyesalannya. Martha Rendell tidak bisa menceritakan kisahnya sendiri, jadi orang lain harus melakukannya untuknya. Dan meskipun sebagian besar pemandu wisata menyampaikan fakta yang sebenarnya dan tidak membuat kisah ini menjadi sensasional, terkadang salah satu aktor dalam tur malam itu akan menjadikannya sebagai ibu tiri yang jahat, penjahat yang pantas menerima nasibnya.

Tidak. Dia lebih menginginkan pekerjaannya di penjara daripada membuat kopi untuk Tacey. Dan dia akan membutuhkan kedua pekerjaan itu saat dia mendapatkan rumahnya kembali, karena dia akan memiliki tagihan yang harus dibayar, dan dia akan membayarnya sendiri, daripada membaginya dengan Jakob. Bukan berarti Jakob tidak pernah ingat untuk membayar tagihannya...

Sebuah obrolan singkat dengan Tacey menyelesaikan masalah ini. Menjaga kafe tetap buka di malam hari jelas menguntungkan, jadi Tacey akan memanggil salah satu staf lepas untuk menggantikan shift malam ketika Rochelle atau Octavia tidak bisa bekerja. Rochelle bisa bekerja di penjara dan di kafe, tidak perlu khawatir.

Kecuali... selama dua malam dia tidak bertemu Ben.

Rochelle hampir menertawakan dirinya sendiri. Dia hampir tidak mengenal pria itu, dan sekarang dia merindukannya saat mereka terpisah? Sejak kapan dia berubah menjadi remaja yang lengket lagi?

Ia bertemu dengan pria itu lima malam dalam seminggu, lebih sering dari yang ia temui pada umumnya. Bahkan Jakob tidak pernah datang pada akhir pekan saat ia tinggal bersama Nenek, karena ia memiliki urusan keluarga di akhir pekan.

Ugh. Cukup tentang Jakob. Dia berusaha melupakannya, setidaknya sampai sidang pengadilan, yang tidak lama lagi.

Dua Puluh Sembilan

Beberapa malam pertama Ben datang, ia hampir tidak sempat berbicara dengannya. Dia begitu sibuk melayani pelanggan, dia tidak sempat meninggalkan konter, dan meskipun matanya terus melirik ke sudut tempat Ben memiliki pelanggan tetapnya, dia tidak pernah menghampirinya, bahkan untuk memesan kopi.

Tanpa ia sadari, sudah waktunya tutup, dan ketika ia melintasi kafe untuk membalikkan papan nama untuk mengatakannya, pria itu mengucapkan, "Selamat malam, Nona Bourke," dan pergi. Setiap malam selalu begitu, sampai dia merasa sangat frustrasi dan ingin berteriak. Hanya lima menit. Jika dia bisa berbicara dengannya selama lima menit saja.

Seolah-olah mengejeknya, dia meninggalkan foto baru dirinya di atas meja setiap malam. Dia memeriksanya, memastikan tidak ada penis atau benda-benda yang tidak aman untuk digambar, sebelum menambahkannya ke galeri yang terus bertambah di dinding kafe, di samping papan yang bertuliskan bahwa dia menerima komisi. Dengan tidak adanya komisi, dia mulai menggambar staf dan pelanggan kafe. Ia sudah menangkap rupa sebagian besar pengunjung kafe, dalam kombinasi sketsa pensil dan cat air.

Favorit Rochelle adalah seorang anak kecil yang datang bersama ayahnya untuk minum cokelat panas seminggu sekali, sebuah suguhan yang menurut Rochelle merupakan suap karena menghadiri suatu pertemuan yang tidak disukai gadis itu. Tacey biasanya memberikan anak kucing atau anak anjing berbusa di cangkirnya, tetapi Tacey sudah pulang, jadi Rochelle terpaksa mencoba membuat buih binatang. Hasilnya lebih mirip boneka beruang daripada apa pun yang pernah dilihatnya dari hasil karya Tacey, tapi mata gadis itu berbinar ketika melihatnya, dan Rochelle merasakan ada cahaya hangat di dalam dirinya bahwa ia telah berhasil.

Ben telah menangkap cahaya di mata gadis itu saat dia menatap beruang itu, momen yang begitu nyata saat Rochelle ingin mengulurkan tangan dan menyentuhnya, meskipun sebenarnya itu hanyalah selembar kertas yang tertempel di dinding.

Dia ingin menarik orang dengan filmnya, untuk membuat mereka merasakan, tetapi Ben melakukannya dengan mudah, dengan goresan pensil dan kibasan kuasnya. Dia ingin sekali bertanya kepadanya bagaimana dia melakukannya. Bagaimana dia menghembuskan kehidupan seperti itu ke dalam selembar kertas sederhana, dan apakah dia bisa mengajarinya untuk melakukan hal yang sama.

Namun, dia tidak bisa bertanya kepadanya jika dia tidak pernah mendapat kesempatan untuk berbicara dengannya.

Sambil menggelengkan kepalanya, Rochelle menumpuk kursi-kursi di atas mejanya, dan mulai menyapu lantai. Ketika dia berlutut untuk mengambil pengki yang berantakan di pengki, dia melihat sekilas gerakan pada bangunan di seberang jalan.

Dia menempelkan wajahnya ke jendela, mengintip ke dalam kegelapan. Atau di mana kegelapan tampak semakin gelap, saat ia mulai menari...

Ia meninggalkan pengki dan bergegas ke lantai atas, dengan ponsel di tangan sebelum ia ingat mengeluarkannya dari saku. Dari jendela lantai atas, dia bisa melihat pemandangan yang jauh lebih baik.

Bayangan gelap yang dilihatnya dari bawah, terlihat lebih jelas di atas, dan ia menekan tombol RECORD pada ponselnya supaya tidak melewatkan satu momen pun dari pertunjukan itu, karena memang demikianlah yang terjadi.

Sang Mothman telah kembali, dan dia memiliki beberapa gerakan yang serius. Hanya saja kali ini, dia tidak berada di jalan setapak, melainkan di atap gedung di seberang jalan. Dia berharap bisa mendengar musik yang diiringi tariannya, tapi dia harus membuka jendela untuk itu, dan dia pasti akan melihatnya dan berhenti.

Jadi, ia menyaksikan, terpaku, matanya melesat dari ponselnya ke pemandangan di hadapannya, tidak begitu mempercayai matanya sendiri.

Karena bahkan dengan tawaran Tacey untuk mendapatkan kopi gratis selama sebulan, tidak ada seorang pun yang berhasil mengabadikan gambar kedua Mothman. Sepertinya dia bersembunyi sampai sekarang, dan dia hanya keluar ketika Tacey bisa melihatnya.

Atau mungkin dia keluar setiap malam, tapi biasanya dia sudah tidur, jadi dia tidak melihatnya. Karena dia mungkin menggoyangkan bokongnya yang berbentuk buah persik itu hanya untuknya, atau mungkin ini semua untuk seseorang yang duduk di atap, yang tidak bisa dilihatnya. Dia tahu ada apartemen di seberang jalan - salah satu wanita yang tinggal di sana sangat menyukai muffin Tacey, dan dia membeli lebih banyak muffin daripada kopi. Rochelle telah mencoret-coret namanya di cangkir kopi beberapa hari yang lalu... apa itu? Sesuatu yang dimulai dengan A... Annelise? Tidak, itu mengingatkan Rochelle pada snorkeling dan laut... Anemon, itu dia!

Lain kali jika ia bertemu dengannya, ia harus bertanya pada Anemone apakah ia pernah melihat Mothman. Mungkin juga menyebutkan kopi gratisnya, untuk melihat apakah ia mendapat tanggapan dari wanita itu. Karena jika dia memiliki seorang pria yang bisa menari seperti itu, berkostum atau tidak, Rochelle juga ingin merahasiakannya.

Oh Tuhan, dia telah melihatnya. Pria bersayap itu mengedipkan mata padanya, lalu berbalik dan menggoyangkan pantatnya ke arahnya, sebelum melompat turun dan menghilang dari pandangan.

Rochelle berputar, meletakkan punggungnya ke dinding di samping jendela, dan menghentikan rekaman dengan sapuan jarinya yang gemetar. Dia setengah berharap pria itu akan terbang ke sini seperti Batman dan meminta ponsel dan rekamannya.

Kemudian dia menertawakan dirinya sendiri karena percaya bahwa pria dengan setelan itu benar-benar bisa terbang. Oh, sayapnya memang terlihat cukup nyata, tapi tidak bisa menopang berat badannya. Sayap itu hanyalah kostum, bukan bagian dari dirinya.

Dia fokus pada layar ponselnya, dan memutar ulang video tersebut. Ya, saat itu gelap, tapi cukup terang untuk melihat pria itu menari di atap. Jika dia menggunakan perangkat lunak pengeditan video milik Octavia, dia mungkin bisa membersihkannya dan mengunggahnya dan membuat video viral kedua yang membuat banyak orang berbondong-bondong datang ke kafe.

Sebuah proyek untuk akhir pekan, kemudian, ia memutuskan, sambil menancapkan ponselnya pada pengisi daya.

Setelah dia selesai membersihkan dan menutup kafe untuk malam itu.

Baru ketika dia berbaring di tempat tidur malam itu, dia bertanya-tanya apa yang akan dilakukan Ben, melihat pria bersayap yang menari di seberang sana. Bagaimana dia akan menggambarnya?

Ha, Ben mungkin akan menangkap kedipan mata dan goyangan pantatnya, saat dia tahu bahwa Ben sedang menatapnya. Saat itu jantungnya sempat berhenti, lalu berdetak dua kali lipat, karena dia merasa panik dan ingin melihat apa pun yang terjadi. Ingin melarikan diri, namun juga ingin mendekat.

Ya, dia pasti telah digigit oleh serangga juru kamera yang gila. Yang membuatnya ingin mengabadikan momen, alih-alih melarikan diri seperti orang yang berakal sehat.

Rochelle menghela nafas. Dia telah melakukan hal yang masuk akal. Mungkin sudah waktunya untuk sedikit lebih gila dalam hidupnya.

Tiga Puluh

Seorang gadis yang tidak Ben kenali berdiri di belakang meja kafe. "Di mana Rochelle?" tanyanya sambil meletakkan tasnya di atas meja seperti biasa.

"Dia tidak bekerja malam ini," kata gadis itu dengan polos.

Tacey melenggang keluar dari dapur, membawa nampan berisi cangkir-cangkir bersih yang masih mengepul, yang baru saja keluar dari mesin pencuci piring. "Oh, hai, Ben. Ini Crystal. Dia akan menggantikan tugas Rochelle selama dia di penjara."

Jantung Ben berhenti berdetak. "Mengapa Rochelle dipenjara?"

Tacey tertawa. "Dia bekerja sebagai pemandu wisata di penjara. Mengenakan kostum dan berpura-pura menjadi salah satu narapidana untuk turis. Tidak ada narapidana yang sebenarnya lagi - tempat itu untuk turis sekarang."

"Oh." Ben merasa seperti orang bodoh. Kemudian lagi, bagaimana mungkin dia bisa membayangkan penjara yang dia dan saudara-saudaranya telah melarikan diri sebelum penjara itu dapat merenggut nyawa mereka adalah tempat yang dipilih orang untuk dikunjungi untuk bersenang-senang? Masa depan adalah tempat yang sangat aneh.

"Dia mungkin akan kembali sebelum kafe tutup. Dia bilang dia tidak yakin sampai kapan turnya akan berlangsung, karena mereka baru saja mulai lagi."

Ben mengangguk. Dia bisa menunggu.

Waktu berlalu dengan cepat, karena kabarnya sudah menyebar, dan kerumunan gadis-gadis yang ingin potret mereka digambar sebelum mereka menari. Sebelum Ben menyadarinya, Crystal membalikkan tanda di pintu menjadi TUTUP.

Ben memasukkan barang-barangnya ke dalam tasnya. "Selamat malam," panggilnya dari balik bahunya sambil bergegas keluar dari pintu. Perjalanan ke penjara cukup singkat, tetapi dia membuat perjalanannya lebih singkat lagi dengan memanjat ke atap dan terbang ke sana. Dia turun ke bawah dalam bayang-bayang tembok luar, lalu berjalan menuju pos jaga.

Aneh rasanya melihat gerbang yang terbuka lebar, dan terang benderang dengan lampu listrik. Meskipun dindingnya terbuat dari batu kapur putih, dia mengingatnya sebagai tempat yang gelap. Sama sekali bukan tempat yang cocok untuk Rochelle.

Juga bukan jenis tempat di mana seharusnya ada toko suvenir, namun ke sanalah dia menuju, karena rambu-rambu mengatakan untuk bertanya di sana tentang tur.

Wanita di belakang meja sibuk menjual miniatur cambuk dan cambuk kepada sekelompok wanita paruh baya yang cekikikan sambil berpura-pura mencambuk satu sama lain. Para wanita ini mungkin tidak pernah dipaksa untuk menjadi saksi dari kejadian yang sebenarnya, menyaksikan darah memercik saat para pria dewasa mengerang dan menangis kesakitan.

Ben menggelengkan kepalanya. Sebaiknya jangan pikirkan saat mereka mencambuk Torstan di dalam tembok ini, karena berani mengatakan yang sebenarnya tentang betapa buruknya pekerjaan di tembok itu. Jika saja Torstan bisa melihat tembok-tembok itu masih berdiri, dia akan menggelengkan kepalanya dengan heran. Tapi Torstan tidak akan pernah melihat tembok-tembok itu, atau apapun lagi. Dia telah mati saat mencoba melarikan diri dari tembok-tembok itu, dan pada akhirnya, dia berhasil. Dia beristirahat dengan tenang sekarang, sudah lebih dari satu abad, dan darahnya pasti telah dibersihkan saat Ben tidur.

"Ada yang bisa saya bantu?"

Ben melangkah ke konter sambil tersenyum. "Hai, saya ingin tahu apakah Rochelle sudah selesai. Kami mengharapkan dia pulang lebih awal."

"Saya akan periksa," kata wanita itu, mengangkat sesuatu yang tampak seperti telepon genggam yang mengeluarkan suara mendesis. "Kelompok tur 915, apakah kalian sudah sampai di Divisi Baru?"

Kata-kata yang kacau keluar dari perangkat itu terlalu cepat untuk dipahami oleh Ben, tetapi wanita itu hanya menganggguk pelan, berkata, "Terima kasih, selesai," dan meletakkan teleponnya. Kemudian dia berbalik ke arah Ben. "Dia mungkin akan datang setengah jam lagi, setidaknya. Jika tidak terlalu larut, saya akan menyarankan untuk membeli kopi di kafe di luar sambil menunggu. Mungkin duduk saja di salah satu meja. Saya bisa menjual buku untuk dibaca tentang sejarah penjara, jika Anda mau, tetapi jika Anda adalah teman Rochelle, Anda mungkin tahu semua tentang sejarah tempat ini, dan para tahanan yang tinggal di sini."

Ben memaksakan diri untuk membalas senyumannya. "Ya, saya mau." Itu terdengar lebih muram dari yang ia maksudkan, tapi sepertinya ia tidak menyadarinya. Atau mungkin dia mengira nada suaranya sebagai sesuatu yang lebih ringan.

"Saya akan mengatakan padanya bahwa Anda sedang menunggu setelah dia selesai," kata wanita itu, mengabaikan Ben dengan matanya sambil berbalik untuk membantu pelanggan lain membeli boneka dengan piyama bermotif panah yang sama sekali tidak mirip dengan pakaian narapidana yang dikenakan Ben dan saudara-saudaranya.

Sambil menggelengkan kepala melihat kegilaan itu semua, Ben menemukan kedai kopi yang sudah tutup dan mengurung diri di salah satu meja di luar dengan buku sketsanya.

Tiga Puluh Satu

Rochelle suka berakting, tapi dia jelas tidak suka berakting dengan pakaian wanita Victoria. Beberapa bagian dari masa lalu sudah pasti menjadi bagian dari masa lalu, katanya pada dirinya sendiri saat ia melepaskan roknya yang meliuk-liuk dan kembali mengenakan celana jinsnya. Tapi itu sepadan jika itu membuat beberapa ratus orang yang berkeliling penjara malam ini mempertanyakan apa yang mereka dengar tentang narapidana di penjara, dan apakah mereka bersalah seperti yang digambarkan. Mungkin jika cukup banyak orang yang percaya bahwa ia tidak bersalah, hantu Martha Rendell akhirnya bisa beristirahat.

"Jumlah penonton yang luar biasa," kata Karen saat Rochelle keluar dari lemari kostum. "Kami harus mengadakan empat tur tambahan dan memundurkan beberapa di antaranya ke minggu depan. Bagaimana hasilnya di luar sana?"

Rochelle tersenyum. "Sangat sibuk, dan saya akui saya sedikit lelah, tetapi setelah beberapa kali tampil, saya mendapatkan waktu yang tepat, sehingga saya bisa keluar dan menakuti mereka. Saya rasa saya mendapatkan teriakan pertama saya pada tur tujuh tiga puluh, atau mungkin pada tur tujuh lima belas. Senang rasanya bisa kembali. Sampai jumpa pada hari Rabu, jika Anda sedang bekerja saat itu." Dia melambaikan tangan dan keluar.

"Oh, temanmu sedang menunggumu di luar kafe. Dia bilang dia khawatir kamu belum pulang."

Rochelle membeku. Jakob. Itu pasti. "Apakah ada jalan keluar lain yang bisa saya gunakan untuk menghindarinya? Aku... aku telah mengajukan perintah penahanan terhadap mantanku, tapi pengadilan berjalan lambat, dan aku tidak ingin bertemu dengannya."

Karen menepukkan tangan ke mulutnya. "Oh, saya turut berduka. Dia sangat baik, saya tidak menyangka dia bisa menjadi teman Anda. Dia sudah duduk di salah satu meja kafe sambil menggambar lebih dari satu jam."

Rochelle berani bernapas lagi. Jakob hampir tidak bisa menggambar figur tongkat, dan dia membenci seni apa pun yang tidak ada di dalam game. Dia mengambil risiko mengintip ke luar jendela dan hampir tertawa.

Ben duduk bersila di salah satu bangku, mengintip ke arah pintu gerbang saat pensil di tangannya tampak bergerak dengan sendirinya melintasi halaman.

"Haruskah saya menyuruhnya pergi karena kami sudah tutup?" Karen bertanya sambil meremas-remas tangannya.

Rochelle menggelengkan kepalanya. "Itu adalah teman saya, Ben, sama sekali bukan mantan saya. Dia mungkin menggambar kartun yang kejam dengan pensilnya, tapi dia bukan John Wick. Sama sekali tidak berbahaya." Dia menuju ke halaman untuk menyapanya.

"Apa yang kamu lakukan di sini?" tanyanya.

Ben menunjuk ke arah jam di pintu gerbang. "Saya telah menggambar burung hantu. Dia sedang berburu ngengat yang berbondong-bondong menuju cahaya di atas sana. Ini, lihatlah." Dia mengulurkan buku sketsanya.

Benar saja, ia telah menggambar selusin sketsa yang berbeda dari apa yang tampak seperti burung hantu boobook kecil, menukik dari kegelapan untuk menangkap ngengat, sebelum menghilang lagi.

"Ini dia lagi," kata Ben sambil menunjuk.

Senyap seperti angin malam, burung hantu itu melayang di atas pintu gerbang. Tiba-tiba, makhluk itu melesat ke atas, cakarnya menyambar seekor ngengat yang gemuk dari udara, sebelum burung hantu itu lenyap di atas dinding.

"Wow," Rochelle menghela napas. "Saya telah bekerja di sini selama beberapa malam, dan ini pertama kalinya saya melihat burung hantu di penjara." Bahunya merosot. "Seharusnya aku mengeluarkan ponselku dan merekamnya."

Ben mengangkat bahu. "Kita bisa menunggu dan melihat apakah ia akan kembali, jika Anda mau."

"Tidak, mereka sudah tutup. Kita harus pergi. Tapi kita bisa kembali lagi lain malam, atau aku bisa." Dia masih belum menjawab pertanyaannya. "Apa yang kamu lakukan di sini?" Dia tidak mungkin tahu akan ada burung hantu yang akan membuat sketsa. Itu akan sangat aneh.

Mengangkat bahu lagi. "Tacey bilang kamu bekerja di sini malam ini. Saat kafe tutup dan Anda belum kembali, saya pikir saya akan datang dan melihat apakah Anda ingin ditemani untuk berjalan pulang."

Sangat bijaksana. Jakob tidak akan pernah berpikir untuk melakukan hal seperti itu.

Rochelle menyelipkan lengannya di lengan Ben. "Aku ingin ditemani."

Mereka bahkan belum sampai setengah jalan di Fairbairn Street sebelum dia bertanya, "Pekerjaan apa yang Anda lakukan di dalam penjara?"

Nah, jika ada satu pekerjaan yang harus dijelaskan dengan buruk... "Saya berpura-pura menjadi seorang pembunuh yang dihukum gantung lebih dari seratus tahun yang lalu."

Tentu saja, Ben terkejut. Dia menatapnya, dan bahkan dalam cahaya kemerahan lampu jalan, dia bisa melihat kengerian dalam ekspresinya.

"Untuk para turis," tambahnya, meskipun hal ini tampaknya tidak membuatnya jera. Rochelle menghela napas. "Tur malam hari di penjara dilakukan dengan cahaya obor, dan mereka menyewa aktor untuk melompat keluar ke arah kelompok tur dan menceritakan sebagian dari sejarah penjara. Kebanyakan dari mereka keluar dari sel penjara di blok sel utama, atau sel isolasi, tetapi mereka biasanya mengirim saya ke Divisi Baru, karena tidak ada banyak ruang di Divisi Wanita untuk kelompok tur, dan saya berpakaian seperti Martha Rendell, seorang wanita yang dihukum dan dihukum gantung karena membunuh anak tirinya. Baru diketahui setelah beberapa waktu kemudian bahwa dia mungkin dihukum secara tidak adil, merawat anak-anaknya di bawah perintah dokter yang ditolak oleh dokter, tetapi pada saat itu, sudah terlambat. Dia pergi ke tiang gantungan untuk memprotes ketidakbersalahannya - satu-satunya wanita yang digantung di Penjara Fremantle. Membuat Anda bertanya-tanya berapa banyak narapidana lain yang datang ke sini dihukum karena kejahatan yang tidak mereka lakukan, karena ada orang lain yang memiliki kekuatan lebih besar yang mencurangi persidangan untuk menyalahkan orang yang tidak bersalah atas tindakan mereka."

Ben menganggguk dengan serius. "Lebih dari yang akan kita ketahui, saya rasa." Dia tampak santai mendengarnya, dan terus berjalan.

"Apakah Anda pernah mengikuti salah satu tur?" Rochelle bertanya.

"Bermain sebagai turis di dalam penjara? Tidak," kata Ben.

Dari cara dia mengatakannya, Rochelle menduga masih banyak yang bisa dia katakan, tapi dia sengaja menahan lidahnya. Jika dia tidak tahu lebih baik, dia akan mengira pria itu adalah salah satu tahanan di sini, tapi itu tidak mungkin. Penjara itu telah ditutup selama hampir tiga puluh tahun, sejak sebelum dia lahir, dan dia tidak terlihat lebih tua darinya. Mungkin dia ditangkap karena mabuk, atau mengalami kecelakaan mobil. Atau mungkin dia telah melakukan sesuatu saat remaja dan berakhir di sistem peradilan anak. Kembali ke Skotlandia, mungkin.

"Saya akan bekerja lagi Rabu malam. Saya bisa mengajak Anda berkeliling, jika Anda mau - saya akan meninggalkan tiket untuk Anda di toko suvenir." Ketika Ben terlihat seperti menolak, dia buru-buru menambahkan, "Kami mendapatkan berbagai macam tur. Kadang-kadang bahkan para tahanan dan penjaga, yang mengetahui segala macam cerita yang bahkan pemandu wisata pun belum pernah mendengarnya. Kisah-kisah yang bisa diceritakan oleh tempat ini..." Dia menggigil.

"Saya tidak yakin apakah harus merasa geli atau terhina karena Anda mengira saya bisa menjadi tahanan di sini," kata Ben. "Apakah saya terlihat seperti penjahat bagi Anda?"

Dan pada saat itu, dia tahu bahwa dia telah menghabiskan waktu, tetapi jika dia mengatakan sesuatu, dia mungkin akan menyangkalnya.

"Tidak, tidak," katanya terus terang. "Tapi hanya karena seseorang terlihat dapat dipercaya atau benar-benar cerdik, bukan berarti mereka memang seperti itu. Katakan padaku: apakah aku membuat kesalahan dengan berjalan pulang bersamamu?"

Dia menyeringai. "Saya bersumpah demi hidup saya, bahwa Anda aman bersama saya. Siapa pun yang mendekati kami dengan maksud membuat Anda merasa tidak aman... ya, anggap saja mereka mungkin akan berada dalam bahaya, atau setidaknya ketidaknyamanan."

Dia mempercayainya. Yang mungkin berarti kejahatan apa pun yang dia lakukan saat remaja, mungkin melibatkan penyerangan. Tapi jenis di mana korban mungkin bisa dibilang pantas men dapatkannya...

"Bagus," katanya dalam hati. "Selama kamu tidak ditangkap. Lalu siapa yang akan mengantarku pulang?"

Tiga Puluh Dua

Tidak peduli seberapa persuasifnya Rochelle, tidak mungkin Ben berniat untuk menginjakkan kakinya di dalam penjara itu lagi. Namun, karena Rochelle semakin curiga dengan penolakannya, daripada membiarkannya menebak-nebak, ia terpaksa mengatakan bahwa ia akan datang untuk mengikuti tur.

Dia bisa saja beralasan ketika dia datang terlambat dan melewatkan tur minggu depan, tetapi untuk saat ini, dia tampak puas.

Dia melihatnya pulang dengan selamat ke apartemen di atas kafe, lalu menuju ke atap terdekat untuk menuju ke pusat seni di rumah sakit jiwa tua, karena kelas menggambar kehidupan akan diadakan di sana besok. Dia mungkin tidak bisa keluar di bawah sinar matahari, tetapi dia telah menemukan tempat yang cocok di langit-langit di atas ruangan tempat kelas akan diadakan, sehingga dia masih bisa bergabung dengan kelas.

Ben meluangkan waktunya untuk menjelajahi gedung tua itu, sehingga lupa waktu dan ketika dia kembali ke ruang kelas, kelas sudah berlangsung.

Dia tidak ragu-ragu. Ia meletakkan buku sketsanya di salah satu kasau yang lebar, mengintip melalui panel langit-langit, dan mulai menggambar.

Sebuah sosok terbentuk di ujung pensilnya, seorang wanita yang sedang berbaring di atas mimbar, dengan kepala yang disandarkan pada lengannya seolah-olah sedang tidur. Namun, semakin ia menggambar, semakin terlihat familiar. Dia pernah melihat pemandangan ini sebelumnya. Cara tangannya terulur, menggapai pertolongan yang tidak akan pernah diterimanya.

Oh Tuhan, itu Pamela.

Pensil itu hancur di tangannya, kini sejuta serpihan yang seharusnya ia rasakan menusuk ke dalam dirinya, tetapi tidak dapat menembus kulit batunya yang masih hidup.

Karena wanita yang telah menjangkau seratus tujuh puluh tahun untuk meminta pertolongan, untuk keadilan, untuk pembalasan dendam... dia telah gagal untuk memberikan semua itu. Sebaliknya, dia menggambar wanita lain, dengan pose yang sama seperti saat dia mengukir Pamela, ketika dia seharusnya berada di luar sana, memburu pria yang telah membunuh saudara-saudaranya, atau pria yang telah membunuhnya.

Bukan berarti dia belum bisa meninggalkan gedung - matahari masih bersinar di luar, meskipun dari cara matahari menyorot melalui jendela, hanya dalam beberapa jam dia akan bebas.

Dia memiliki waktu untuk menyia-nyiakan gambar ini, kemudian, untuk berpura-pura bahwa dia hanyalah seorang seniman biasa, alih-alih sebagai wadah pembalasan dendam.

Pandangannya menyapu seluruh kelas. Asisten toko alat tulis telah mengatakan bahwa akan ada variasi tingkat keterampilan dalam kelas ini, dan dia tidak salah. Seorang pria nyaris tidak bisa menjaga garisnya tetap lurus, untuk kotak di bawah model. Yang lainnya menggambar sosok yang samar-samar terlihat seperti manusia, dan kemudian ada seorang wanita yang menggambar seorang pria, bukan wanita, sambil menunjuk ke arahnya dengan raut wajah yang menuduh.

Ben berkedip. Ada seorang pria lain di halaman itu, dan seorang lagi. Ada yang menggambar seorang anak kecil, jenis kelaminnya belum diketahui. Ada juga wanita, tapi tidak ada yang mirip Pamela. Namun ketika dia melihat modelnya, wajahnya yang dia lihat, kemiripannya begitu luar biasa...

Dia beralih ke halaman lain dan mulai lagi. Kemudian lagi.

Setiap kali dia memulai lagi, gambarnya tetap sama. Itu adalah patung Pamela yang dia pahat di atas batu, lalu ditempatkan di dalam kebodohan yang dia dan Torstan buat untuk ayahnya.

Itu tidak mungkin dia. Tidak mungkin.

"Kami ingin mengucapkan terima kasih kepada Anda karena telah menjadi model kami untuk kelas ini. Semuanya, tolong tunjukkan rasa terima kasih Anda dengan tepuk tangan."

Ben melirik ke arah kelas. Semua orang sedang membereskan barang-barang mereka, saat sang model mengenakan semacam jubah dan menuju ke sebuah ruangan yang lebih kecil di luar kelas.

Ben mengikuti. Dia harus tahu. Mungkin dia hanya terlihat seperti Pamela. Kerabat jauh, sebuah kebetulan, pasti ada penjelasan logis yang tidak melibatkan Pamela yang kembali dari kematian. Dia telah dihukum atas pembunuhannya. Berharap setiap hari sejak malam itu dia bisa menyelamatkannya. Jika dia masih hidup.

Ben melangkah keluar dari dinding, tepat ke dalam ruangan di mana wanita itu sekarang telah menutupi ketelanjangannya dengan pakaian modern. Wanita itu berbalik dan...

... Dia tersenyum pada Ben. "Yang tersembunyi muncul. Apa kamu sangat menyukai gambarmu sehingga kamu berpikir untuk mengajakku berkencan?"

Seorang pria. Ben berhadapan dengan seorang pria yang sama sekali tidak mirip dengan Pamela, atau wanita mana pun yang pernah dikenalnya. Ini adalah... semacam sihir. Seperti jenis yang telah membunuh saudara-saudaranya dan membuatnya hidup terlalu lama. Orang ini bisa menolongnya. Ben menyodorkan buku sketsa itu ke depan wajah pria itu. "Jelaskan ini," desisnya.

Pria itu mengambil buku sketsa, membolak-balik halaman dengan tangannya yang terawat rapi. "Oh, ini benar-benar indah. Anda cukup berbakat."

Ben tidak akan teralihkan oleh pujian. "Jelaskan bagaimana saya menggambar ini, ketika saya melihat Anda."

Pria itu menghela napas. "Orang jarang mencari iblis. Sebaliknya, mereka mengejar keinginan tergelap dan penyesalan terdalam mereka, hanya untuk menemukan bahwa mereka tidak siap ketika berhadapan dengan kenyataan." Dia memberi isyarat ke bawah tubuhnya.

Tubuhnya.

Ben mendapati dirinya menatap seorang wanita jangkung dengan wajah Pamela, mengenakan kemeja dan celana hitam modern.

Dia berkedip, dan pria itu kembali, matanya yang gelap membara.

Pria ini mengira Ben adalah seorang molly. Bahwa ia menginginkannya. Atau bahwa ia bernafsu setelah Pamela.

Ben menggelengkan kepalanya. "Saya tidak mengejar semua itu. Saya ingin memperbaiki keadaan. Hal-hal yang mungkin masih bisa diperbaiki." Dia tidak bisa menghidupkan kembali Pamela, tapi setidaknya dia bisa membalaskan dendamnya.

Pria itu tertawa, seolah-olah dia bisa membaca pikiran Ben. Jika dia seorang penyihir, mungkin dia bisa. "Jika penebusan yang kau cari, itu adalah hal yang sangat manusiawi. Kau harus mencari bantuan manusia untuk itu, karena itu bukan keahlian iblis." Dia mengedipkan matanya. "Lagipula, bahkan iblis pun belum berhasil menebus dirinya sendiri, dan bukan karena tidak mencoba."

Tunggu... bagaimana bisa pembicaraan berubah menjadi teologi? Ben bukanlah seorang sarjana, dan tentu saja bukan seorang pendeta.

Pria itu merogoh sakunya. "Saya beri tahu Anda. Jika Anda memutuskan penebusan bukanlah hal yang Anda sukai, dan Anda ingin sesuatu yang sedikit lebih gelap, dengan sedikit unsur balas dendam, ini kartu saya." Dia mengulurkan sebuah persegi panjang hitam mengkilap di antara jari dan ibu jarinya. Untuk sesaat, matanya tampak benar-benar hitam, seperti bukan manusia. Kemudian Ben berkedip, dan pria itu terlihat normal kembali.

Ben tidak bisa menahan diri. Dia meraih kartu tersebut.

Hal berikutnya yang dia tahu, pria itu berjalan keluar ruangan, menuju ruang kelas yang kini kosong.

Ben bergegas mengikuti.

"Semoga keberuntungan berpihak pada Anda dan ahli waris baru Anda, karena Pamela muda dalam foto Anda sudah lama menemui ajalnya, dan saya yakin sudah lama melupakan Anda dan kehidupan yang Anda kenal. Jika memang penebusan yang Anda inginkan, Anda harus ingat bahwa penebusan tidak terletak pada masa lalu, tetapi hanya di masa depan." Pria itu masuk ke dalam mobil hitam berkilau seperti kartu namanya, dan pergi.

Nafas Ben tercekat di tenggorokannya. Tak sekalipun ia memberitahu pria asing itu nama Pamela, atau apa yang telah terjadi padanya.

Dia mengeluarkan kartu milik pria itu.

Itu berbunyi:

Luce Iblis

CEO

HELL Corporation

Di bawahnya terdapat deretan angka enam yang panjang. Sebuah nomor telepon, mungkin.

Tentu saja, Ben harus mendapatkan telepon untuk meneleponnya, tetapi dia bisa melakukannya.

Iblis dan kegelapan, pembalasan dendam dan...

Tidak. Ben menyimpan kartu itu. Mungkin dia akan mencari Luce Iblis ini, dengan omongannya tentang iblis, nanti, tapi dia tidak berbohong tentang keinginan penebusan. Lebih dari segalanya, dia berharap bisa memperbaiki keadaan. Keadilan lebih dari balas dendam.

Tapi penebusan adalah hal yang manusiawi, kata Luce. Seolah-olah dia tahu Ben bukan manusia. Atau bahwa monster tidak bisa ditebus, seperti halnya setan.

Seperti terpanggil untuk menyukai... meskipun ia cukup yakin Luce tidak sama dengan Ben. Aura kegelapan dunia lain yang melekat pada dirinya adalah sesuatu yang tidak dimiliki oleh Ben.

Tapi Rochelle juga manusia, dan dia telah menghabiskan hampir setiap malam selama ini untuk membantunya. Mungkin, jika dia meminta bantuannya... dia mungkin...

Dia tahu tentang sejarah dari seabad yang lalu. Seorang wanita yang dihukum karena pembunuhan, seratus tahun kemudian mati. Jika dia bisa menemukan seorang wanita dalam kabut masa lalu, mungkin dia bisa menemukan tiga orang. Saudara laki-lakinya, dan orang yang telah membunuh mereka. Jika dia menemukan mereka, mungkin penebusan bisa dilakukan.

Tapi jika dia ingin bantuannya, dia harus menepati janjinya, dan datang untuk tur ke penjara.

Baiklah. Jika itu yang dituntut oleh takdir, maka dia akan melakukannya. Dia akan berjalan dengan sukarela ke dalam penjara yang telah dibangun dan diloloskan oleh saudara-saudaranya, dan dia akan tertawa dan tersenyum seperti turis-turis lainnya. Rasanya tidak ada penjara yang bisa menahannya sekarang. Terutama penjara yang terbuat dari batu.

Dan iblis, atau siapa pun Iblis Luce yang misterius itu... dia bisa menunggu. Karena Ben punya pekerjaan yang harus dilakukan.

Tiga Puluh Tiga

Alih-alih pergi ke kafe saat matahari terbenam, Ben justru menuju ke penjara. Tur siang hari terakhir, tur tentang masa lalu narapidana di penjara, akan segera dimulai, jadi dia membeli tiket dan bergabung dengan tur tersebut.

Pemandu wisata, seorang pria berambut perak dengan lencana nama yang menyatakan bahwa ia bernama James, memimpin kelompok kecil itu menuju lapangan parade, yang kini dilapisi aspal hitam, seperti jalan di luar.

"Bayangkan tahun 1850. Koloni ini baru berusia dua puluh tahun, dengan hanya beberapa ribu orang Eropa, semuanya pemukim bebas, dan mereka menginginkan tenaga kerja yang murah. Namun tidak ada yang mau datang ke Australia Barat, dan mereka yang mau tidak mampu membayarnya, jadi mereka menulis surat kepada pemerintah Inggris, meminta mereka mengirim na rapidana..."

Sebuah surat yang membuat mereka mengirim kapal Dunstan ke Fremantle dengan muatan narapidana. Ben, Tor, dan Dunstan akan berada di kapal itu sebagai pemukim bebas, dan mungkin juga Pamela, jika dia masih hidup.

"Mereka membangun tempat ini menggunakan batu kapur yang ditambang di lokasi, di sini..."

Pekerjaan yang sangat melelahkan, terutama dengan peralatan yang tidak berguna yang telah dikirim bersama mereka. Torstan telah menghabiskan waktu berhari-hari di bengkel pandai besi, bersikeras agar pandai besi magang yang malang itu menempa semuanya dari awal hingga dia mendapatkan apa yang dia butuhkan. Atau penjara ini mungkin tidak akan pernah dibangun.

"Mereka akan berkumpul di sini, di lapangan parade, setiap pagi, untuk bergabung dengan kru kerja berantai..."

Ben bergidik. Rantai hanya digunakan untuk hukuman secara detail saat dia berada di kru kerja. Harus memakai rantai setiap hari... dan dia pikir kurungan dalam sel yang kecil dan sepi adalah hal terburuk yang akan mereka hadapi.

Kemudian pemandu wisata membawa mereka ke dalam blok sel utama... dan menunjuk ke ember. Ember toilet.

Apa yang terjadi dengan pipa-pipa itu? Mereka menempatkan wastafel di setiap sel, mengukir pipa dari kayu ketika tidak ada cukup logam. Ben belum sampai tangannya penuh dengan serpihan, hanya karena pihak administrasi penjara berubah pikiran dan mulai menggunakan ember... tak heran jika terjadi kerusuhan seperti yang dibicarakan oleh pemandu wisata. Jika Ben adalah salah satu narapidana saat itu, dia mungkin akan memimpin kerusuhan itu sendiri.

Berterima kasihlah kepada Tuhan dan takdir dan mungkin juga kepada tukang jagal berdarah itu karena telah memberi mereka ide untuk melarikan diri.

Selama ini, dia tidak pernah sebahagia ini melihat rumah jaga itu dalam hidupnya. Dia ingin segera keluar dari gerbang dan tidak pernah menoleh ke belakang.

Kecuali... "Ben, kamu datang!"

Rochelle berdiri di halaman, senyum berseri-seri di wajahnya saat melihatnya. Senyuman yang ingin ia kembalikan, bahkan di dalam lubang keputusasaan ini.

"Anda sepertinya tidak terlalu tertarik minggu lalu, jadi saya belum memesankan tiket untuk Anda, tapi saya akan melakukannya sekarang. Saya harus pergi dan berganti pakaian, tapi sampai jumpa di dalam, ya?"

Ben mendapati dirinya mengangguk-angguk.

Sekali lagi menuju pelanggaran...

Sebenarnya, tur kedua lebih tertahankan daripada yang pertama. Mungkin karena pemandu wisata berbicara tentang para tahanan di era selanjutnya, selama Ben tidur di bawah permukaan. Atau mungkin karena para aktor berkostum yang muncul secara tak terduga di sepanjang tur, untuk menceritakan kisah dramatis tentang sebuah momen dalam sejarah penjara, sebelum akhirnya menghilang.

Dia merasakan kehadiran Rochelle sebelum dia melihatnya, berkeliaran di lantai atas sebelum dia mengejutkan mereka di tangga. Dia berpakaian lebih seperti wanita pada masanya daripada saat ini, dan ketika dia memperkenalkan dirinya sebagai Martha Rendell, seorang ibu dengan kisah yang menyedihkan, Ben mulai mengerti mengapa.

Ketika Rochelle mengatupkan kedua tangannya dan menatap matanya ke langit, ia hampir percaya bahwa ia benar-benar hantu Martha, dan bahwa setiap kata yang diucapkannya adalah kebenaran saat ia berkata, "Saya tidak bersalah di hadapan Tuhan dan manusia karena telah melakukan apa pun yang melukai anak-anak."

Namun mereka telah menghukum wanita malang itu, dan menggantungnya atas pembunuhan anak-anak bahkan ketika dia menyatakan bahwa dia tidak bersalah. Bukan orang tak bersalah pertama yang dikirim ke sini untuk mati, dan juga bukan yang terakhir.

Tepuk tangan dari para turis lain menyentakkannya dari lamunannya yang melankolis, tetapi Rochelle sudah keluar, dan dia tidak melihatnya lagi.

Tur berakhir di tempat di mana tur itu dimulai, di halaman yang cukup terang di mana ia duduk membuat sketsa burung hantu yang sedang berburu minggu lalu. Burung hantu itu sedang berburu di tempat lain malam ini, atau mungkin makhluk itu belum terbangun dan baru akan berbuka nanti.

Ben duduk untuk menunggu.

Dia mendapati dirinya sedang mengamati orang-orang, mengenang kembali tur mereka dengan nada animasi dengan gerakan tangan yang menyertai saat mereka berjalan keluar dari gerbang, tanpa menyadari betapa beruntungnya mereka dapat melakukannya.

"Maaf, Pak, tapi kami sudah tutup. Anda harus pergi."

Ben melirik ke atas. Salah satu pemandu wisata pasti sedang berbicara dengannya.

Wanita yang menjaga toko suvenir itu melambaikan tangannya ke arahnya. "Tidak, tidak apa-apa. Dia sedang menunggu Rochelle. Anda bisa tinggal sampai dia keluar. Dia tidak akan lama."

Ben bangkit. "Saya tidak keberatan. Saya bisa menunggu di luar gerbang semudah di sini, selama Anda memberi tahu di mana saya berada."

Pemandu wisata dan wanita pemilik toko itu terlibat dalam perbincangan yang sengit tentang apakah dia harus tinggal atau pergi. Sebelum mereka hampir mengambil keputusan, Rochelle membuat keputusan untuk mereka.

"Hai! Bagaimana menurutmu?"

"Saya hampir percaya bahwa Anda adalah hantunya," Ben mengakui. "Tapi saya masih tidak percaya berapa banyak turis yang datang ke tempat ini untuk mencari hiburan."

Rochelle menepuk lengannya. "Mereka datang ke sini untuk belajar sejarah dengan cara yang menghibur. Itu bukan hal yang sama."

Ben menundukkan kepalanya tanda setuju. "Saya yakin Anda tahu lebih banyak tentang hal itu daripada saya."

"Hanya tentang penjara wanita, dan satu sekolah lapangan arkeologi yang saya lakukan di tahun pertama, ketika saya mencoba untuk mendapatkan gelar ganda. Sekarang, saya hanya akan puas dengan satu gelar, jika saya bisa melakukannya. Saya tidak bisa melakukan tur narapidana yang James katakan sebelumnya. Jika ada yang bertanya kepada saya tentang sejarah awal penjara, saya hanya menunjukkan kepada mereka database narapidana dan mendoakan mereka."

"Basis data narapidana?" Kata-kata itu tidak asing lagi, tetapi Ben tidak tahu apa artinya dirangkai seperti itu.

"Tentu, jika masih buka, saya akan membawa Anda ke Depot Narapidana, di mana mereka memajang pakaian dan barang-barang narapidana asli, serta komputer yang bisa Anda gunakan untuk mengakses basis data narapidana. Tempat ini biasanya digunakan oleh orang-orang yang merasa memiliki keturunan narapidana."

Dia telah memberinya pembuka yang sempurna untuk sebuah cerita yang mungkin terdengar masuk akal, tanpa mengatakan seluruh kebenarannya. "Saya memiliki kerabat yang menjadi narapidana di sini, saya pikir. Dunstan dan Torstan Stone. Bisakah Anda menemukan mereka di pangkalan data Anda?"

"Tentu." Rochelle mengeluarkan ponselnya, mengetuk-ngetuknya sejenak, lalu mengerutkan dahi pada layarnya. "Oke, ini mungkin lebih baik di komputer saya di rumah. Saat kita kembali ke kafe, kamu bisa datang dan aku akan mencarinya untukmu, jika kamu mau."

Bagaimana dia bisa menolak?

Tiga Puluh Empat

Rochelle sadar akan tatapan Ben yang tertuju padanya saat ia menunggu komputer Octavia dinyalakan. Dia mempertimbangkan untuk menggunakan laptopnya, tetapi Octavia memiliki monitor paling besar yang terhubung dengan miliknya, sehingga akan lebih mudah untuk dilihat.

Basis data narapidana terus melakukan pencarian, sebelum akhirnya hasilnya muncul.

"Ada tiga Stones, bukan dua," kata Rochelle sambil mengamati layar. "Mereka semua tiba di Fremantle pada tanggal 1 Agustus 1852, dengan kapal *William Jardine.* Torstan, Dunstan, dan Ebenezer. Yang mana yang Anda katakan adalah kerabat Anda?"

Ben terlihat berpikir sejenak, lalu berkata perlahan, "Semuanya. Mereka adalah tiga bersaudara."

Rochelle menggelengkan kepalanya. "Membuat Anda bertanya-tanya apa yang dipikirkan orang tua mereka, memberi mereka nama seperti itu. Maksud saya, ada banyak sekali orang yang bernama William, Arthur, Robert, dan John, lalu ada tiga orang ini... dapatkah Anda bayangkan jika Anda dipanggil Ebenezer? Semua orang akan memanggil Anda Gober."

Ben terbatuk-batuk sambil tertawa. "Sebenarnya, saya rasa Anda akan tahu bahwa Ebenezer Stone lahir sebelum Tuan Dickens menerbitkan ceritanya, dan di keluarga kami, nama itu biasanya disingkat menjadi Ben."

Rochelle menarik napas. Dia tidak. Tolong, jangan biarkan dia... "Katakan padaku, aku tidak hanya mengolok-olok namamu. Maafkan aku, seharusnya aku tidak mengatakan apa-apa."

Tapi Ben sama sekali tidak terlihat tersinggung. Dia hanya berdiri di sana sambil menyeringai. "Ah, tradisi keluarga memang sulit untuk dipahami, bahkan ketika Anda menjadi bagian dari tradisi tersebut. Ibu saya adalah penggemar berat Tuan Dickens, dan dia membacakan *A Christ-*

mas Carol dengan lantang setiap Natal sampai dia meninggal, dan kemudian jatuh ke tangan saya. Bahkan penjahat terhebat pun bisa ditebus, katanya, ketika kakak-kakak laki-laki saya bercanda bahwa saya melihat hantu saat Natal."

"Saya turut berduka cita atas kehilangan Anda." Kata-kata itu keluar secara otomatis, tetapi itu tidak membuat kata-kata itu kurang menyentuh hati.

Ben mengangkat bahu. "Dia sakit, dan dia kesakitan. Kematian adalah sebuah rahmat baginya, ketika itu datang."

"Ya." Rochelle memejamkan matanya, merelakan dirinya untuk melihat ibunya sebelum kanker menyerangnya, dan mereduksinya menjadi mayat hidup yang terlihat seperti di hari-hari terakhirnya. Dia menelan ludah. Seharusnya ia meneliti nenek moyang Ben, bukan meratapi ibunya. Dia mengarahkan kursor ke catatan pertama. "Mari kita periksa Ebenezer terlebih dahulu."

Dia menatap catatan itu. Entah bagaimana, dia mengira Ebenezer ini pasti nenek moyang Ben. Tapi tidak mungkin, dan layar di hadapannya tahu alasannya. "Dia meninggal pada bulan Juni 1855. Usianya baru dua puluh satu tahun."

Ben mengangguk pelan, seolah-olah dia sudah tahu. "Ya, tapi apa yang terjadi dengan saudara-saudara yang lain?"

Benar. Itu yang dia tanyakan, bukan namanya. "Ah. Benar. Mari kita lihat. Dunstan berikutnya dalam daftar. Seorang tukang kayu kapal yang belum menikah, terdaftar sebagai melek huruf, dihukum di Glasgow pada tahun 1850 karena pembunuhan. Dihukum seumur hidup, dan hanya itu."

Ben tidak terlihat senang. "Cari Torstan," desaknya.

Rochelle tertarik pada saudara ketiga. Satu-satunya perbedaan adalah pekerjaannya - Torstan adalah seorang tukang batu, bukan tukang kayu. Tapi tetap saja seorang pembunuh. Sama seperti... ya, ia mengatakan hal yang sama tentang Ebenezer. "Tidak ada yang lain di sini," katanya. "Maksudku, untuk beberapa yang lain, kau bisa melihat tanggal kematian, atau tanggal cuti, atau tanggal mereka diampuni. Ebenezer setidaknya memiliki tanggal kematian, tapi yang lain... tidak ada."

"Kenapa tidak?"

Rochelle mengangkat bahu. "Yah, mungkin catatannya rusak, atau hancur, atau hilang. Dan tidak semuanya terekam, padahal seharusnya begitu. Atau mungkin mereka menghilang begitu saja, dan tidak ada yang tahu apa yang terjadi. Pada beberapa tahun pertama, ketika penjara sedang dibangun, para narapidana tidur di tempat tidur gantung di sebuah gudang, di tempat yang sekarang menjadi Hotel Esplanade. Ada cerita bahwa jika mereka ingin melarikan diri, yang harus mereka lakukan hanyalah menyelinap keluar jendela dan melompati tembok, dan mereka bisa bebas. Rupanya tempat pertama yang mereka tuju adalah pub, jadi yang harus dilakukan oleh para penjaga adalah menunggu hingga semua pub tutup, lalu mengepung mereka lagi. Mungkin Stone bersaudara ini tidak pergi ke pub. Mungkin mereka pergi dengan kapal, atau menghilang ke dalam semak-semak, atau..." Dia tidak bisa memikirkan hal lain.

Ben tampak muram. "Atau seseorang membunuh mereka dan tidak ada yang pernah menemukan mayatnya."

Dia ingin tertawa, tetapi pria itu terdengar terlalu serius untuk dijadikan lelucon. "Apakah it u... cerita yang kamu dengar dari keluargamu?" Karena Fremantle pada masa kolonial merupakan tempat yang cukup terbelakang saat itu. Bahkan Perth baru benar-benar menjadi sebuah kota setelah demam emas dimulai, dan itu terjadi empat puluh atau lima puluh tahun kemudian.

Dia memberikan anggukan tajam. "Saya dengar nama pria itu William Pearse. Dia memiliki toko daging di High Street."

Rochelle bergidik. Dia pernah mendengar cerita tentang pembunuh yang menjual mayat sebagai daging kepada pelanggan yang tidak menaruh curiga. Bagaimana jika yang satu ini tidak pernah tertangkap?

Dia meminta Ben untuk mengeja nama pria tersebut, lalu memasukkannya ke dalam kotak pencarian dan menekan ENTER.

Ada banyak hasil, mulai dari beberapa blog sejarah Fremantle dan daftar warisan negara bagian. Dia membuka beberapa, lalu mulai membaca sekilas artikelnya.

"William Pearse tiba di sini pada tahun 1852 dari Port Phillip Bay... yaitu Melbourne, dan mendirikan toko daging di High Street. Ketika istri dan anak-anaknya tiba untuk bergabung dengannya pada tahun 1855, dia menghilang." Sama seperti Stone bersaudara. "Istri dan putra tertuanya mengelola bisnis ini untuk beberapa waktu, sebelum mereka menjual properti ini kepada sebuah bisnis perkapalan, yang kemudian merobohkan bangunan lama dan membangun gudang dan kantor baru pada tahun 1907. Mereka menamakannya Central Chambers." Mulut Rochelle terasa kering. Dia menelan ludah, tapi sepertinya tidak membantu.

"Di mana itu?" Ben bertanya.

Rochelle tidak mau menjawab. Jika dia menjawab, itu akan menjadi kenyataan. Bahwa tiga orang telah dibunuh beberapa meter dari tempatnya tidur di malam hari.

Tetapi tidak mengatakan apa-apa tidak akan mengubah kebenaran. Dia memaksakan diri untuk berjalan ke jendela, dan menunjuk ke arah gedung di seberang jalan. Gedung dengan gargoyle di atas huruf-huruf besar yang menyatakannya sebagai Central Chambers.

Bangunan tempat pria bersayap itu menari di atap, belum lama ini.

Ben menatap ke arah jari yang ditunjuknya. "Begitu dekat. Selama ini, saya begitu dekat," ia menghela napas. Kemudian dia seperti tersadar, dan membungkuk. "Terima kasih, Rochelle.

Kamu sudah sangat membantu. Aku harus pergi sekarang, tapi aku akan menemuimu besok malam di kafe." Dia berlari menuruni tangga dua langkah sekaligus.

Dia berjalan dengan susah payah mengejarnya, karena dia tahu bahwa dia harus mengunci pintu kafe di belakangnya, tetapi ketika dia sampai di pintu, dia melihat pintu itu sudah terkunci. Dan pintu belakang terkunci rapat.

Namun, dia pasti akan pergi.

Mungkin dia berhasil mengunci pintu depan, dan entah bagaimana menutupnya di belakangnya. Ya, itu pasti.

Selama pintu dan jendela itu terkunci. Kerabatnya mungkin telah dibunuh di seberang jalan oleh pembunuh berantai lebih dari seabad yang lalu, tetapi dia masih tidak merasa aman kecuali semua pintu dan jendela terkunci.

Seandainya saja pengadilan mau cepat-cepat memberikan perintah penahanan agar dia bisa mengeluarkan Jakob dari rumahnya, di mana dia tidak perlu khawatir akan kejadian-kejadian mengerikan yang pernah terjadi. Ugh, bagaimana jika masih ada hantu-hantu yang marah berkeliaran?

Tiga Puluh Lima

Berdiri di jalan, di luar rumah yang telah menggantikan toko daging, Ben memaksakan diri untuk bernapas. Di sinilah kejadian itu terjadi. Di mana saudara-saudaranya telah meninggal. Di mana dia menghembuskan nafas terakhirnya. Di mana para penjaga menemukannya dan membawa apa yang mereka pikir adalah mayatnya ke pemakaman Skinner Street, bertahun-tahun yang lalu.

Semua jendela gelap, tetapi bukankah Rochelle mengatakan bahwa tempat itu adalah kantor dan gudang sekarang? Tempat itu akan sepi sampai siang hari.

Dan keluarga Pearse telah menjualnya kepada orang lain. Dimanapun Pearse tinggal sekarang, emas itu tidak ada di sini. Kemungkinan besar dia telah mengambil emas curiannya dan menemukan tempat lain untuk menyembunyikannya.

Yang dibutuhkan Ben adalah lebih banyak informasi. Akses ke jalur ini sepertinya dimiliki oleh semua orang melalui tablet, komputer, dan telepon, dengan cara mistis apa pun yang mereka lakukan. Karena jika Rochelle dapat menemukan saudara-saudaranya dan Pearse di jalur ini, maka pasti ada petunjuk tentang keberadaan si tukang daging saat ini juga.

Dia akan memulai dari yang kecil, dia memutuskan, dengan telepon. Bahkan anak-anak sekolah pun memilikinya, jadi pasti perangkat itu tidak akan terlalu membingungkannya.

Pada akhirnya, bukan ponsel itu sendiri, tetapi bagian pembelian yang membuatnya bingung. Pelayan toko meminta tanda pengenal bersama dengan uang Ben, dan dokumen identitas apa pun yang mungkin dimiliki Ben saat pertama kali tiba di koloni itu pasti sudah lama hilang. Kalaupun tidak, ia ragu pria di balik meja kasir itu akan menerima surat-surat yang menyatakan bahwa ia telah berusia lebih dari seratus delapan puluh tahun.

Jadi dia terpaksa mencurinya. Ya, semacam mencuri satu. Dia menemukan sebuah toko yang tutup pada malam hari dan mengambil sebuah ponsel dari lemari, lalu meninggalkan cukup uang di laci kasir untuk menutupi biayanya.

Kemudian dia pergi ke atap rumah yang kosong untuk membuka kotak itu dan melakukan penelitian sendiri. Hanya untuk menemukan bahwa layar ponselnya kosong dan akan tetap kosong sampai dia mengisi daya baterainya, sesuatu yang membutuhkan listrik.

Ben menghela napas. Kembali ke sekolah dia pergi.

Tiga Puluh Enam

"Apakah itu pacar barumu?"

Rochelle menarik gaun itu ke atas kepalanya agar ia dapat melihat siapa yang berbicara. Beth, salah satu staf museum penjara, dan mungkin juga orang yang paling cerah yang pernah ia temui. "Siapa?"

"Pria muda yang datang minggu lalu untuk melakukan tur dengan tiket yang telah Anda atur untuknya."

Ia berharap ia memiliki pacar yang sangat peduli dan berbakat seperti Ben. "Tidak, Ben hanya seorang teman. Dia adalah seniman yang bekerja di kafe tempat saya bekerja, jadi dia semacam kolega, jika Anda bisa menyebut reinkarnasi Michelangelo sebagai kolega ketika satu-satunya kesamaan yang Anda miliki adalah bahwa Anda terkadang bekerja di tempat yang sama. Dia adalah tipe pria yang membuat sketsa atau melukis model dan aktor tercantik di dunia, karena mereka jatuh cinta padanya, dan dia akan memilih mereka, jika dia hanya melihat ke atas dari pekerjaannya cukup lama untuk menyadari bahwa tatapan mata mereka tertuju padanya." Rochelle menggelengkan kepalanya. "Dia sangat membumi... dan pada saat yang sama, jauh di luar jangkauanku."

"Jangan menjual diri Anda sendiri," tegur Beth. "Anda tahu, ketika saya bersama Brad, saya juga berpikir seperti itu untuk waktu yang lama, terutama setelah dia berselingkuh, tetapi itu sama sekali bukan tentang saya. Itu tentang dia yang mencoba masuk ke dalam celana wanita sebanyak mungkin. Yang perlu Anda lakukan adalah sesuatu yang liar dan gila untuk sedikit membangun kepercayaan diri Anda. Seperti menari tiang. Saya tahu sebuah studio tari yang bagus yang mengadakan kelas-kelas..."

Rochelle tertawa terbahak-bahak. "Saya tidak mampu membayar kelas dansa. Saya masih belum menyelesaikan kuliah saya, dan saya bekerja di pekerjaan ini dan pekerjaan di kafe hanya untuk membayar tagihan. Dua kali lipat tagihannya, karena saya masih membayar semua tagihan rumah saya sementara mantan saya masih tinggal di sana..."

"Anda harus melakukan sesuatu tentang hal itu. Dia seharusnya membayar dengan caranya sendiri, terutama jika dia adalah mantan Anda. Anda tidak berhutang apa pun padanya," kata Beth, menggemakan pemikiran Rochelle.

Dia akan melakukannya besok pagi-pagi sekali. Listrik dan air bukanlah masalah besar, karena panel surya membuat tagihan listrik tetap rendah dan mereka tidak menggunakan banyak air di musim dingin karena tamannya cukup banyak menyiram dirinya sendiri saat hujan musim dingin, dan itu merupakan mimpi buruk untuk disambungkan kembali, tapi dia akan terkutuk jika dia terus membayar untuk akses internet super cepat dengan kapasitas tak terbatas saat dia tidak menggunakannya. Uang itu tidak akan cukup untuk membayar kelas dansa, tapi mungkin ia bisa membeli gaun baru atau semacamnya saat musim semi tiba.

"Nah, ada sesuatu yang liar dan gila yang benar-benar menghasilkan uang yang mungkin ingin Anda coba..." Beth mulai, matanya menari-nari.

"Jangan pernah berpikir tentang hal itu. Jika saya tidak mampu membayar kelas tarian tiang, tidak mungkin saya bisa melakukannya secara profesional. Saya hanya akan jatuh dari galah dan semua orang akan menertawakan saya." Kalau dipikir-pikir, dia mungkin masih akan melakukannya di kelas. Namun, ada alasan lain mengapa dia tidak boleh mencobanya.

"Maksud saya adalah kelas menggambar kehidupan. Mereka menyelenggarakannya di Fremantle Arts Centre, dan mereka selalu mencari model-model baru. Satu-satunya kualifikasi yang Anda perlukan adalah kemampuan untuk duduk atau berbaring dalam waktu yang lama, sementara orang-orang menggambar Anda."

Mulut Rochelle ternganga. "Dan dengan gambar hidup, maksudmu...?"

Beth mengangguk. "Telanjang, atau sebagian besar telanjang. Di salah satu kelas, mereka menginginkan gaya klasik, seperti sesuatu dari Roma kuno, jadi mereka menyuruh saya mengenakan kain panjang seperti film. Itu mungkin salah satu hal yang paling menguatkan yang pernah saya lakukan ketika Brad meninggalkan saya. Semua orang itu, melahap Anda dengan mata mereka saat mereka mencoba untuk melakukan keadilan pada Anda dengan media apa pun yang mereka pilih untuk digunakan. Itu adalah hal yang memabukkan. Membuat Anda merasa seperti seorang dewi. Bahkan, saya pernah mendengar beberapa orang merasa ketagihan, ingin menjadi model setiap minggu. Mereka bahkan menawari saya masker untuk menutupi wajah saya. Ketika saya melihat beberapa foto setelah itu, terutama foto Romawi kuno...wow, wow. Mereka membuat saya terlihat luar biasa."

Rochelle hanya menggelengkan kepalanya. Membayangkan telanjang di sebuah ruangan yang penuh dengan orang dan mereka semua menatapnya... dia tidak bisa membayangkan sesuatu yang lebih memalukan. "Aku tidak bisa."

Beth menepis keraguan Rochelle dengan lambaian tangannya. "Saya rasa Anda akan terkejut dengan apa yang bisa Anda lakukan. Tanyakan pada temanmu. Jika dia menggambar seperti Michelangelo, dia sudah banyak berlatih menggambar telanjang, dan kecuali dia memiliki seratus murid yang bersemangat dan mau telanjang seperti pelukis Renaisans, dia pasti sudah mendapatkannya dari kelas menggambar kehidupan. Anda mungkin akan merasa gugup saat masuk ke dalam, tetapi ketika Anda keluar dari sana, Anda akan merasa seperti seorang dewi, saya berjanji."

Rochelle memaksakan diri untuk tersenyum, padahal di dalam hatinya ia bergidik. "Terima kasih atas sarannya. Aku akan memikirkannya. Setelah saya selesai dengan tur malam ini." Ia memetik gaun hitam yang dikenakannya saat berpura-pura menjadi Martha Rendell. "Karena entah dia seorang pembunuh atau bukan, aku yakin Martha yang malang tidak pernah menjadi model telanjang untuk sekumpulan artis."

Beth mengangkat bahu. "Anda tidak pernah tahu. Koran-koran pada saat itu penuh dengan laporan tentang betapa tidak bermoralnya dia, karena tinggal bersama seorang pria yang bukan suaminya, tak peduli berapa lama dia telah berpisah dengan istrinya. Mungkin di balik pakaian yang rapi dan sopan itu, ada panasnya seorang wanita yang berani dan mempertaruhkan segalanya untuk orang yang dicintainya."

"Dan mereka menggantungnya, memprotes ketidakbersalahannya sampai ke tiang gantungan." Rochelle hanya bisa menggelengkan kepalanya. Mungkin Martha menginginkan sesuatu yang lebih dalam hidupnya, tetapi dia tidak pernah memiliki kesempatan untuk meraihnya, di sela-sela merawat anak-anak kekasihnya dan mati untuk mereka. "Saya akan memikirkannya," katanya lagi, sambil bergegas mengambil tempatnya di sepanjang rute tur.

Tiga Puluh Tujuh

"Selamat malam. Satu roti gulung kayu manis dan espresso double shot untuk pelindung saya, seperti yang dijanjikan," Rochelle mengumumkan sambil meletakkan nampannya di atas meja. Dia telah mengatakan padanya beberapa kali bahwa dia tidak membutuhkan sesuatu untuk dimakan atau diminum saat dia sedang bekerja, tetapi dia mengagumi aroma roti gulung kayu manis saat dia mengeluarkannya dari oven, dan dia membuatnya mengakui bahwa dia menyukai kopinya yang berwarna hitam. "Apa yang sedang kamu kerjakan?"

"Karya hari ini," katanya, sambil mengangkat sketsa tersebut.

"Saya tidak menjulurkan lidah saya seperti itu!" Ya Tuhan, dia terlihat konyol. Dan sedikit mirip kadal.

"Tentu saja. Setiap kali Anda membuat desain pada buih di atas cappuccino, Anda menjulurkan ujung lidah Anda, begitu saja. Saya akan menambahkannya ke dalam koleksi." Dia menempelkannya di dinding, di samping semua sketsa lain yang telah dia buat.

Rochelle menggelengkan kepalanya. "Jika kamu dan Tacey tidak bersumpah bahwa kamu ada di sini untuk menjadi pelindungku di malam hari, aku akan bertanya-tanya apakah kamu seorang penguntit. Maksudku, foto-fotoku yang banyak itu agak berlebihan." Mirip seperti pria obsesif dalam *film Amelie.* Hanya saja cara Ben melakukannya, tidak terlalu menjengkelkan, melainkan menawan. Dan dia bahkan muncul untuk memastikan Amelie pulang dengan selamat pada malam-malam dia bekerja di penjara.

Jika dia masih belum bisa melupakan Jakob, dia mungkin akan benar-benar jatuh cinta pada pria itu.

Dia mengangkat bahu. "Saat kafe sepi, dan hanya ada Anda dan saya di sini, saya mendapatkan inspirasi dari Anda. Saya yakin saya akan menamai karya saya hari ini BLEP." Ia mencoret-coret huruf di bawah gambar, dan menggarisbawahinya.

Sampai dia pergi dan melakukan sesuatu seperti itu.

Rochelle harus tertawa. "Kamu memang gila, tapi mereka mengatakan bahwa seni yang hebat membutuhkan setidaknya sedikit kegilaan. Ooh, lihat, kita punya pelanggan. Untukmu atau untukku?"

Dia mengeluarkan portofolionya. "Bagi saya, saya pikir. Saya punya komisi untuknya."

Rochelle kembali ke konter, meskipun jari-jarinya sudah gatal untuk mengambil portofolio itu. Dia menyimpan karya terbaiknya di sana, bersama dengan semua karya yang tidak dipajang di dinding kafe. Galeri kecilnya telah berkembang pesat sejak ia menjadi seniman mereka, tetapi ia belum pernah melihat karya-karyanya yang lain sejak malam pertama ia bertemu dengannya, membuat sketsa matahari terbenam.

Dia melayani beberapa pelanggan, tetapi perhatiannya tertuju pada percakapan antara Ben dan pria yang sekarang sedang memuji-muji betapa indahnya lukisan Ben. Kemudian dia memutarnya sehingga Rochelle dapat melihatnya dan nafasnya tercekat di tenggorokannya.

Di satu tangan, pria itu memegang foto dirinya yang sedang memegang seekor ikan yang jelas-jelas telah ia tangkap. Lukisan Ben, meskipun memiliki subjek yang sama, namun ia menghidupkannya seakan-akan ini adalah sebuah film dan bukan foto. Anda hampir bisa melihat ikan itu bergerak, sisiknya berkilauan di bawah sinar matahari, seolah-olah itu adalah Ikan Pelangi yang berdarah itu sendiri, tetapi tekad yang kuat terlihat dari mata sang nelayan, saat ia mencengkeram hadiahnya yang licin, dan Anda bisa merasakan bahwa jika ikan itu berusaha keras untuk melarikan diri, nelayan itu mungkin akan menyelam untuk menangkapnya. Saat itu adalah momen terakhir dari pertempuran sebelum kemenangan dinyatakan, tetapi pada saat ini, masih belum pasti.

"Apakah Anda baik-baik saja?"

Dia membuka matanya dan mendapati pelanggan tersebut telah pergi, dan dia dan Ben hanya berdua saja di dalam toko.

"Saya baik-baik saja," katanya. Baru saja tersesat dalam sebuah gambar lagi. Kenapa dia tidak bisa menggambarnya seindah itu? Dan menyebutnya BLEP... "Apa sebutannya?"

"Audiensi dengan Kaisar Spangled," jawab Ben. "Karena itulah jenis ikan itu, dan ikan itu berhasil melompat kembali ke dalam air sesaat setelah foto itu diambil. Orang itu memberi tahu saya ketika dia memesannya, jadi itulah yang saya lukis."

Bukan hanya fotonya, tetapi juga cerita di baliknya. Mungkin itu sebabnya ia tidak pernah bisa menangkap emosi dalam film seperti yang dilakukan Ben pada lukisannya. Dia hanya bisa mengambil apa yang ada di sana. Tapi Ben... dia menaruh sebagian dari dirinya sendiri ke dalam setiap lukisan, mengubah apa yang bisa Anda lihat menjadi sesuatu yang bisa Anda rasakan.

Jika dia punya uang, dia akan menugaskan dia untuk melukisnya. Bukan dia menjulurkan lidahnya dan melakukan hal-hal biasa seperti membuat kopi, tetapi... sesuatu yang lebih. Sebuah gambar dirinya yang tidak seperti apa adanya, tetapi apa yang dia inginkan.

"Bolehkah saya melihat apa lagi yang sedang Anda kerjakan?" tanyanya, nadanya sendu. Dia tidak berani bertanya berapa harga potret itu.

"Tentu saja." Ben meletakkan portofolionya di atas meja dan membukanya lebar-lebar, memberi isyarat agar ia maju ke depan.

Matahari terbenam masih diingatnya, meskipun ia belum membuat yang baru. Burung hantu yang ia buat sketsa di atas pintu gerbang telah berubah menjadi sebuah lukisan, dengan bulu-bulu di bagian perutnya yang mengingatkannya pada beberapa mosaik yang pernah ia lihat di gereja-gereja abad pertengahan di Eropa. Dia belum pernah melihat detail seperti itu saat burung hantu itu terbang - hanya bayangan sayapnya saja sebelum burung itu menghilang. Dia telah membuat beberapa lanskap malam di pelabuhan, semuanya diterangi dengan lampu-lampu untuk bongkar muat kapal, lampu-lampu yang memantul di air dengan sangat jelas, sehingga tampak seperti kebalikan dari lukisan Van Gogh.

Dan kemudian ada... yah, pada awalnya dia mengira itu adalah gambar lain dari pelabuhan, sampai dia menyadari bahwa dia sedang melihat pepohonan dan semak-semak, semuanya dihiasi dengan lampu-lampu peri. Sebuah taman yang terlihat dari ketinggian, dengan meja dan kursi bertebaran di halaman, semuanya kosong dan hanya diterangi oleh ribuan lampu peri...

"Di mana ini?" tanyanya. Dia tidak akan terkejut jika pria itu mengatakan bahwa itu adalah fantasi belaka.

"Ini adalah taman di pusat kesenian di atas bukit. Yang dulunya adalah rumah sakit jiwa."

Dilihat dari salah satu jendela di lantai atas, dia menebak, kecuali jika dia mengirim drone ke atas dengan kamera untuk mendapatkan pemandangan dari atas. "Indah sekali."

Dia menundukkan kepalanya. "Anda harus melihat yang asli, meskipun saya rasa tempat ini tidak dibuka untuk pengunjung pada malam hari, saat mereka tutup."

"Bagaimana Anda bisa masuk?"

"Saya pernah mengikuti beberapa kelas menggambar di sana yang selesai setelah malam hari."

Dan dia teralihkan oleh apa yang dilihatnya di luar jendela dan menggambarnya, bukannya apa pun yang telah ditetapkan. Masih hidup, mungkin. Semangkuk buah atau sesuatu. Tidak heran dia menggambar taman sebagai gantinya.

"Apakah Anda pernah mengikuti kelas menggambar kehidupan?"

Ya Tuhan, dari mana datangnya itu? Dia bahkan tidak ingin memikirkan apa yang dikatakan Beth, namun di sinilah dia, melontarkan pertanyaan-pertanyaan kasar.

"Saya pernah, baru-baru ini di pusat kesenian. Mereka membawa beberapa model yang berbeda selama beberapa minggu terakhir, dan sangat menyegarkan untuk dapat menggambar bentuk manusia dalam keadaan yang paling alami sekali lagi." Seolah-olah sebagai jawaban atas pertanyaan berikutnya, dia tidak percaya diri untuk bertanya tanpa terlihat lebih kasar, dia mengeluarkan beberapa sketsa punggung dan bahu seorang wanita yang sedang berbaring di sofa, membelakangi dia, dan meletakkannya di atas meja. Anda dapat melihat setiap otot di lengannya, yang tergambar dengan jelas, saat bersandar di sandaran kursi, dan hanya saat Anda sampai di tangannya, Anda baru tahu alasannya - ia gugup, jari-jarinya mengepal dengan erat di sekitar cetakan dekoratif.

Rochelle juga merasa gugup, berpose telanjang di depan semua orang. Dia hampir tidak percaya Beth cukup berani untuk melakukannya.

"Apakah Anda pernah memiliki seseorang yang menawarkan diri untuk menjadi model bagi Anda?"

Oh Tuhan. Dia belum pernah mendengar begitu banyak hal bodoh keluar dari mulutnya sejak terakhir kali dia mabuk.

"Ya, dulu di Skotlandia. Saya tinggal di sebuah desa kecil, yang tidak memiliki kelas menggambar kehidupan seperti di Fremantle sekarang. Jadi saya sangat beruntung, jika tidak, yang saya pelajari hanya menggambar lanskap, dan sesekali burung."

"Maukah Anda... maukah Anda melukis saya?"

Tiga Puluh Delapan

"Maukah Anda melukis saya?"

YA, hati dan bagian bawah tubuhnya berteriak, sementara otak dan mulutnya masih menggelepar kaget karena wanita itu memintanya. Dia telah menggambarnya puluhan kali, dan dia tidak pernah terlihat menyukai gambar-gambarnya. Dia hanya tidak cukup baik. Setelah bertahun-tahun berlatih, mungkin, mungkin dia akan bisa, tapi perjalanannya masih panjang.

Tetapi jika Rochelle mau mengasihaninya, dan membiarkannya berlatih...

Dia menelan ludah. "Jika Anda mengizinkan saya, saya akan senang sekali. Saya tidak bisa membayar Anda sebanyak yang dibayar oleh pusat seni untuk model mereka, jadi saya mengerti jika Anda lebih suka..."

"Membayar saya? Bukankah biasanya klien Anda yang membayar Anda?" Dia terlihat sedikit panik, seolah-olah dia sudah menyesali tawaran itu. Mungkin saja dia menyesal. Jika dia membenci lukisannya seperti halnya dia membenci sketsa-sketsa itu, dia merasa terhormat untuk membayarnya, meskipun hanya untuk melihat dirinya sendiri digambarkan dengan sangat buruk.

"Anda telah melihat karya saya. Tidak pernah sesuai dengan kehidupan, meskipun saya berusaha keras untuk membuatnya. Dan beberapa orang tidak bisa saya gambarkan dengan benar. Maksud saya, orang itu hari ini sangat menyukai sketsa saya, dia bersikeras ingin dibuatkan lukisannya, dan saya hanya menagihnya untuk bahan. Bahan yang cukup untuk dua atau tiga lukisan, kalau-kalau dia tidak menyukai lukisan yang pertama dan menyuruh saya mengulanginya lagi. Saya terkejut bahwa dia menerima lukisan pertama apa adanya. Maksud saya, lukisan itu hampir tidak sesuai dengan aslinya. Tangannya tidak sama dengan yang ada di foto dan tidak peduli seberapa keras saya mencoba, ikan itu tidak memiliki warna yang tepat..."

Tangannya mendarat di tangannya, membungkamnya. "Ikan itu sangat indah. Seluruh lukisan itu indah. Jika dia tidak menyukainya, Anda seharusnya menaruhnya di galeri untuk dijual. Saya akan membelinya, jika saya mampu membelinya. Seperti sekarang ini, dengan semua shift kerja yang saya jalani di kafe dan di penjara, dengan tidak harus membayar tagihan atau makan, dalam satu atau dua minggu lagi, saya mungkin bisa mengumpulkan cukup uang untuk membayarmu seperti yang dilakukan orang itu, jadi jika kamu mau menunggu..."

Ben menggelengkan kepalanya. "Tidak, akulah yang harus membayarmu. Saya membeli telepon minggu lalu, di atas semua yang saya butuhkan untuk melukis kaisar, tetapi jika Anda bersedia menunggu sampai saya menyelesaikan satu atau dua komisi besar lainnya..."

Rochelle tertawa. "Kita akan berada di sini sepanjang malam untuk berdebat, jika kita tidak bisa memutuskan siapa yang membayar."

Seorang pelanggan datang, menyela diskusi, karena Rochelle harus membuatkan beberapa cangkir kopi untuk dibawa pulang oleh wanita tersebut, bersama dengan sekotak gulungan kayu manis.

Ben berharap dia bisa memakan kue yang diberikannya, alih-alih hanya menikmati aromanya, tetapi dia telah mengetahui sejak awal bahwa tubuh batu hidupnya tidak dapat mencerna makanan, dan akibatnya jika dia mencoba untuk makan atau minum apa pun akan menjadi... berantakan.

Sementara dia teralihkan perhatiannya, dia mungkin harus melemparkan kopi dinginnya ke dalam pot tanaman, sehingga dia tidak akan menyadari bahwa dia tidak menyentuhnya.

Tidak lama kemudian, ia sudah mengucapkan selamat tinggal kepada pelanggan dan segera kembali.

"Oke, bagaimana dengan ide ini. Setelah kafe tutup pada hari Senin, jika kamu ada waktu luang, kamu datang ke tempat saya untuk memotret saya. Octavia memiliki semacam kursi malas di studio fotonya di atas sana, dengan pencahayaan yang sangat bagus, jadi kita bisa menyiapkannya dan pergi kapan pun kamu siap. Kita membagi dua biaya bahan, jadi kita berdua yang membayar, tetapi jika saya benar-benar menyukai lukisan itu, dan saya ingin menyimpannya, saya akan membeli separuh dari biaya yang kamu bayar."

Ben mempertimbangkan tawarannya. Itu lebih baik dari yang seharusnya dia dapatkan. "Baiklah, tapi jika Anda menyukai lukisan itu, dengan senang hati saya akan memberikannya kepada Anda. Lagipula, saya mendapatkan keuntungan yang cukup besar dari hal ini, karena saya harus membayar Anda dan semua bahannya, jadi ini adil."

Gilirannya untuk mengambil waktu, mempertimbangkan, tetapi akhirnya, dia mengangguk. "Baiklah. Kita sepakat. Senin malam, kalau begitu." Dia memberinya senyuman yang bergetar, dan untuk sesaat, dia terlihat gugup seperti yang dia rasakan tentang seluruh pengaturan itu.

Seakan-akan tidak ada hal yang membuatnya gugup. Yang harus dia lakukan hanyalah duduk di sofa dan menjadi dirinya yang cantik, sesuatu yang dia lakukan semudah bernapas, sementara dia harus berusaha untuk melakukan keadilan, pertama dengan pensil, dan kemudian dengan cat.

Dia tidak yakin apakah dia ingin hari itu sudah hari Senin... atau dia lebih suka hari Senin tidak pernah datang.

Tiga Puluh Sembilan

Setidaknya selusin kali dalam semalam, Rochelle memutuskan untuk membatalkan janji temu hari Senin dengan Ben. Tetapi setiap kali dia mengumpulkan keberanian untuk melintasi kafe untuk memberitahukannya, seorang pelanggan akan masuk dan mengalihkan perhatiannya. Jadi, ketika Ben tiba pada hari Senin, dia tahu dia harus memberitahunya.

Namun saat dia melihatnya, wajahnya bersinar dengan senyum lebar. "Saya telah menghitung mundur waktu sampai malam ini. Aku punya buku sketsa baru dan beberapa kanvas baru, dan aku sudah membeli cat yang cukup agar tidak kehabisan. Anda tidak akan menyesal, saya janji."

Dia sempat menggumamkan sesuatu tentang betapa bersemangatnya dia juga, sebelum mundur ke belakang mesin espresso.

Namun tak lama kemudian, jam kukuk Tacey berbunyi pada pukul tujuh malam, dan sudah waktunya untuk menutup kafe. Malam yang sepi membuat Tacey dapat melakukan sebagian besar pembersihan sebelum mereka tutup, jadi yang harus dia lakukan hanyalah mengunci pintu, mematikan lampu, dan membawa sandwich yang tersisa ke lemari es di dapur agar bisa dimakan untuk makan siang esok hari.

Kemudian Ben mengikutinya ke lantai atas.

Empat Puluh

Ben membantu Rochelle mengangkat kursi malas ke tengah studio darurat, tempat yang paling baik cahayanya, kemudian memilih bangku plastik rendah untuk dirinya sendiri.

"Sebaiknya kamu mengganti pakaian kerjamu. Kamu tidak akan mau aku melukismu dengan pakaian itu," kata Ben, meskipun ia tahu betul bahwa bukan pakaian yang dikenakannya yang membuatnya tidak menyukai gambar yang ia buat di lantai bawah. Dia akan mengacaukannya, dia tahu itu, tapi ada harapan yang membuatnya tetap berada di sini. Karena mungkin, mungkin saja, kali ini dia akan melakukan pekerjaannya dengan baik, dan menggambar sesuatu yang membuatnya tersenyum.

"Baiklah." Dia menghilang ke kamar mandi.

Ketika dia muncul, dia tidak mengenakan apa pun kecuali handuk, dan sesuatu di bawahnya dengan tali cerise yang melingkari bahunya. Kemudian handuk itu terlepas, dan yang terlihat hanyalah kulitnya yang putih mulus, hanya sedikit tertutup oleh kain satin cerise.

Dia belum pernah melihat pakaian dalam modern pada wanita yang masih hidup dan bernapas sebelumnya, dan dia harus mengakui, itu sangat indah. Hanya sedikit yang tertutup, namun itu sudah lebih dari cukup untuk menggoda.

Dia menundukkan kepalanya, mengikuti tatapan pria itu ke pakaian dalamnya. "Ini adalah satu-satunya pakaian dalam yang cocok yang saya miliki. Pakaian dalam ini sedang dalam masa percobaan karena warnanya merah muda, tapi terlihat bagus saat saya mencobanya, jadi saya pikir..."

"Kamu terlihat cantik," kata Ben, memaknai setiap kata-katanya. "Jadi, Anda ingin saya melukis Anda dengan pakaian dalam Anda?"

Pipinya berubah menjadi merah muda seperti laci-lacinya. "Kecuali jika Anda ingin saya melepasnya." Tetap saja dia tidak mau menatapnya.

Dia menghela napas. "Rochelle, saya sangat berterima kasih Anda mau menawarkan diri untuk menjadi model bagi saya, saya akan melukis Anda dengan apa pun yang Anda inginkan. Pakaian dalam merah muda. Gaun Martha Rendell. Seragam kerjamu. Atau tidak sama sekali. Yang paling saya inginkan adalah membuat lukisan yang Anda sukai. Jadi, apa yang paling nyaman kamu kenakan?"

Dia menelan ludah dan mengangkat pandangannya untuk menatap matanya. "Saya ingin melepas bra itu. Kawat di bawahnya menusuk payudaraku dengan sangat menyakitkan. Tidak heran mereka sedang dalam masa pemulihan. Dan jika saya menyadari bahwa celana dalam itu adalah g-string dan bukan celana dalam biasa, saya tidak akan pernah membelinya. Rasanya seperti tali di bagian belakangnya mencoba menggergaji saya menjadi dua, pantat terlebih dahulu."

"Kalau begitu lepaskan saja."

Tumpukan kain satin merah muda yang menyedihkan terjatuh ke lantai, tetapi dia mengambil handuk untuk menutupi dirinya lagi.

Ben meringis. Tidak mungkin dia ingin menggambar apa pun dengan handuk compang-camping yang mengerikan itu.

"Bagaimana kalau Anda berbaring di sofa di sini, dengan posisi tengkurap. Kemudian angkat kedua tangan Anda ke atas, seperti ini - satu dekat dan di depan dada, dan yang lainnya sedikit direntangkan. Kaki Anda... rentangkan ke belakang. Atau mungkin tekuk satu lutut, sehingga kaki Anda berada di atas lengan kursi..." Dia mendemonstrasikan, lalu memberi isyarat agar wanita itu mengambil tempatnya di sofa.

Handuknya kusut ke lantai.

Empat Puluh Satu

Rochelle tidak pernah merasa begitu terbuka dalam hidupnya, berdiri di sana dengan hanya mengenakan pakaian dalam, dan hanya dengan handuk, tapi Ben tidak menatap seperti kebanyakan pria. Tidak, dia hanya terus berbicara dengannya, seolah-olah dia mengenakan pakaian hitam kafe dan tidak telanjang, saat dia menjelaskan bagaimana dia harus berbaring di sofa.

Satu tangan di sini, tangan lainnya di sana, dan kakinya...

Dia tidak merasa sudah benar, tetapi ketika dia menatapnya, dia mendapati pria itu mengangguk setuju.

"Saya suka itu. Cara kaki Anda disilangkan di pergelangan kaki, diangkat ke belakang. Sekarang rambutmu. Bisakah kamu membiarkannya terg-erai, tolong?"

Dia melepaskan karet dari kuncir kudanya dan menyisir rambutnya dengan jari-jarinya. Dia telah menyisir dan mengikat rambutnya sebelum meninggalkan kamar mandi, tetapi sekarang dia ingin sekali memegang sisir di tangannya lagi, jika hanya untuk menunda hal yang tak terelakkan.

"Goyangkan kepala Anda, sehingga rambut Anda jatuh secara alami di atas bahu dan pung-gung Anda."

Rochelle mematuhinya, dan itu terasa... mem-bebaskan, entah bagaimana. Yang sama sekali tidak masuk akal.

"Sekarang lihat saya, seakan-akan Anda ingin saya menunjukkan kepada Anda apa yang sedang saya gambar."

Ia berharap sang pria menyuruhnya untuk diam, tetapi kata-kata itu tidak pernah muncul. Sebaliknya, setelah beberapa menit, dia akan menginstruksikannya untuk mengubah posenya sedikit. Menggeser rambutnya ke satu sisi, ke bahunya, atau ke bawah di atas payudaranya saat dia duduk. Memalingkan wajahnya menjauh darinya, lalu melirik ke belakang melalui bahunya.

Perlahan, tapi pasti, dia mulai rileks. Dia lupa bahwa dia sedang telanjang, melakukan apa yang seharusnya menjadi hal yang paling memalukan yang pernah dia lakukan, dan lebih dari sekali, dia merasakan senyuman di bibirnya, saat Ben mengarahkannya untuk mengubah posisinya lagi, sebelum menghentikannya:

"Itu sempurna!"

"Oh, indah sekali."

"Persis seperti itu."

Setelah apa yang terasa seperti hanya beberapa menit, tetapi pasti sudah lebih lama, Ben melemparkan buku sketsa dan pensilnya ke lantai dan menggosok matanya. "Saya butuh istirahat. Saya membayangkan Anda juga begitu, setelah duduk diam begitu lama."

Rochelle menggelengkan kepalanya. "Saya bisa melakukan ini sepanjang malam. Ini menyenangkan!" Tapi sekarang dia memikirkannya.. . "Mungkin saya bisa ke kamar mandi," akunya.

Ketika dia keluar dari kamar mandi, Ben bahkan tidak menyadarinya - dia sedang asyik dengan buku sketsanya, mengerutkan keningnya saat dia menambahkan beberapa baris lagi pada sesuatu.

"Boleh saya lihat?" tanyanya sambil mengulurkan tangannya.

"Tidakkah Anda ingin mengenakan pakaian terlebih dahulu?" katanya.

Seharusnya, tapi sekarang, setelah tiga jam.. . bagaimana mungkin sudah tiga jam? Dengan pemanas yang dinyalakan, dia bahkan tidak kedinginan. Mungkin dia harus lebih sering berjalan-jalan tanpa busana. Yah, hanya ketika kafe sudah tutup, tentu saja, dan tirai-tirainya sudah ditutup, dan tidak ada orang yang bisa melihat...

Seolah-olah ingin mengingatkannya bahwa masih banyak orang yang dapat melihatnya, Ben mengulurkan buku sketsa itu.

Tidak ada lidah yang menjulur kali ini. Dia telah menangkap setiap pose yang dia tampilkan, dan membuatnya terlihat... seperti dia benar-benar layak untuk dilukis, bukan hanya seorang mahasiswa yang gagal dan menjadi barista yang sesekali berpura-pura menjadi seorang pembunuh yang dihukum untuk menghibur para turis. Mantan pacarnya bahkan tidak memberikan perhatian yang cukup untuk menyadari bahwa dia telah diputuskan. Di halaman-halaman ini, dia melihat seorang wanita dengan harapan di matanya, yang mungkin berarti. Mungkin tidak sekarang, tapi suatu hari nanti, dia akan menjadi sesuatu bagi seseorang. Seseorang yang layak untuk dilukis.

"Terima kasih!" Dia melingkarkan tangannya di leher Ben, dan memeluknya.

"Um..."

"Oh, benar." Dia mundur dan melipat tangannya di dadanya. Mungkin dia harus berpakaian dan membuatkan Ben kopi atau sesuatu. Membagikan gulungan kayu manis terakhir padanya. "Mau kuambilkan sesuatu untuk dimakan atau diminum? Apa yang kamu inginkan?"

Dia memejamkan matanya. "Dengan Anda berdiri di sana seperti itu, satu-satunya hal yang bisa saya pikirkan adalah seperti apa rasanya."

Orang yang masuk akal akan meminta maaf, mengenakan pakaian, dan membiarkan Ben pergi sebelum dia mempermalukannya lebih jauh.

Namun Rochelle tampaknya tidak berpikir jernih malam ini. Ada sesuatu yang berani dan berani dengan membiarkan seorang pria yang baru dikenalnya membuat sketsa telanjang, dan dia tidak yakin dia siap untuk kembali masuk akal.

"Bagian mana dari diri saya yang mana, tepatnya?"

Matanya menjadi gelap. "Kalian semua."

Empat Puluh Dua

Bibir Rochelle terasa manis, tetapi lidahnya masih memiliki sedikit rasa pahit dari kopi. Dia juga bukan pemula dalam hal berciuman - dia bisa dengan senang hati menciumnya sepanjang malam, menghirupnya saat dia merasakan dan merasakan dan merasakan.

Tapi payudaranya meminta perhatiannya, jadi dia menciumi tenggorokannya menuju ke kelembutan sutra payudara kirinya, sedikit bergetar dengan setiap detak jantungnya. Dia berharap mutiara merah muda dari putingnya akan terasa lembut dan manis, seperti bibirnya, tapi ternyata terasa sedikit asin... ya, keduanya, karena dia bukan siapa-siapa jika tidak teliti.

Rochelle mengerang, menengadahkan kepalanya ke belakang, yang mendorong payudaranya ke arahnya seperti sebuah persembahan, sebuah undangan. Yang tidak bisa dia tolak.

Dia menggendongnya ke sofa, dan membaringkannya di atas beludru merah, terlihat puas saat cahaya membelai payudaranya, sebelum dia menundukkan kepalanya untuk mencicipi yang lain.

Akhirnya, dia tidak tahan lagi. Dia menciumi perutnya, membelai pahanya hingga pahanya terbuka untuknya. Dia menghirup aromanya. Garam, ya, tapi ada sesuatu yang lebih musky, lebih bersahaja juga.

"Ben?" Mata yang cemas menatapnya dengan cemas.

Apakah dia sudah melangkah terlalu jauh?

"Saya ingin mencicipi kalian semua," katanya.

"Tapi saya tidak... saya tidak pernah... tidak ada yang pernah..." Ketidakpastian merayap ke dalam nadanya.

"Saya juga belum pernah melakukan ini sebelumnya. Apakah Anda bersedia untuk berbagi pengalaman pertama Anda dengan saya? Saya berjanji akan membuatnya menyenangkan bagi

Anda." Dia tahu bagaimana cara membuatnya senang, dan dia tahu wanita itu akan mengatakannya dengan jelas jika dia tidak menikmati perhatiannya. Seorang pria sejati akan menganggap keraguannya sebagai isyarat untuk menarik diri, dan bahkan mungkin pergi. Tapi Ben bukanlah seorang pria sejati. Dia meniupkan nafas hangat di antara kedua kakinya, membuatnya menggigil, sebelum dia menempelkan bibirnya pada bibirnya lagi untuk sebuah ciuman yang lambat dan lesu.

Dia merespons dengan penuh semangat, lidahnya siap untuk menari sekali lagi, tetapi dia masih memiliki satu tangan di antara pahanya, membelai dengan lembut, terus ke atas, sampai dia menyentuh titik yang membuatnya terkesiap. Lalu mengerang. Sebelum dia mulai menggeliat di bawahnya, mengangkat pinggulnya seolah-olah dia ingin pria itu memberinya lebih dari sekedar jari-jari kapalan.

"Biarkan aku mencicipi Anda," bisiknya di telinganya, sebelum menukik ke bawah dan menghisap putingnya dengan keras dalam perjalanannya lebih rendah lagi.

Dia sangat dekat dengan pembebasan, begitu dekat sehingga dia takut dia tidak akan bisa menyangkal kenikmatan yang dijanjikan untuk sesaat lagi.

"Ya, oh ya!" teriaknya.

Tidak terlalu cepat. Orgasmenya meledak seperti nektar di lidahnya, karena tentunya ini adalah anggur para dewa kuno. Anggur yang harus ia cicipi lagi dan lagi, sampai ia mabuk sampai kenyang.

Empat Puluh Tiga

Tunggu, apakah itu lidahnya? Atau jari-jarinya? Atau keduanya, memelintir bagian dalam tubuhnya hingga sesuatu di dalam dirinya akan... oh mygodohmygodohmyGOD...

Ketika ia dapat bernafas lagi, tidak, ketika ada cukup oksigen yang mencapai otaknya sehingga ia dapat berpikir lagi, ia tahu pasti bahwa itu adalah orgasme terbaik yang pernah ia rasakan. Sebenarnya, orgasme pertama yang pernah diberikan oleh seorang pria padanya, dan Ben bahkan belum melepaskan pakaiannya.

"Aku ingin lebih dari sekedar jari-jari dan mulutmu. Tolong, bawa aku ke tempat tidur, Ben."

Matanya memandangnya dengan jahat dari sela-sela pahanya. "Tapi aku belum selesai mencicipimu."

Tunggu, dia tidak mungkin memberinya satu lagi? Ini segera setelah yang pertama?

"Tolong, Ben," dia memohon sambil nafasnya menjadi sesak. Mustahil rasanya, dia akan .... ak an... "Ben, oh mygod, BEN, OHMYGOD!"

Ketika dia membuka matanya, hal pertama yang dilihatnya adalah pria itu sedang menjilati jari-jarinya, dengan senyum jahat yang sama masih terpancar di wajahnya. "Kamu pasti adalah hal terlezat yang pernah aku rasakan. Saya bisa melakukan ini sepanjang malam."

Dia mendorong dirinya ke posisi duduk, dan dia mundur sedikit, meskipun tangannya tidak berhenti membelai pahanya.

Jadi, ia mengulurkan tangan dan melakukan sedikit belaian sendiri.

Dia sangat kuat, dan benar-benar siap untuknya. Lebih besar dari yang ia perkirakan, juga, meskipun tidak nyaman.

"Aku ingin tidur denganmu. Aku ingin ini." Dia meremasnya, dan matanya membelalak.

Kemudian mereka menjadi sangat gelap. "Jika kamu menginginkan aku, maka kamu akan mendapatkan aku."

Dia mengangkatnya, seolah-olah dia tidak berbobot, dan menempatkannya di tengah tempat tidur. Dia merapikan pakaiannya dengan cepat, sehingga dia hampir tidak memiliki waktu untuk mengenakannya sebelum dia naik ke tempat tidur, mendorong kedua kakinya terpisah, hingga penisnya yang keras bersandar di pahanya, siap untuk mengabulkan semua keinginannya.

Kondom. Dia tidak memiliki kondom.

Tapi ada koleksi kondom Octavia. Pastinya dia tidak akan melewatkan satu pun...

Rochelle membuka laci lemari di samping tempat tidur dan mencari-cari sampai jari-jarinya menemukan bungkusan kertas timah. "Ini." Dia melemparkannya kepada Ben.

Dia menangkapnya, lalu menatapnya. "Apa ini?"

Oh sial. Itu bukan salah satu yang benar-benar aneh, bukan?

Hijau limau, dengan sedikit warna oranye.

Bukan alien yang memiliki tentakel?

Dia menghela napas lega saat menyadari bahwa itu hanyalah seekor kura-kura ninja. Yang berwarna oranye, entah apa namanya. "Ini, saya akan memakainya untuk Anda," katanya sambil membuka bungkusan itu. Begitu panas dan keras di ta ngannya... dia merasa lebih baik di dalam dirinya.

"Itu dia," dia menghela napas. "Sekarang, apa yang pernah terjadi dengan jika Anda menginginkan saya, Anda harus memiliki saya?"

Empat Puluh Empat

Selubung tipis itu disebut kondom, ia ingat samar-samar dari sesuatu yang pernah dilihatnya di salah satu kelas kesehatan di perguruan tinggi seni. Sebuah alat cerdik yang mencegah penyakit dan kehamilan, namun tidak menghalangi sensasi, seperti yang ditunjukkan Rochelle saat dia menggulungnya ke atas tubuhnya. Hanya dengan merasakan tangannya di atasn ya... itu sudah hampir cukup untuk membuatnya melayang.

Tapi dia basah dan menunggunya. Dia tidak berani mengecewakannya.

Dia mengerang saat dia memasukinya, panasnya yang licin memeluknya dengan erat, tidak seperti yang pernah dia rasakan sebelumnya. Inci demi inci, dia mendorong masuk lebih dalam ke dalam dirinya, sampai dia mengisinya sampai penuh.

Mungkin dia telah meninggal, dan ini adalah surga. Rasanya memang seperti itu.

"Ya, oh, ya," dia menghela napas.

Dia seharusnya pindah, bukan? Dia tidak mau. Dia ingin tetap di sini seperti ini, terkubur jauh di dalam dirinya selamanya.

Namun kemudian dia bergerak, perlahan-lahan keluar, sebelum menyodorkan lagi, dinding bagian dalam tubuhnya membelai panjangnya jauh lebih menyeluruh daripada yang bisa dilakukan oleh tangannya. Dia ingin menikmati setiap detiknya, malam pertamanya dengan wanita itu. Akhirnya, dia mengerti mengapa para pria tergila-gila untuk menikah, atau memiliki wanita simpanan. Untuk dapat menikmati kebahagiaan tubuh Rochelle, setiap malam... sungguh surga.

"Anda bisa bergerak sedikit lebih cepat, Anda tahu," kata Rochelle. "Kamu tidak akan mematahkanku. Dan jika kamu bergerak lebih cepat, kamu juga akan datang lebih cepat." Rona merah samar mewarnai pipinya.

Dia menunggu sampai dia sekali lagi mengubur penisnya dalam-dalam di dalam tubuh wanita itu sebelum dia berkata, "Dan mengapa saya ingin ini berakhir lebih cepat? Meskipun rasanya lebih asin daripada manis, milikmu adalah yang termanis dan terindah yang pernah saya masuki. Saya bermaksud untuk menikmati setiap momen." Kesadarannya muncul, dan dia menyeringai. "Oh, tapi saya akan lebih menikmatinya jika Anda datang lebih cepat dari saya..."

Dia mengulurkan tangan dan menekan ibu jarinya pada kumpulan saraf kecil yang membuatnya terkesiap, dan mulai menggilingnya, tatapannya tidak pernah meninggalkan miliknya.

Nafasnya menjadi dangkal, matanya berkaca-kaca saat dia mengeluarkan rintihan yang terengah-engah. Itu semua adalah peringatan yang dia dapatkan sebelum dinding bagian dalam tubuhnya mulai mengejang di sekelilingnya, meremasnya begitu erat sehingga dia takut dia akan menjebaknya di dalam tubuhnya selamanya, sampai dia mengeluarkan isak tangis kecil dan bergidik dan melepaskannya.

"Ya Tuhan, Ben, itu tadi... tadi..." Matanya berkaca-kaca dengan kata-kata yang sepertinya tidak dapat ia ucapkan.

Atau mungkin itu karena napasnya menjadi dangkal lagi, saat dia membujuknya dengan kuat menuju orgasme berikutnya.

"Datanglah lagi," perintahnya.

Empat Puluh Lima

Rochelle kehilangan hitungan. Setiap kali dia mendengkur, "Datanglah untukku," dia mau tidak mau menurutinya, seolah-olah kombinasi jari-jarinya dan penisnya menghasilkan semacam keajaiban padanya. Sepanjang itu semua, dia tidak mengurangi kecepatannya yang tanpa henti, menyodorkan jauh ke dalam dirinya dengan perlahan keluar masuk seperti saat dia memulainya. Dia mungkin telah memberinya lebih dari selusin orgasme, namun dia tidak memberinya satu pun.

Mungkin Jakob benar, dan dia sangat buruk di tempat tidur.

"Ikutlah denganku, gadis manis," kata Ben, jari-jarinya melambat untuk menyamai dorongannya sekarang. "Sekali lagi."

Dia tidak yakin apakah tubuhnya dapat menahan kenikmatan lagi tanpa meledak menjadi jutaan keping, tapi dia tidak bisa lagi menahan tarikan orgasme berikutnya lebih dari dia bisa menahan gravitasi. Untuk yang satu ini sepertinya membangun jauh di dalam dirinya, membayangi percikan-percikan nikmat saat jari-jarinya menggosok klitorisnya. Dengan setiap dorongan, dia mengubah intinya meleleh, menjadi gunung berapi yang siap meledak.

Dia tidak bisa menahannya lebih lama lagi. Setiap saat, dia akan kehilangan semua kendali dan...

"Datanglah untukku. Sekarang."

Dia meneriakkan namanya saat kenikmatan meledak di sekujur tubuhnya, dari kepala, jari-jari tangan hingga jari-jari kaki yang melengkung.

Kali ini, saat ia membuka matanya, ia mendapati pria itu menatapnya dengan keheranan yang sama seperti yang ia rasakan.

"Apakah Anda... apakah itu...?" Apakah kamu akhirnya datang? Apakah itu baik untukmu seperti halnya untukku? Dia sepertinya tidak bisa mengeluarkan kata-kata. Mungkin itu karena dia masih berada di dalam dirinya, memicu gempa susulan, meskipun dia tidak bergerak lagi.

Ben membungkuk dan menciumnya. "Itu adalah seks paling spektakuler yang pernah saya ketahui. Aku ingin memintamu menikah denganku sekarang juga, supaya kita bisa melakukannya lagi."

Rochelle menahan napas. Jika dia bertanya, sekarang, dia akan cukup gila untuk mengatakan ya.

Dia tertawa, seolah-olah itu semua hanya lelucon.

Hatinya hancur lebur. Jadi ini hanya hubungan satu malam, meskipun seksnya luar biasa, dan mereka mungkin tidak akan pernah melakukannya lagi.

Dia bergeser, membebaskan tubuhnya dari tubuh pria itu sehingga dia bisa melarikan diri ke kamar mandi. "Saya akan membersihkan diri," katanya dengan sedikit memaksa, saat air matanya mulai menetes. Air mata yang tidak dapat dilihatnya, karena wanita itu membelakanginya.

Empat Puluh Enam

Ben langsung tahu bahwa dia telah mengatakan sesuatu yang salah. Dalam sekejap, dia berubah dari berseri-seri, kebahagiaan pasca pernikahan menjadi tangisan, meskipun dia telah berusaha menyembunyikannya dengan baik. Itu berarti dia pasti telah mengatakan sesuatu yang salah. Pertanyaannya adalah... apa? Dia telah memujinya tentang seks yang luar biasa, lalu memintanya untuk menikah dengannya. Keduanya bukanlah hal yang biasanya membuat seorang wanita marah, tapi bagaimanapun juga, wanita adalah makhluk yang misterius.

Dia harus memperbaiki hal ini, tetapi sulit untuk mengetahui bagaimana caranya ketika dia tidak tahu apa kesalahannya.

Kecuali jika itu karena dia seharusnya melamar sebelum menikmati seks yang luar biasa.. . itu mungkin saja. Dia hanya perlu menjelaskan padanya bahwa beberapa jam tidak terlalu penting dalam skema keseluruhan, atau bahkan beberapa hari, dalam hal ini, dan dia akan dengan senang hati menjadi suaminya jika dia mau menyebutkan tanggalnya.

Dia melipat tangannya di belakang kepala dan berbaring di tempat tidur, membayangkan meniduri wanita itu lagi di malam pernikahan mereka, dan setiap malam setelahnya.

Dia muncul di ambang pintu kamar mandi. Kerinduan membara di matanya saat ia menatapnya, sebelum mata mereka bertemu hanya sesaat, dan ia berpaling.

Tapi tidak sebelum dia melihat air matanya.

"Rochelle, tunggu." Dia mengikutinya ke kamar mandi, di mana dia menemukannya berdiri di depan cermin, memercikkan air ke wajahnya seolah-olah itu bisa menyembunyikan air matanya. "Aku bersungguh-sungguh dengan apa yang kukatakan. Tentang keinginan untuk melakukannya lagi." Setiap malam selama sisa hidup mereka, dia ingin menambahkan, tetapi kehati-hatian menyuruhnya untuk menahan lidahnya.

"Itulah masalahnya, bukan? Aku juga. Gadis mana yang tidak? Ketika Anda terlihat seperti... yah, itu." Dia melambaikan tangannya ke tubuhnya.

Dia tidak perlu melihat ke bawah. Dia tidak terlihat berbeda dengan pria lainnya. Ya, dia lebih kekar dari Torstan, dan sedikit lebih pendek dari Dunstan, tapi dia cukup besar untuk memberi Rochelle semua kesenangan dan perlindungan yang dia butuhkan.

Kecuali jika orang-orang di masa ini lebih berbeda dari yang dia sadari...

"Seperti apa penampilan saya di mata Anda?" tanyanya.

Dia mengeluarkan tawa kecil yang keras. "Anda terlihat seperti salah satu patung di Roma. Patung-patung pahlawan kuno, telanjang dengan jubah dan helm dan tidak ada yang lain, berdiri dengan gagah di atas alasnya agar semua orang menatapnya dengan takjub. Semua otot dan penguasaan dan kejantanan yang perkasa. Dengan keahlian Anda, Anda bisa menghasilkan banyak uang dengan menjual potret diri. Media sosial akan menggila untuk Anda. Saya heran Anda belum menjadi sensasi media sosial - Anda adalah perangkap kehausan. Dan kemudian ada aku. Saya tidak tahu mengapa Anda begitu baik kepada saya. Mengapa kamu bersikeras menggambar saya, padahal kamu tahu gambarnya tidak akan bagus. Mengapa kamu mau repot-repot tidur denganku, padahal kamu bisa tidur dengan siapa saja, dengan siapa saja, bukan hanya denganku. Dan malam ini begitu luar biasa, tidak ada yang bisa dibandingkan. Jadi saya akan menghabiskan sisa hidup saya, berharap untuk satu malam lagi dengan Anda."

Tidak, Ben masih tidak mengerti. "Jika kau menginginkanku, kau harus memilikiku."

"Tapi untuk berapa lama?" Dia menggelengkan kepalanya. "Tidak, saya telah melakukan kesalahan besar, dan saya tidak tahu bagaimana cara memperbaikinya."

Dia melangkah maju, tangannya terbentang lebar. "Kalau begitu, katakan padaku apa itu, jadi aku bisa membantumu memperbaikinya."

Dia tertawa. "Saya meminta Anda untuk melukis saya, dengan harapan bahwa Anda akan melihat saya sebagai seseorang yang layak untuk dilukis. Bahwa saya mungkin merasa seperti itu. Dan kemudian saya melihat Anda, dan menyadari bahwa saya sama sekali tidak menginginkan lukisan saya. Saya ingin lukisan Anda, sama seperti Anda di tempat tidur beberapa saat yang lalu, sehingga saya dapat mengingat malam ini, dan cara Anda menatap saya, dan mungkin suatu hari nanti saya akan melihat apa yang Anda lihat, bahwa saya akan menjadi seseorang yang layak untuk dilukis."

"Kalau begitu, saya akan membuat puluhan sketsa. Dari waktu kita bersama. Dan Anda akan memilih yang terbaik dari mereka, yang paling Anda sukai, dan saya akan melukisnya untuk Anda. Karena Anda adalah seseorang yang layak untuk dilukis, meskipun Anda tidak dapat melihatnya sendiri. Kamu cantik dan baik hati dan kamu melihat dunia sebagai seorang seniman sejati, seperti yang akan dikatakan oleh siapa pun yang telah melihat usaha yang kamu lakukan dalam seni kopi. Malam ini, Anda telah mengizinkan saya untuk melihat kecantikan Anda dalam segala kemuliaan, untuk menggambar dan bahkan mungkin melukis Anda, sebelum Anda menjadi kebaikan itu sendiri dan mengizinkan saya untuk berbagi tempat tidur Anda, untuk menyentuh dan mencicipi, bukan hanya melihat. Saya bahkan tidak bisa mulai membalas apa yang telah Anda berikan kepada saya malam ini, yang merupakan malam terbaik dalam hidup saya. Saya akan dengan senang hati menghabiskan sisa hidup saya, melukis setiap momen malam kita bersama, jadi saya tidak akan melupakan satu detik pun."

Dia tertawa melalui air matanya. "Ya Tuhan, kedengarannya mengerikan. Menghabiskan sisa hidup Anda untuk melukis saya, padahal ada banyak hal lain yang bisa Anda lakukan."

"Lalu apa yang harus saya lakukan, untuk membuatmu bahagia?" Karena dia akan melakukan apa saja untuk mengusir air matanya. Rochelle tidak boleh menangis untuknya.

"Baiklah, dengan tidak adanya Anda menghabiskan sisa hidup Anda untuk melukis saya, atau bercinta dengan saya... Saya kira saya harus realistis. Saya ingin sekali memiliki lukisan dengan Anda di dalamnya, dan jika kita hanya memiliki satu malam bersama... Saya ingin Anda bercinta dengan saya sekali lagi, dan kemudian tidur dengan saya, sehingga saya bisa tertidur dalam pelukan Anda setelahnya."

Dia akan memberikan semua hal itu dan lebih banyak lagi, jika dia mengizinkannya, tetapi dia akan memulai dengan hal yang paling sederhana terlebih dahulu.

"Kemudian condongkan tubuh ke depan dan letakkan tangan Anda di dinding."

Empat Puluh Tujuh

"Apa yang kamu katakan?" Rochelle berbalik, jadi dia melihat wajahnya dan bukan bayangannya. Tapi dia telah melangkah maju sehingga dia berdiri tepat di belakangnya, menghimpitnya di meja kamar mandi.

Matanya kembali menjadi gelap. "Condongkan tubuh ke depan dan letakkan tangan Anda di dinding."

Dia melakukan apa yang dia minta, yang tentu saja berarti bagian belakang tubuhnya terdorong ke belakang, di mana itu bertemu dengan penisnya yang sekali lagi keras.

Dia melingkarkan satu tangan di sekitar payudaranya, menariknya ke arahnya. "Saya bilang letakkan tanganmu di dinding."

Dia mencondongkan tubuhnya ke depan lagi, menaruh kedua tangannya di kedua sisi cermin sehingga dia setidaknya bisa melirik ke arah pantulannya.

Tapi dia melihat ke bawah, tidak bertemu dengan tatapannya sama sekali. Sesaat kemudian, dia menyadari mengapa, saat panas yang keras dari pria itu mendorong di antara kedua pahanya sebelum menyodok jauh ke dalam dirinya. Sama sekali tidak lambat seperti sebelumnya.

Sekarang matanya tertuju padanya, menangkap tatapannya sehingga dia tidak bisa berpaling. "Sebelumnya, kamu bilang kamu ingin aku membawamu dengan cepat dan keras. Beberapa saat yang lalu, kau ingin aku membawamu kembali ke tempat tidur, bercinta denganmu. Apa yang kamu inginkan, Rochelle?"

Dia bisa melihat jiwanya, dia yakin akan hal itu. Dia menggeliat secara internal, yang seharusnya tidak dia lakukan, karena dengan penisnya yang begitu dalam di dalam dirinya, dia pasti merasakannya juga.

"Aku menginginkanmu." Kata-kata itu meledak dari mulutnya sebelum dia benar-benar memikirkannya, tetapi kata-kata itu benar.

"Dan aku menginginkanmu, di sini dan saat ini juga. Apa kau percaya padaku?"

Penisnya bergerak jauh di dalam dirinya, menggesek-gesekkan ke titik-titik paling sensitifnya sekaligus, membuat bagian dalamnya terbakar.

"Apakah Anda merasakannya?"

Dengan pelan, dia mengangguk.

"Aku sulit bagimu, Rochelle, untuk menyenangkanmu."

Ya Tuhan, rasanya bagian dalam tubuhnya meleleh. Bagaimana dia melakukan ini?

"Apakah Anda tahu apa yang saya inginkan?"

Ia membasahi bibirnya, meskipun mulutnya sudah sangat kering. Dia hampir tidak berani mempercayainya, tapi dia harus mengatakannya. Siapa tahu itu benar. "Kau menginginkanku." Kata-kata itu menggantung di udara, sebuah bisikan kekuatan yang bisa menjadi sebuah raungan, jika saja dia berani mempercayainya.

"Aku menginginkanmu lebih dari apa pun. Apa kau percaya padaku?"

Dia tidak menunggu jawaban. Sebaliknya, dia mulai menarik diri.

"Tidak!" teriak dia, mendorongnya kembali.

"Anda tidak percaya padaku?"

"Saya tidak ingin Anda berhenti. Aku ingin mempercayaimu. Aku hanya..."

"Dapatkah kamu merasakan betapa kerasnya aku untukmu? Seberapa besar aku menginginkanmu?" Dia mendorongnya jauh ke dalam, tidak hanya sekali, tetapi berulang kali, cepat dan keras dan oh rasanya sangat menyenangkan.

"Ya!" hanya itu yang bisa dia katakan.

"Apa kamu percaya padaku sekarang?"

"Ya!"

"Maukah kamu datang untukku?"

Sebanyak yang dia inginkan.

"Ya!"

"Saat kau datang untukku, maukah kau meneriakkan namaku?"

"YA!"

Dia menghujam ke dalam dirinya, tanpa henti seperti ombak yang menghantam dinding laut di pelabuhan, dan dia menyerahkan dirinya pada sensasi, jiwa dan raga, hingga orgasme pertama melanda dirinya, dan dia meneriakkan namanya, tidak hanya sekali, tetapi berulang-ulang, hingga dia kehabisan nafas. Tapi Ben tidak mengalah, dan dia tidak ingin Ben berhenti.

Ketika dia akhirnya menarik diri darinya, tanpa menghiraukan tangisannya agar dia melanjutkan, lututnya lemas, karena kakinya terlalu lemah untuk menahannya lagi. Ben menggendongnya ke tempat tidur, sambil tertawa mendorong tangannya menjauh dari selangkangannya ketika dia memohon untuk lebih.

"Anda tidak bisa memasukkan seks seumur hidup ke dalam satu malam, nona, tidak peduli seberapa besar keinginan Anda. Kita bisa melakukannya lagi besok, setelah kamu tidur. Sekarang, istirahatlah."

Dengan lengannya yang kuat memeluknya, dan seluruh tubuhnya berdenyut-denyut karena semua seks yang menakjubkan, Rochelle tertidur, mimpinya dipenuhi dengan membayangkan bagaimana mereka akan bercinta di pagi hari.

Empat Puluh Delapan

Matahari telah terbit dengan sempurna ketika Rochelle terbangun keesokan paginya, dan Ben telah pergi. Di atas bantal tempat kepalanya bersandar ketika ia tertidur, ia meninggalkan buku sketsa miliknya, dengan catatan tempel di bagian depan yang hanya bertuliskan:

Sampai jumpa malam ini,

-B

Dia memiliki tulisan tangan yang paling aneh - lebih mirip kaligrafi keriting daripada jenis cetakan yang biasa dia gunakan untuk mencoret-coret catatan. Sebenarnya, satu-satunya waktu dia pernah melihat tulisan seperti itu di luar kaligrafi profesional yang sebenarnya adalah di catatan penjara.

Ha. Sebagai seorang seniman dan seorang kekasih, ia memiliki keterampilan unggul yang membedakannya dari orang lain. Seharusnya tidak mengejutkan baginya untuk mengetahui bahwa dia juga seorang ahli kaligrafi.

Rochelle dapat mendengar suara Tacey berteriak-teriak di dapur di lantai bawah, jadi kafe pasti sudah buka. Dia mungkin harus mandi dan membuka jendela untuk menghilangkan bau seks sebelum dia turun untuk sarapan.

Daerah kemaluannya terasa lembut dan sakit, baik di dalam maupun di luar, dan dia sedikit meringis saat dia membasuh dirinya dengan bersih. Mungkin ia harus melakukan apa yang Ben katakan, dan tidak mencoba untuk memadatkan hubungan seks selama setahun dalam satu malam.

Tapi ketika seks begitu luar biasa, begitu tak tertahankan, begitu membuat ketagihan.. . bagaimana dia bisa berhenti?

Bukan hanya bagian pribadinya yang telah bekerja lembur semalam, dia menemukan pahanya terbakar sepanjang perjalanan menuruni tangga.

Tacey terlalu sibuk untuk memperhatikan Rochelle yang tertatih-tatih, saat ia membalik muffin dari loyang dan menumpuknya di lemari.

Namun sebuah suara terdengar dari sisi lain konter, keras dan jelas: "Siapa yang telah Anda kendarai dengan sangat keras hingga membuat Anda membungkuk? Saya ingin nama dan nomor teleponnya."

Rochelle mengerang lega saat ia mendarat di tanah datar. Pahanya tidak terlalu sakit saat berjalan normal. Saat itulah dia bisa melihat siapa yang menggodanya.

Callie, teman serumah Tacey dan seorang dosen di universitas, menyeringai padanya sambil menyuguhkan secangkir besar minuman. Ia membawa pulpen dan buku catatan, yang ia dorong ke seberang meja ke arah Rochelle. "Dia pasti hebat kalau kamu hampir tidak bisa berjalan." Kemudian dia mengerutkan kening. "Kecuali jika ada sesuatu yang tidak baik dan aku harus mengutuk seseorang. Aku tahu beberapa yang bagus." Dia menggoyangkan jari-jarinya.

Rochelle tidak pernah yakin apakah Callie serius mempelajari ilmu sihir atau tidak. Oh, dia bisa berbahasa Latin dan fasih menggunakan rune

Viking, dan dia memiliki koleksi buku-buku misterius yang mengesankan sejak berabad-abad yang lalu, tetapi Tacey bersumpah Callie sebenarnya bukan penyihir, karena sihir tidak ada, tetapi dia suka berpura-pura, terutama saat beberapa rekannya yang sangat religius di universitas membuat hidup menjadi sulit.

"Tidak, saya belum mendengar kabar dari Jakob sejak saya meninggalkannya." Aneh, kalau dipikir-pikir. Pasti dia akan datang menemuinya saat makan malam belum tersaji. "Ben datang berkunjung tadi malam. Dia ingin membangun portofolionya dan saya menawarkan diri untuk menjadi model untuknya. Begitu banyak pose... kami melakukannya selama berjam-jam."

"Oh, saya tidak meragukannya." Callie mengedipkan mata. "Jadi, apakah Anda sudah memeriksa semua koleksi kondom Octavia?"

Pipi Rochelle memanas. "I..."

Tacey menaruh sebuah muffin di depan Callie. "Berhentilah menggodanya, atau aku akan memberitahunya mengapa kau ada di sini dan bukannya di tempat kerja. Ben adalah artis kami yang tinggal di kafe di malam hari. Jika Anda ingin bertemu dengannya, datanglah setiap malam.

Dia menerima komisi dan dia jelas mencari lebih banyak model untuk membangun portofolionya."

"Dan dia jantan seperti kelinci, ternyata," tambah Callie, sambil menggigit muffinnya.

"Jujur saja. Benar, Anda yang memintanya." Tacey menoleh ke arah Rochelle. "Callie ada di sini karena kantornya sedang diusir untuk kedua kalinya bulan ini karena seseorang mengira dia telah memanggil setan ngengat dan melepaskannya di Fremantle."

Callie mengangkat bahu. "Tidak bisa memanggil apa yang tidak ada. Tapi aku menemukan mantra pemanggil iblis yang bagus. Akan menyenangkan untuk dicoba, hanya untuk melihat apa yang terjadi. Bahan-bahannya sepertinya akan sulit ditemukan..."

"Yah, selama mantranya tidak melibatkan tisu toilet dan pembersih tangan, mungkin kita bisa mencobanya pada malam perempuan berikutnya," kata Tacey. "Mau ikut?"

Rochelle menggelengkan kepalanya. "Saya mungkin akan bekerja. Kalian bersenang-senanglah. Aku akan... minum kopi dan kembali ke atas sebentar."

Buku sketsa Ben masih berada di atas bantalnya ketika Rochelle kembali ke apartemennya. Dia mungkin akan melihat lagi karyanya, karena malam ini dia mungkin akan bertanya padanya mana yang menjadi favoritnya.

Dia membolak-balik halaman, mengagumi karyanya tetapi berharap semuanya tidak terlihat seperti...yah, dirinya. Biasa dan canggung dan tidak sedikit pun seksi. Saat ia sampai di halaman terakhir, ia menghela napas. Seandainya saja Ben menggambar potret diri seperti yang ia minta...

Ia meneguk kopi sambil membalik-balik halaman yang tersisa, tidak berani berharap lebih dari yang ia lihat.

Sketsa pertama yang dilihatnya membuatnya memuntahkan kopinya, menyemprot ke seluruh penjuru meja. Rochelle bergegas membersihkan kekacauan itu sebelum menetes ke lantai.

Untungnya, dia telah melewatkan buku sketsa, yang tidak diambilnya lagi sampai dia yakin meja itu bersih dan kering.

Apa yang dilihatnya kali ini membuat mulutnya ternganga, tetapi karena kali ini kosong, ia memaksakan diri untuk terus membalik halamannya.

Dia belum pernah melihat sesuatu yang begitu erotis dalam hidupnya. Tidak, bahkan di salah satu film porno bajakan Jakob. Ini... yah, ini pasti dia, tapi...

Sepasang payudara, ditangkupkan di tangan seorang pria. Dua kaki terbuka lebar, memperl ihatkan...itu tidak mungkin bagian pribadinya, bukan? Kemudian beberapa vagina yang sama, dengan tangan seorang pria yang berkilau karena lembab saat dia meraba, membelai dan menggoda wanita yang beruntung itu.

Rochelle membalik halaman. Dua sketsa lagi dari sudut yang sama, hanya saja kali ini Anda dapat melihat lebih banyak dari wanita itu, melengkungkan punggungnya dan menangis saat jari-jari pria itu masuk ke dalam dirinya, dan tangannya mencengkeram seprai dengan putus asa atau ekstasi.

Penisnya, bersandar pada kakinya, siap memasuki kedalamannya yang berkilau. Rochelle tidak yakin bagaimana Ben dapat membuat sketsa pensil sederhana berkilau seperti itu, tapi entah bagaimana, dia berhasil melakukannya.

Di bawahnya, penisnya lagi, menetes basah saat dia menarik diri darinya, dan di halaman be rikutnya... ya, itu dia baik-baik saja, tangannya mengepal seprai saat dia menatap dengan penuh semangat pada Ben, yang terkubur begitu dalam di dalam dirinya sehingga Anda hanya bisa melihat sedikit batang penisnya melalui rambutnya.

Kemudian dua halaman penuh hanya untuk wajahnya - ekspresi yang jelas-jelas ia kenakan saat dia... saat mereka... saat mereka meringkuk seperti kelinci, untuk menggunakan citra binatang Callie.

Dia tidak terlihat terlalu buruk dalam foto-foto ini, dia harus mengakui. Mata yang lebar dan menerawang serta senyum bahagia cocok untuknya, atau mungkin Ben baru saja membuatnya terlihat lebih cantik dari sebelumnya. Karena ini pasti hasil dari semua orgasme yang diberikannya semalam.

Setelah galeri wajah-wajahnya yang menarik, dia memutuskan untuk menggambar mereka sedang berhubungan seks di kamar mandi. Beberapa halaman pertama adalah sketsa, gambar close-up ...yah, penisnya dan bagian bawahnya, sebagian besar, karena meskipun ia membungkuk, bagian pribadinya tidak terlihat jelas. Tapi kemudian ada foto-foto di cermin, yang dia terlalu sibuk memperhatikannya semalam.

Kedua tangannya mengepal mengelilingi bingkai cermin.

Tangannya, mencengkeram payudaranya saat dia menindihnya.

Ekspresi wajahnya yang bahagia, mulutnya terbuka seolah-olah dia sedang menyanyikan beberapa variasi dari lagu Haleluya, ketika dia tahu bahwa dia telah meneriakkan namanya.

Bayangannya di cermin, dari sekitar pinggang ke atas, semua otot yang terpahat dalam bayangan yang dalam, dan wajahnya semakin berbayang saat dia menatap langsung ke arahnya. Hasrat yang terpancar di matanya...

Rochelle menelan ludah. Dia cukup yakin pakaian dalamnya basah kuyup, jika tidak meleleh seluruhnya, dan yang dia lakukan hanyalah melihat sketsa pensil bayangannya.

Bagaimana dia bisa bekerja di kafe yang sama dengannya tanpa harus melemparkan dirinya ke arahnya? Pekerjaan malam ini akan menjadi siksaan.

Dia membalik halaman.

Oh. Ya ampun. Ya Tuhan.

"Hei, Rochelle? Apa kamu mau menjaga kafe sementara aku mengantar Rory ke sekolah? Kamu bilang kamu akan turun sejam yang lalu, dan jika kita tidak pergi sekarang, dia akan terlambat."

Rochelle berkedip. Butuh waktu lama baginya untuk mengalihkan pandangannya dari gambar itu, tetapi dia berhasil... nyaris tidak. Bahkan ketika dia menuruni tangga, gambar itu tetap membekas di bagian belakang retina matanya, seperti dia telah menatap matahari terlalu lama.

"Dua cappuccino dan dua muffin macadamia, segera datang."

Tidak heran jika ia menggambar begitu banyak sketsa. Dia ingin mendapatkan semua detail dengan benar.

"Ini espresso Anda, Pak. Oh, jangan lupa kue afghanismu."

Kemudian dengan susah payah, ia menyusunnya menjadi satu gambar yang sangat detail yang...

"Biar saya periksa apakah saya memiliki hak ini. Satu macchiato karamel dengan susu kedelai, satu mochaccino susu gandum, cokelat Wina dengan santan dan krim kelapa, satu chai kotor dan dua putih telur dengan susu skim. Dan untuk mak anannya... enam bacon dan egg cup, tiga bebas gluten, tiga gandum utuh, ditambah tiga muffin cokelat, satu blueberry, dan dua raspberry friand. Apakah saya melewatkan sesuatu?"

Ben tidak. Dia bisa saja memandangi sketsa tersebut selama berjam-jam, meresapi semuanya. Dia menatapnya setidaknya selama satu jam, menurut Tacey. Untung saja Tacey tidak naik ke atas dan benar-benar melihatnya...

"Maaf, Bu, Anda bilang Anda ingin lima babycino tanpa buih? Anda tahu itu hanya susu, bukan?"

Itu hanya sebuah gambar, demi Tuhan. Sketsa pensil yang menangkap representasi samar-samar dari suatu momen dalam waktu yang bahkan ia tidak dapat mengingatnya dengan jelas.

"Benar, jadi itu lima babycino tanpa buih, dan dua cokelat Wina dengan susu skim. Dan dua potong cheesecake setan. Apakah Anda ingin ini untuk dimakan di tempat atau dibawa pulang?"

Hal itu membuatnya ingin membeli vibrator. Karena hanya dengan memikirkan gambar itu, apalagi melihatnya, membuatnya sakit karena rindu untuk merasakan pria itu di dalam dirinya lagi. Kecuali bagaimana mungkin sebuah mesin dapat merasakan sesuatu seperti manusia yang hidup, bernapas, dan menyodorkan penisnya?

Yang benar-benar diinginkannya adalah sekotak besar kondom, dan Ben di tempat tidurnya selamanya. Apakah itu salah?

"Maaf saya terlambat. Ada kecelakaan di depan sekolah Rory, dan dua orang ibu berteriak-teriak di tengah jalan, menghalangi semua lalu lintas, karena mereka berdua saling menyalahkan satu sama lain atas kecelakaan itu. Namun, mereka berdua mengemudi di tengah jalan, jadi tidak ada yang bisa menebak. Polisi baru saja tiba ketika saya akhirnya berhasil keluar dari sana." Tacey mengikat celemeknya. "Sekarang pergilah. Kerjakan tugas atau tidurlah atau cuci seprai atau apa pun yang kamu lakukan sampai kamu mulai shift jam lima."

Yah, dia bisa membeli beberapa kondom. Ben akan kembali malam ini, katanya, dan jika ada satu orang yang dapat ia andalkan, itu adalah Ben. Dia hanya jujur padanya sejak hari pertama mereka bertemu.

Bukankah dia?

Empat Puluh Sembilan

Untuk sebuah Selasa malam, kafe ini sangat sibuk. Rochelle tidak memiliki kesempatan untuk memberinya lebih dari sekadar anggukan salam dari seberang ruangan saat ia melayani pelanggan demi pelanggan dan menyeduh segelas kopi. Bahkan ketika jam menunjukkan pukul tujuh malam, masih ada pelanggan yang duduk di meja, sehingga Rochelle harus membersihkan meja-meja tersebut, dan butuh waktu satu jam lagi sebelum ia bisa menutup kafe sepenuhnya dan mematikan lampu.

Dia sudah tidak bisa berdiri, menggunakan sapu sebagai penopang, ketika dia akhirnya sampai di mejanya.

"Apakah Anda sudah melihat sketsa saya? Apa kamu punya yang favorit?" Ben bertanya dengan penuh semangat.

Rona merah merona mewarnai pipinya. "Ya, t api... saya ingin mendiskusikannya dengan Anda sebelum Anda mengubahnya menjadi sebuah lukisan. Di lantai atas."

"Pimpinlah," jawabnya, dengan senang hati mengikutinya.

Buku itu tergeletak tertutup di atas meja, dan ia mendekapnya di dadanya selama beberapa saat sebelum ia mulai. "Lihat, gambar-gambarmu... indah. Sangat detail."

Ben mengangguk. Dia membanggakan diri atas keakuratan setiap detail anatomi, terutama untuk sketsa seperti ini. Semakin bagus sketsa tersebut, semakin baik pula bayaran yang ia terima - setidaknya di masa lalu.

"Semakin saya melihatnya, semakin saya berpikir. Anda secara nyata telah menggambar banyak orang dalam keadaan tanpa busana. Namun, Anda pernah mengatakan kepada saya, bahwa tidak ada kelas menggambar kehidupan di tempat Anda tinggal di Skotlandia. Jadi, jika kau tidak menggambar model... apakah aku hanyalah yang terakhir dalam deretan panjang penaklukan, wanita yang kau tiduri lalu kau buat sketsa, dan itulah mengapa kau hanya memberi mereka satu malam, karena setelah kau mengambil kemiripannya, kau tak tertarik lagi, dan kau beralih pada orang lain dengan bentuk payudara yang berbeda atau wajah yang lebih menarik atau..." Dia menelan ludah. "Apakah aku hanya sebuah tubuh bagimu? Seseorang yang bisa Anda pesan dan berpose seperti boneka, sehingga Anda bisa membuat gambar yang menarik, dan hanya itu saja? Ada berapa banyak wanita seperti saya?"

Dia ingin tertawa, tapi itu tidak adil. Bukan salah Rochelle jika dia tidak memberitahunya.

Lalu dia berkata, "Saya bersumpah, tidak ada wanita yang seperti Anda, di mana pun. Setidaknya tidak yang pernah saya temui. Anda adalah satu-satunya wanita yang pernah saya percayakan buku sketsa saya. Tapi saya tidak akan menyangkal bahwa saya telah banyak berlatih menggambar orang telanjang." Dia menghela napas. "Jika Anda ingin mengetahui kebenaran, yang saya yakin Anda layak mendapatkannya setelah kejadian semalam, maka saya akan memberitahukan dua rahasia yang tidak pernah saya ceritakan kepada siapapun. Tapi hanya jika Anda mempercayai saya, karena kita hanya berdua di sini malam ini."

Dia mulai tertawa. "Mengapa saya tidak mempercayai Anda? Kita berada di sini berdua semalam, dan saya tidak pernah merasa tidak aman untuk sesaat pun."

Entah waktu telah berubah, atau Rochelle memang unik dalam memandang dunia. "Tadi malam, saya membujuk Anda untuk telanjang, mengizinkan saya untuk menggambar tubuh telanjang Anda, sebelum saya mencuri kebajikan Anda, kemudian menikmati Anda tidak hanya sekali tetapi dua kali, sebelum menghabiskan malam di tempat tidur Anda. Di rumah, hal itu akan membuat ayahmu mengancam akan mengejarku dengan cambuk kuda."

Dia mengerutkan kening. "Saya rasa ayah saya memiliki cambuk banteng di stasiun, dan mungkin koleksi tanaman berkuda, tapi saya tidak ingat kapan terakhir kali ada orang yang menggunakan salah satu dari mereka pada salah satu ternak, apalagi manusia. Itu biadab. Mengenai k ebajikan... yang saya kira maksud Anda adalah keperawanan, kapal itu sudah lama berlayar, ketika Jakob dan saya masih di sekolah menengah.

Aku tak yakin aku punya kebajikan yang tersisa untuk dicuri. Mengenai kesenangan yang kau ambil, aku cukup yakin kau memberi lebih banyak daripada yang kau terima, jadi jika kita menghi tungnya... aku mungkin berutang padamu. Tapi gambar dan rahasianya... ya, aku ingin tahu yang sebenarnya. Karena separuh diriku ingin menyeretmu ke tempat tidurku dan melakukan perbuatan jahatku padamu sepanjang malam, sementara separuh yang lain berteriak tentang betapa sedikitnya aku mengenalmu."

Ben menundukkan kepalanya. "Baiklah. Lalu rahasia pertamaku adalah aku belum pernah tidur dengan seorang wanita sampai tadi malam. Yang pernah saya lakukan hanyalah mencium seorang gadis, dan itu sudah sangat lama sekali, di Skotlandia."

Mulutnya ternganga. "Saya tidak percaya. And a... Anda tahu tubuh saya lebih baik daripada saya. Kamu membuatku orgasme berkali-kali sampai aku kehilangan hitungan, dan itu bahkan sebelum kamu telanjang. Kamu tidak mungkin masih perawan kemarin."

"Namun saya. Bisa dibilang, pengetahuan saya hanyalah teori dan observasi, tanpa aplikasi, sampai tadi malam. Saya menggambar banyak sekali gambar setelah itu, karena saya tidak bisa tidur. Saya tidak bisa berhenti memikirkan tentang rasa nikmat tubuh Anda yang melilit tubuh saya, dan saya tidak ingin melupakan satu pun momen malam kita bersama. Tetapi saya menyadari setelah saya menggambarnya bahwa foto-foto itu mungkin membahayakan Anda dan diri saya sendiri, itulah sebabnya saya menitipkannya pada Anda, karena saya tahu Anda akan menyimpannya dengan aman." Sayang sekali dia tidak berpikir untuk menyembunyikan buku sketsa lainnya di Skotlandia, tetapi dia masih muda dan naif saat itu, dan dia tidak akan membuat kesalahan yang sama lagi.

"Itulah sebabnya... Anda ingin mencicipi semuanya, dan mengambil waktu pertama kali dengan sangat lambat. Karena ini adalah pertama kalinya bagimu. Tapi yang kedua kalinya..." Pipinya kembali memerah.

"Untuk kedua kalinya saya tidak menahan diri." Ben menyeringai mengingat kenangan itu. Rochelle juga tidak menahan diri, dan jika dia bersedia membiarkan Ben berbagi ranjang dengannya lagi, dia berharap kali ketiga mereka akan lebih menyenangkan bagi mereka berdua.

"Jadi, Anda percaya dengan rahasia pertama saya, sekarang?" desaknya.

Rochelle menganggguk. "Saya rasa begitu, ya. Saya siap untuk yang kedua."

Tidak, mungkin tidak. Dia tidak yakin dia siap untuk menceritakannya. Tapi sebelum terjadi untuk ketiga kalinya, dia harus tahu. Karena dia tidak punya hak untuk menyimpan rahasia seperti itu darinya.

Lima Puluh

Ben menarik napas dalam-dalam. "Di kampung halaman saya, tidak banyak kelas seni, setidaknya tidak ada yang bisa diikuti oleh keluarga saya, jadi saya menggambar apa pun yang saya bisa. Meminjam buku-buku tentang menggambar. Sampai suatu hari saya terlambat pulang dari sekolah dan saya melewati pub. Kami memiliki dua pub di desa. Satu di tengah kota, dan satu lagi di pinggir kota, di sepanjang jalan menuju Glasgow. Saat itu hari sudah mulai gelap, dan ada sedikit pesta yang sedang berlangsung di kedai minuman di pinggir jalan. Seorang pria dan seorang wanita setengah menggantung di luar jendela, telanjang seperti hari mereka dilahirkan, seperti beberapa gambar dalam buku seni Italia yang saya pinjam.

"Sekarang, saya tidak tahu mereka sedang berhubungan seks pada saat itu, tetapi saya sangat ingin menggambar mereka sehingga saya mengeluarkan buku sketsa dan pensil saya dan... yah, salah satu staf pub melihat saya dan mencoba mengusir saya, tetapi saya menjelaskan mengapa saya ingin menggambar mereka, bagaimana pasangan itu terlihat seperti lukisan religius yang pernah saya lihat di buku. Pada titik ini, dia tertawa terbahak-bahak hingga hampir tidak bisa berbicara, sambil menyeret saya ke dalam untuk menemui sang manajer. Bukan manajernya, tetapi sebenarnya nyonya rumah bordil, saya baru tahu.

"Dia juga menganggap cerita saya lucu, tetapi dia juga mengenal ibu saya, dan dia merasa bahwa jika ibu saya tidak mendidik saya tentang hal-hal seperti itu, maka dia akan melakukannya sendiri."

Rochelle menjerit ketakutan. "Itu mengerikan! Berapa usiamu saat itu?"

Ben mengangkat bahu. "Saya berusia sekitar sepuluh atau dua belas tahun. Cukup umur untuk mengetahui dari mana bayi domba dan sapi berasal, dan, katanya, cukup umur untuk mengetahui apa yang dilakukan para suami terhadap istri mereka, serta pelacur mereka. Jadi dia membawa saya melewati lorong-lorong rahasia di tempat itu, sampai ke loteng, dan menunjukkan kepada saya semua lubang intip, sehingga saya bisa melihat apa yang sebenarnya terjadi. Betapa itu sama sekali tidak seperti seni religius, dan dalam beberapa kasus, sama jahatnya.

"Tetapi saya masih kecil, dan saya merasa sangat tertarik. Belakangan saya mengetahui bahwa lukisan yang saya lihat sebenarnya adalah penggambaran neraka atau penghakiman atau semacamnya, yang menjelaskan mengapa ada begitu banyak tubuh yang menggeliat, tetapi itu tidak mengubah pikiran saya. Jika saya bisa belajar menggambar orang-orang ini, maka mungkin saya bisa menjadi cukup baik untuk melukis di dinding gereja, atau setidaknya itulah yang saya pikirkan. Jadi saya bertanya kepada nyonya itu apakah dia mengizinkan saya menggambar apa yang saya lihat. Saya menduga dia pikir saya akan segera bosan, jadi dia setuju.

"Saya melihat segala macam hal. Tubuh dalam segala bentuk dan ukuran, dalam posisi yang tak terhitung banyaknya. Saya belajar menggambar dengan cepat, untuk menangkap seseorang dalam garis sesedikit mungkin, karena saya bisa menyempurnakan gambarnya nanti. Saya belajar menggambar wajah dalam setiap ekspresi yang bisa dibayangkan. Untuk penyesalan sang nyonya, saya sama sekali tidak bosan dengan pendiriannya.

"Suatu malam, seorang pria memukuli seorang gadis hingga lengannya patah, sebelum dia lari keluar dari tempat itu tanpa membayar. Dua orang dari penginapan itu mengejarnya, berbekal sketsa saya sehingga mereka bisa mengidentifikasi dia. Meskipun nyonya itu tidak pernah memberi tahu saya rinciannya, dia mengatakan bahwa mereka tidak akan pernah menangkapnya jika bukan karena foto saya, dan saya diizinkan untuk menghabiskan waktu di lorong-lorong rahasia rumah bordil sebanyak yang saya inginkan.

"Saudara-saudara laki-laki saya sedang magang saat itu, dan dengan kepergian ibu saya, Ayah menghabiskan seluruh waktunya untuk mengelola pertanian kecil tempat kami tinggal, jadi tidak ada yang peduli jika saya menghabiskan waktu di rumah bordil setiap sore, selama saya pulang untuk makan malam, dan tentu saja saya melakukannya.

Suatu hari, saya melihat seorang pria duduk di ruang tamu, membolak-balik beberapa buku bergambar yang tidak pernah saya perhatikan sebelumnya. Ketika ruangan itu kosong, saya menyelinap masuk dan melihat-lihat sendiri. Gambar-gambar itu adalah jenis gambar erotis, dengan banyak perhatian yang diberikan pada tubuh orang-orang di dalamnya, dan sangat sedikit pada wajah mereka. Saya bertanya kepada nyonya itu tentang gambar-gambar itu, dan dia mengatakan bahwa gambar-gambar itu dicetak di London. Dia bahkan menunjukkan alamatnya kepada saya. Jadi, ketika saya memiliki beberapa koin yang tersisa, saya menulis surat kepada pencetaknya, dengan melampirkan beberapa contoh karya saya.

"Balasannya datang dengan cepat - ada uang di dalam amplop, dan janji lebih banyak lagi jika saya bisa mengirimkan sketsa lain yang mirip dengan sketsa tersebut.

"Sejak saat itu, saya mulai melihat masa depan yang tidak pernah saya impikan sebelumnya. Di mana saya mungkin memiliki uang untuk bersekolah di sekolah seni di Italia, jika saya bisa menjual cukup banyak foto.

"Beberapa malam, mereka menjadi tuan rumah ring tinju ilegal, di mana para petarungnya sama kotornya dengan taktik mereka. Sang juara bertahan, seorang pria Irlandia yang menggunakan nama Rusia Vlad, mengajari saya bertarung selama bertahun-tahun. Saya bahkan memberanikan diri untuk masuk ke dalam ring sekali atau dua kali. Hadiah uangnya tidak banyak, namun triknya adalah bertaruh pada diri saya sendiri dan memastikan bahwa peluangnya membuat orang lain terlihat jauh lebih mungkin untuk menang, karena ketika saya menang, taruhannya adalah di mana uang itu berada.

"Saya hampir mendapatkan cukup uang untuk membiayai perjalanan saya ke Italia ketika ayah saya meninggal. Kakak saya sudah menyelesaikan masa magangnya, jadi dia mengajak saya sebagai anak magangnya. Kami sering berpindah-pindah, ke mana pun pekerjaannya, tetapi itu adalah pekerjaan yang tetap, dan saya masih menemukan waktu untuk menggambar.

"Saya berteman dengan seorang gadis, seorang seniman seperti saya, hanya saja dia sudah mengikuti pelajaran dan segalanya. Dia melukis pemandangan yang paling indah. Cat air, kebanyakan. Namun, dia terluka, dan polisi menangkap saya sebagai tersangka. Ketika mereka menggeledah rumah saya, mereka menemukan buku-buku sketsa saya, dan menjadikannya barang bukti. Mereka mengatakan bahwa gambar-gambar itu adalah gambarnya, atau seperti apa yang saya bayangkan, meskipun gambar-gambar itu tidak mirip dengannya, dan gambar-gambar itu adalah bukti bahwa saya telah merencanakan hal-hal buruk yang dideritanya. Mereka mengirim saya ke penjara."

Dia setengah berharap Rochelle akan mundur ketakutan, tetapi satu-satunya gerakan yang dilakukannya adalah menyeka air matanya dengan tangannya. "Oh, Ben, aku turut berduka. Tema nmu... apa dia... baik-baik saja setelah itu?"

Seolah-olah dia tahu.

"Dia meninggal."

Rochelle mengangguk, seolah-olah dia sudah menduga hal itu.

"Saya tidak pernah menyentuhnya. Tidak pada malam itu, atau malam-malam lainnya. Saya bahkan tidak pernah menciumnya, meskipun saya akan menciumnya, jika dia memintanya. Dan mereka tidak pernah menangkap orang yang melakukannya."

Pria itu kemungkinan besar sudah mati sekarang, di luar jangkauan. Membusuk di neraka, mudah-mudahan.

"Saya berperilaku baik. Saya memanfaatkan waktu saya, jadi secepat mungkin, saya berhasil datang ke Australia, di mana saya mencoba membangun kehidupan baru. Namun, meskipun saya berada di belahan dunia yang berbeda, rasanya dia masih menghantui saya. Karena meskipun bukan saya yang membunuhnya, saya tidak ada di sana ketika dia membutuhkan saya. Saya bilang dia bisa datang kepada saya untuk meminta bantuan apa pun, dan ketika dia melakukannya... saya tidak ada di sana."

Lima Puluh Satu

Rochelle menundukkan kepalanya. Dia tidak ingin menjadi benar, tentang dia menghabiskan waktu di penjara remaja, tapi dia tidak bisa menduga bahwa dia akan dikirim ke sana untuk kejahatan yang tidak dia lakukan. Itu sangat... mengerikan. Bagaimana mungkin ada orang yang bisa... Tentunya akan ada bukti DNA dari pelaku yang sebenarnya. Forensik bisa menemukan sesuatu. Dia membuka mulutnya untuk bertanya me ngapa...

Tapi saat melihat kepalanya yang tertunduk, bahunya yang tertunduk... dia menutup mulutnya lagi. Dia tidak bisa mengatakan apapun. Entah bagaimana, pria yang luar biasa ini telah berdamai dengan ketidakadilan yang mengerikan yang telah terjadi padanya dan di sinilah dia, mencoba untuk memulai hidup baru. Kehidupan yang layak baginya.

Kesadaran pun muncul ketika melihat bagaimana seorang pria seperti Ben masih bisa menjadi seorang perjaka.

"Anda belum pernah menggambar atau mendekati siapa pun sejak dia meninggal, bukan?" Rochelle bertanya, hampir takut dengan jawabannya.

"Tidak sampai semalam bersamamu."

Dia tidak yakin apakah dia harus merasa ngeri melihat betapa banyak penderitaan yang telah dia alami, atau merasa terhormat karena pria itu cukup mempercayainya untuk berbagi cerita dengannya. Untuk berbagi segalanya dengannya.

Rochelle melingkarkan tangannya di leher Ben dan memeluknya. Lengannya menutup di sekelilingnya, membalas pelukan itu. Mereka mungkin telah berdiri di sana untuk selamanya atau hanya sesaat, dia tidak tahu, tetapi ketika mereka berpisah, itu hanya agar dia dapat melihat wajahnya saat dia berkata, "Saya tahu gambar mana yang saya ingin kamu lukis." Dia membalik ke sketsa terakhir dan menyapukan tangannya di atasnya. "Yang ini. Saya hanya perlu melihatnya sekilas, dan saya bisa merasakannya, merasakan Anda, seolah-olah saya ada di sana. Saya akan memberikan apa pun untuk merasakannya lagi, meskipun itu hanya sebuah kenangan."

Ben mendengus. "Bahkan sekarang kau tahu kau berhubungan seks dengan seorang mantan narapidana, yang pada ulang tahunnya yang keenam belas tahu lebih banyak tentang seks daripada pelacur mana pun yang masih hidup, meskipun aku tidak pernah melakukan lebih dari sekadar mencium seorang gadis?"

"Anda bisa saja menipu saya. Tadi malam sungguh luar biasa." Rochelle membuka ikatan celemeknya, lalu membiarkan celana dan pakaian dalamnya meluncur ke lantai. "Masa lalumu tidak mengubah apa pun. Itu bukan siapa dirimu." Dia mendorongnya ke kursi, lalu mengangkangi pria itu. Dia dapat merasakan penisnya, panas dan keras di antara kedua pahanya. Dia menarik kemejanya ke atas kepalanya, lalu meraih ke belakang untuk melepaskan kaitan bra-nya.

"Kau gila. Aku baru saja memberitahumu bahwa aku adalah seorang pembunuh yang dihukum, dan kau masih menginginkanku?" Tangannya terangkat, melayang di atas kulitnya, tapi tidak cukup dekat untuk menyentuh. Seperti dia tidak percaya pada dirinya sendiri.

"Tapi kamu tidak membunuhnya. Anda mungkin tidak menyelamatkannya dari pria yang melakukannya, tetapi Anda tidak membunuhnya." Tidak heran dia selalu begitu gagah, ingin mengantarnya pulang. Rochelle memejamkan matanya dan mulai menggerayangi tubuhnya, berharap dia juga telanjang.

"Tidak, tapi... bagaimana kamu bisa tahan bercinta dengan monster?" Dia menusukkan jarinya pada foto mereka bersama tadi malam. Dia terlihat gelap di sana, hampir seperti ingin melahapnya. Kalau saja dia menatapnya seperti itu se karang... dia akan datang saat itu juga.

"Um... hanya dalam satu malam, Anda memberi saya lebih banyak orgasme daripada yang pernah saya alami selama bertahun-tahun, saat tidur dengan Jakob. Dan setiap orgasme itu lebih baik dari apapun yang pernah saya rasakan sebelumnya. Jika seperti itu rasanya bercinta dengan monster, maka Anda telah menghancurkan saya untuk pria normal seumur hidup. Saya hanya ingin penis monster mulai saat ini." Dia merogoh celananya untuk mencari anggota yang dimaksud, dan bersama-sama mereka mengocok celananya sehingga dia telanjang dari pinggang ke bawah. Kemejanya melayang ke seberang ruangan, di mana kemeja itu tidak lagi menghalangi, saat dia mengangkat dirinya cukup tinggi sehingga dalam satu dorongan, pria itu berada di dalam dirinya.

Oh, tunggu, mereka masih membutuhkan...

"Saya membeli kondom," kata mereka berdua bersamaan, lalu tertawa.

Rochelle menggali kotak terbesar yang bisa dia temukan dan mengulurkannya.

Kotak milik Ben lebih kecil, tapi gambarnya lebih banyak...sial, mereka tidak menjualnya di Coles.

"Wanita di toko mengatakan ini akan memberi Anda kesenangan yang paling besar. Saya berjanji akan kembali lagi jika mereka memenuhi persetujuan Anda," kata Ben, tetapi dia tidak mendengarkan. Dia terlalu sibuk membaca deskripsi di bagian belakang kotak.

"Bergaris... dengan sedikit tambahan..." Mulutnya begitu kering, kata-kata itu tidak bisa keluar. Jadi dia merobek bungkusan itu, dan menggulungnya ke bawah. Dia harus berhenti untuk mengagumi hasilnya. "Wow, saya selalu bermimpi untuk bercinta dengan seorang pria dengan penis bergaris, tapi saya tidak pernah berpikir itu akan benar-benar terjadi." Dia mungkin hanya membayangkannya, tapi tonjolan itu tampak semakin menonjol saat dia menatapnya, menjilati bibirnya. "Ben, aku ingin... tidak, aku butuh..."

Dia meraih pinggulnya dan menariknya ke pangkuannya. Dia memenuhinya dengan satu dorongan yang terarah dengan sempurna, dan dia segera terlalu sibuk fokus pada sensasi yang mengalir di tubuhnya untuk mengucapkan sepatah kata pun.

Lima Puluh Dua

Dia bercinta dengannya sampai dia benar-benar puas. Mungkin sedikit terlalu puas, karena dia bahkan bernapas saat kepalanya bersandar di dadanya seakan-akan mengatakan bahwa dia telah tertidur. Dengan enggan, ia menarik selimut menutupi mereka berdua, karena ia tidak berniat untuk melepaskan wanita yang luar biasa ini, setidaknya sampai fajar memaksanya.

Kekuatan yang begitu rapuh menuntut perlindungannya, meskipun ada tuntutan dari saudara-saudaranya untuk membalas dendam. Saudara-saudaranya telah menunggu selama lebih dari satu abad - satu hari lagi, satu minggu lagi, bahkan satu dekade lagi tidak akan ada bedanya.

Jika dia tahu betapa adiktifnya dia akan menemukan kelembutan tubuh wanita itu saat dia memeluknya, semuanya, baik yang buruk maupun yang baik, dan suara manis teriakan kenikmatannya yang hanya bisa dia dapatkan darinya, meraung-raung hingga mencapai puncaknya saat dia meneriakkan namanya saat mencapai puncaknya.

Bahkan sekarang, saat dia terlelap dalam tidur yang pasti dibutuhkan oleh tubuh manusianya yang rapuh, dia ingin menciumnya saat terjaga, menyelipkan jari-jarinya di antara kedua pahanya, dan membelai dia ke dalam kondisi kebahagiaan yang menggigil.

Tapi dia menolak. Semakin cepat dia menyerah pada mimpinya, semakin cepat dia dapat mulai mengerjakan lukisannya, mungkin karya paling erotis yang pernah dia buat, karena tidak seperti ratusan sketsa yang telah dia buat tentang orang lain yang berpasangan, ini adalah dia dan wanita yang dia cintai, dengan begitu banyak perasaan yang tertanam dalam setiap goresan pensilnya saat dia membelai wanita itu, lagi dan lagi saat dia memohon lebih banyak. Karena, dengan segala rintangan, Rochelle menginginkannya, dan hanya dia.

Mungkin dia harus menemukan kartu nama pria itu, Luce Iblis, dan menyuruhnya mencari sang penjagal. Biarkan makhluk kegelapan itu membalas dendam kepada saudara-saudaranya, biarkan Ben bebas mencintai Rochelle dan hidup.

Di mana kartunya? Dia pasti menyelipkannya di dalam buku sketsanya.

Dengan hati-hati, Ben melepaskan diri dari pelukan Rochelle, dan melangkah menuju meja, tempat ia meninggalkan tasnya. Dia telah membuka satu buku sketsa hingga selusin, meregangkan jahitan tasnya. Tak lama kemudian, ia harus meninggalkan beberapa di antaranya saat ia kembali ke kafe, karena tasnya tidak dapat menampung semuanya. Mungkin Rochelle akan setuju untuk menyimpannya untuknya. Selama tidak ada hal yang tidak diinginkan terjadi padanya.

Seolah-olah dia memanggilnya dengan pikiran, tubuh hangatnya meluncur ke pangkuannya, bergesekan dengannya dengan cara yang paling menggoda, seolah-olah dia tidak puas seperti yang dia yakini.

"Apa ini? Oh, apakah ini sketsa dari kelas menggambar kehidupanmu?" Dia mencondongkan tubuhnya ke depan untuk melihat lebih baik, tanpa menghiraukan cara menekan pantatnya lebih keras ke pangkal pahanya. "Wow, kamu benar-benar seorang seniman yang berbakat, kamu tahu itu? Semua latihanmu membuahkan hasil. Aku yakin gadis ini sebenarnya tidak secantik yang kamu gambarkan dalam kehidupan nyata. Maksud saya, lihatlah betapa bagusnya Anda membuat saya terlihat. Dan yang ini..." Dia membalik halamannya kembali hingga sketsa pertama terlihat, sketsa Luce Iblis yang terlihat seperti Pamela. Itu adalah ilusi yang diciptakan oleh orang lain, bukan isapan jempol dari imajinasi Ben, dia tahu sekarang.

Apa yang akan dilihat Rochelle ketika dia melihatnya?

Dia mengerutkan kening, seperti yang dia lakukan ketika dia melihat beberapa gambar yang dia gambar di kafe. Itu tidak bagus. "Saya pernah melihat ini sebelumnya. Apakah Anda menggambar seseorang yang berpose seperti patung itu, atau patung itu sendiri? Patung itu adalah karya yang luar biasa, saya belum pernah melihat yang seperti itu. Saya tidak heran Anda membuat sketsa itu." Ia meraih ponselnya, lalu mengusap layarnya beberapa kali sebelum mengulurkannya kepadanya. "Saya membuat serangkaian tulisan tentang hal itu ketika saya bepergian. Saya memiliki harapan besar untuk menjadi seorang blogger perjalanan, sampai penyakit Jakob dan Ibu memanggil saya pulang ke rumah. Ah, ini dia. Barisan tebing yang sepi, hanya ada reruntuhan di sepanjang tebing, namun di tengah-tengah batu-batu yang berjatuhan terdapat patung ini, yang dijaga oleh tiga monster yang tampak garang. Ada berbagai macam cerita - bahwa itu adalah kuburan, dan hantu wanita kulit putih berjalan di reruntuhan, mencari cintanya yang hilang. Bahwa itu adalah hadiah dari fae, untuk suatu kebaikan yang tak seorang pun bisa mengatakannya. Ini, lihatlah."

Ben tidak mau, tapi dia juga tidak bisa menolak. Batu kapur putih yang diingatnya telah lapuk menjadi abu-abu, memberikan bayangan yang lebih banyak pada balok batu tersebut daripada yang ia pahat pada hari pertama kali. Namun di sanalah dia, bercadar dan meraihnya, sama seperti hari pertama dia bertemu dengannya. Wajah yang tidak akan pernah dilihatnya lagi.

"Apakah Anda melihat hantu itu dengan mata kepala sendiri?" Ben bertanya. Mungkin, jika Pamela masih menghantui reruntuhan itu, dia mungkin bisa melihatnya lagi.

Rochelle mendengus dengan suara yang sangat tidak menyenangkan. "Tidak, meskipun aku berkemah di reruntuhan itu selama seminggu penuh, berharap aku bisa. Aku mendengar banyak lolongan, yang menurut penduduk setempat adalah hantu yang berbeda, roh gelisah dari penguasa terakhir kastil, tapi aku yakin itu hanya angin. Memang aneh. Patung-patung itu - gadis itu, dan gargoyle pelindungnya - berada dalam kondisi yang sangat baik, sementara kastil itu hancur di sekelilingnya. Namun, batu-batu itu tampak identik. Saya sudah mencari, tapi saya tidak bisa menemukan foto-foto kastil yang masih utuh."

"Itu karena memang tidak pernah ada. Kastil tempat patung-patung itu berdiri adalah sebuah kebodohan, reruntuhan palsu yang dibuat untuk ksatria yang memerintah negeri-negeri itu, seorang pria yang memiliki lebih banyak uang daripada akal sehat. Sampai dia mempertaruhkannya, atau begitulah yang kudengar." Dari bibir Pamela sendiri, saat ia menangis karena pengkhianatan ayahnya sendiri, yang berniat menjualnya untuk melunasi utang-utangnya. Seharusnya dia membujuknya untuk melarikan diri bersamanya malam itu juga. Maka dia mungkin tidak akan mati...

"Tidak, itu tidak benar. Ada sebuah kastil. Orang-orang di kedai itu sangat bersikeras tentang hal itu, karena penguasa terakhir membakarnya saat dia bunuh diri." Rochelle mengambil telepon darinya, menggeseknya, lalu menyerahkannya kembali. "Ini. Mereka bilang dia membakar dirinya hidup-hidup di menara itu."

Meskipun terbakar dan setengah runtuh, Ben dapat mengenali Kastil Burke di mana saja. "Itu sebenarnya bukan kastil. Hanya sebuah menara, itulah sebabnya dia ingin reruntuhannya dibangun seperti kastil yang jauh lebih besar yang pernah berdiri di sana. Menara itu adalah Kastil Burke, tetapi dinding batu yang hancur di mana patung-patung itu berada? Itu adalah kebodohan Burke."

"Yah, itu bukan cerita yang mereka ceritakan di pub desa. Di sana, mereka mengatakan bahwa tuannya menjadi gila ketika putrinya meninggal. Mereka menangkap pembunuhnya, namun sang tuan tetap bersikeras bahwa mereka menangkap orang yang salah, dan pembunuh yang sebenarnya ada di London, bebas berkeliaran, dan dia bermaksud menangkapnya sendiri. Kemudian dia menghilang untuk sementara waktu - kemungkinan menuju ke London, kata mereka - dan ketika dia kembali, dia mengubah pernyataannya. Sekarang, dia terus mengatakan bahwa burung itu telah dibunuh, dibantai dengan cara yang layak, tetapi keadilan tetap harus ditegakkan. Pemilik penginapan dan anak buahnya mencoba menghentikannya, tetapi sang tuan tidak mau. Dia mengambil dua botol brendi terbaik mereka dan pulang ke rumah. Ketika matahari terbit, kastil sang tuan menjadi neraka yang terbakar, dan mereka kemudian menemukan tubuhnya di antara abu. Hanya saja, ada dua kepala. Mereka akhirnya menguburkan keduanya di peti mati yang sama, karena mereka tidak tahu yang mana kepalanya. Saya yakin saya menulis namanya di suatu tempat..."

"Sir William Burke. Sama sekali bukan seorang bangsawan, hanya seorang ksatria bodoh yang terlalu banyak berjudi." Ben bertanya-tanya kepala siapa yang satunya lagi. "Saya harap kepala yang satunya adalah milik Brandon, dan dia mendapatkan apa yang pantas diterimanya."

"Brandon"? Tidak, nama tuannya adalah Burke, saya yakin itu, karena itu sangat mirip dengan nama belakang saya. Ejaannya berbeda, tapi tetap saja. Aku penasaran. Mungkin ada hubungan keluarga."

Ben menggelengkan kepalanya. "Percayalah, Anda tidak ingin mengaku memiliki hubungan apa pun dengan Sir William Burke. Dia menjual putrinya kepada seorang rentenir di London, seorang pria bernama Brandon, dan dialah yang membunuhnya, atau itulah yang kudengar."

Rochelle menatapnya untuk beberapa saat. "Kamu berasal dari Skotlandia. Kamu pasti tahu cerita ini. Bukan hanya versi dramatis yang mereka jual kepada turis, tapi apa yang sebenarnya terjadi. Apa kamu pernah tinggal di dekat sana?"

"Untuk sementara waktu. Tapi itu adalah kisah keluarga. Kami bukanlah keluarga Burke, tentu saja, karena keluarga saya sebagian besar adalah petani dan pedagang. Bukan, itu adalah orang-orang yang dihukum karena pembunuhan yang tidak mereka lakukan - Stone bersaudara, yang dibawa ke sini. Tempat yang baik untuk memulai hidup baru, atau begitulah kata mereka."

"Narapidana yang kau ingin aku cari. Itu.. . itu mereka? Dan itulah mengapa kau datang ke sini setelah kau dibebaskan. Karena jika nenek moyangmu bisa membuat kehidupan baru di sini, maka mungkin kamu juga bisa... ya Tuhan, Ben, itu mengerikan. Sejarah terulang kembali ketika seharusnya tidak pernah terjadi pertama kali. Aku tidak percaya..."

"Bisakah Anda mencari tahu apa yang terjadi pada Brandon? Rentenir itu?" Ben bertanya. Simpatinya memang manis, tapi dia perlu tahu. Jika Burke memang mencari keadilan untuk Pamela yang malang, maka setidaknya Ben bisa tenang atas kejadian yang menimpanya.

"Yah, saya bisa melihat, tapi...saya mungkin membutuhkan komputer, bukan hanya ponsel saya."

Dengan enggan, ia turun dari pangkuannya dan duduk di depan layar. Lima belas menit kemudian, dia mendapatkan jawabannya.

"George Brandon, bos kejahatan terkenal di London pada zaman Georgia dan awal Victoria. Dia memiliki rumah bordil dan tempat perjudian dari London hingga Brighton, dan konon cukup kaya untuk membeli semua harta kerajaan di Inggris, atau begitulah yang dikatakannya kepada para debiturnya sebelum dia merampas semua harta mereka. Dia mengaku sebagai anak haram dari seorang pangeran dan istri seorang earl, meskipun tidak ada bukti bahwa dia memiliki garis keturunan seperti itu. Dia menghilang secara misterius pada tahun 1851, ketika sebuah mayat tanpa kepala yang dipotong-potong secara mengerikan ditemukan di kantornya di atas salah satu rumah bordilnya. Beberapa orang mengatakan bahwa mayat itu adalah mayatnya, dan bahwa para pelacur telah bersatu untuk menyembelihnya seperti Julius Caesar, karena ia adalah seorang tiran. Yang lain mengatakan bahwa dia melarikan diri ke Amerika, di mana dia dibunuh dalam sebuah pemberontakan budak, oleh para budaknya sendiri."

Ben memejamkan matanya. Jadi, entah Burke yang membunuhnya, atau Brandon yang mati di tangan seorang wanita. Keduanya adalah nasib yang pas untuk si bajingan. Mungkin Luce Iblis benar, dan Pamela benar-benar sudah tenang, dalam kehidupan akhirat yang layak bagi seorang wanita yang lembut.

"Tahun berapa Kastil Burke terbakar?" Ben bertanya.

"Juga tahun 1851."

Dia berani bernapas lagi. William Burke memang bodoh, tapi dia sangat mencintai putrinya sehingga pada akhirnya dia melakukan hal yang benar. Hatinya terasa ringan seperti udara. Dia ingin terbang. Atau lebih baik lagi...

Dia mengayunkan Rochelle ke dalam pelukannya dan menciumnya dengan mesra. Satu hal mengarah ke hal lain, dan dia segera membenamkan kepalanya di antara kedua pahanya, sampai dia basah kuyup karena membutuhkannya saat dia memohon lebih dari sekedar lidahnya. Tapi dia tidak memohon lama - tidak, Rochelle bermaksud untuk menjadi nyonya kesenangannya sendiri, dia menemukan, saat dia berguling dengannya sampai dia duduk di atasnya, beringsut di sepanjang tubuhnya sampai dia menemukan kekerasan yang dia cari. Dia mengerang kecil kenikmatan saat dia menindih dirinya sendiri, sebelum dia mulai bergerak. Ben tidak dapat menahan panggilan sirene dari tubuhnya, terutama saat dia meremasnya seperti itu, saat dia bekerja keras hingga larut malam, untuk memberikan wanita yang dicintainya ini semua yang dimintanya, dan lebih banyak lagi.

Lima Puluh Tiga

Ben menghabiskan hari-harinya di sekolah, dan malam harinya bersama Rochelle. Dia mulai mengerjakan lukisan itu, bersembunyi di bagian yang luas di antara atap dan langit-langit di gedung administrasi sekolah, dan dia mulai berharap Rochelle akan menyukai hasil akhirnya. Jika tidak, dia akan menyimpannya untuk dirinya sendiri, dan ketika dia sendirian, dia akan memandangi lukisan itu, mengepalkan tangannya dan...

Ugh. Tidak ketika dia memegang tabung cat. Sekarang dia harus membeli lebih banyak cat biru laut.

Jika ini adalah apa yang dirasakan Dunstan pada Cara, setelah jatuh cinta padanya sekali saja, tak heran ia begitu sedih ketika ia menikahi pria lain. Pria lain yang telah ia tinggalkan setiap hari selama berbulan-bulan, ingatlah, selalu menjerit-jerit seperti babi yang terjebak.

Sekarang jika Rochelle meninggalkannya untuk pria lain... seorang pria sejati, bukan monster yang terbuat dari batu hidup, yang tidak bisa menginjakkan kaki di siang hari. Seorang pria yang tidak memiliki dendam berabad-abad untuk dikejar...

Ben bergidik ngeri membayangkannya.

"Tapi dia memanggil saya peri, Pak!"

Fae adalah monster, meskipun dia belum pernah mendengarnya di sini. Mungkin makhluk-makhluk itu telah mengikuti para penjajah dari Skotlandia. Tapi anak laki-laki yang duduk di kantor di bawah bersama konselor sekolah tampak seperti manusia biasa, sama seperti murid-murid lainnya.

Perlahan-lahan, ketika anak laki-laki dan konselornya berbicara, Ben mulai memahami situasinya dengan lebih baik. Sekarang menjadi molly sudah legal, bukan sebuah kejahatan, tetapi masih ada orang-orang yang membuat hidup para molly menjadi sengsara karena lebih menyukai pria daripada wanita.

Ben mungkin tidak belajar banyak tentang dunia seperti yang bisa ia dapatkan jika ia mengintai di atas ruang kelas, tetapi ia belajar banyak tentang orang-orang di zaman ini, dan masalah mereka. Dari semua perbedaan yang ada, ada beberapa hal yang tetap sama.

Saat malam tiba, dia berjalan menyusuri High Street menuju kafe. Kafe itu kosong, jadi alih-alih duduk di sudut tempat dia menghabiskan malam lebih dekat dengan orang asing daripada dengan Rochelle, dia berjalan ke konter untuk menyambutnya dengan ciuman.

"Saya juga senang bertemu dengan Anda," katanya. "Apakah Anda ingin saya membuatkan kopi atau sesuatu sebelum Anda mulai bekerja?"

Jika dia membutuhkan makanan, dia akan dengan senang hati menerima tawarannya. Aroma kopinya atau salah satu kue sudah cukup untuk menggodanya. Jadi dia berpura-pura menatap menu di atas meja sejenak sebelum menggelengkan kepalanya. "Saya tidak apa-apa."

Kemudian, sebuah gambar aneh menarik perhatiannya pada layar televisi di belakang meja. Biasanya dia tidak pernah melihatnya, karena tidak terlihat dari meja tempat dia duduk untuk bekerja, tetapi sekarang dia bisa melihat hal yang paling aneh.

"Apa itu?" Dia menunjuk.

"Hmm?" Rochelle melirik dari balik bahunya. "Oh, itu Mothman, menari di atap gedung di atas jalan. Kami telah memutar video ini dan video lainnya secara berulang-ulang sejak saya merekamnya, karena video tersebut menjadi viral. Kami masih menawarkan kopi gratis selama sebulan bagi siapa saja yang bisa menangkap gambar makhluk itu, tapi sepertinya dia hanya keluar ketika saya ada di dekatnya."

Ben menonton video tersebut. Seorang pria bersayap menari dengan lincahnya di atas atap, sebelum video berakhir dan layar menunjukkan jalan setapak di bawahnya. Dalam kegelapan di bawah beranda, sesosok tubuh berjubah mengintai. Seorang wanita berlari ke dalam pelukan sosok itu, sebelum mereka berdua menghilang. Kemudian pria penari itu kembali.

"Apakah kamu melihatnya?" Rochelle bertanya.

Sebenarnya, jika dia melihat lebih dekat, bisa saja itu adalah dia. Sayapnya, tanduknya... kecuali Ben tidak pernah menari seperti itu seumur hidupnya, dan dia tentu saja tidak pernah menculik wanita. Terutama tidak dengan sayapnya yang terbuka. Siapapun orang-orang ini, atau pernah ada, mereka memang bodoh karena mengizinkan seseorang memotret mereka di depan umum. Dunia ini suka berburu monster, bukannya menghindarinya dengan bijaksana, seperti yang mereka lakukan selama berabad-abad di Skotlandia.

"Saya belum pernah, tapi saya bisa katakan bahwa dia bukan ngengat," kata Ben. "Itu adalah gargoyle. Dua, jika saya tidak salah, karena yang di atap jauh lebih kurus daripada yang di jalan setapak."

Rochelle tertawa. "Maksudmu makhluk-makhluk monster aneh yang mereka tempelkan di pinggir gereja, seperti pipa pembuangan?"

Mungkin untung saja dia tidak mengatakan bahwa dia adalah seorang pria. Tidak jika dia hanya menertawakannya, jika dia mempercayainya.

"Gargoyle memiliki banyak tujuan, yang paling penting adalah perlindungan," kata Ben.

"Yah, gadis-gadis yang tinggal di sana mungkin bisa mendapatkan sedikit perlindungan. Mungkin itu sebabnya mereka menaruh patung gargoyle kecil itu di atas atap."

"Apa?"

Rochelle menuntunnya ke jendela, lalu menunjuk ke atas. "Lihat bagian gulungan kain itu, di atas pedimen bundar? Ada alas kecil di atas sana, dan di atasnya ada gargoyle kecil yang gemuk dengan sayap yang besar. Sama sekali tidak mirip dengan Mothman saya."

Mata Ben melayang turun dari patung gargoyle, ke jendela lantai atas yang diterangi cahaya. Jendela yang gelap saat terakhir kali dia melihat bangunan itu. "Ada orang di sana," katanya.

Rochelle mengangkat bahu. "Yah, ya. Ada dua apartemen di atas toko-toko. Salah satunya dimiliki oleh seorang wanita cantik yang selalu datang untuk membeli muffin. Aku tidak tahu siapa yang tinggal di apartemen satunya. Seseorang yang tidak menyukai kopiku, kurasa."

Mungkinkah itu si tukang daging? Masih ada di sana, setelah sekian lama? Karena hanya orang yang benar-benar jahat yang bisa membenci kopi

Rochelle atau semua sajian kafe, yang semuanya dibuat dengan penuh cinta.

Gargoyle menjaga gedung tersebut. Gargoyle sama seperti dia. Tukang daging tidak akan meninggalkan para penjaga jika dia masih menggunakan tempat itu, tentunya.

Malam ini, setelah Rochelle merasa puas, dia akan menyelinap ke jalan dan menyelidikinya. Lagipula, tidak ada salahnya untuk memeriksanya, bukan?

Lima Puluh Empat

"Mmm," Rochelle mendesah, meringkuk di sisinya. Ben akan memberikan semua uang yang dimilikinya untuk menggulingkan Rochelle ke punggungnya dan mengubur dirinya di dalam tubuh Rochelle hingga pagi hari. Lebih baik lagi, tidak perlu meninggalkannya sama sekali.

Namun, ia berutang budi pada ingatan saudara-saudaranya, dan ia tidak dapat menunda-nunda hal itu demi keinginannya sendiri lebih lama lagi.

Selain itu, jika dia pergi sekarang, dia mungkin bisa kembali sebelum fajar, untuk mendapatkan ciuman dari gadis yang setengah tertidur itu sebelum dia berangkat keesokan harinya.

Dia menyelinap masuk ke dalam dinding bangunan baru, batu kapur yang membelahnya seperti air. Lantai demi lantai, dia mencari, tetapi dia tidak menemukan rahasia. Ia menemukan dua pasangan randy yang sama liarnya dalam bercinta seperti dirinya dan Rochelle, tapi ia tidak ingin membuang waktu untuk menonton. Jika memang bercinta yang dia inginkan, dia tahu di mana Rochelle menunggu.

Baru ketika dia sampai di ruang bawah tanah, dia melihat sesuatu yang berbeda. Batu-batu di sini lebih tua, tidak terpotong dengan mulus. Seolah-olah ruang bawah tanah ini telah dibangun jauh sebelum rumah di atas. Mungkin...

Turunlah dia, meluncur melalui beton dan batu-batu besar hingga menemukan ruang bawah tanah kedua di bawah ruang bawah tanah pertama. Sebuah ruangan kecil, yang satu ini, begitu penuh dengan debu dan sarang laba-laba sehingga sulit untuk melihat apa pun dalam kegelapan. Dia tersandung-sandung, menabrak benda-benda, sampai dia menyentuh sebatang lilin yang meleleh ke dalam ceruk di dinding, di samping sekotak korek api. Beberapa saat kemudian, ia mendapatkan cahaya yang cukup untuk melihat, tetapi ia tidak mempercayai matanya.

Ini adalah ruang bawah tanah rahasia Pearse, persis seperti yang dia ingat. Mengapa, ketika dia membersihkan sarang laba-laba, dia menemukan gumpalan berdebu di atas meja adalah teko dan cangkir yang digunakan Pearse untuk membius mereka, dan kemungkinan besar orang-orang lain yang tidak menaruh curiga, jika Rochelle memang pernah melihat dua gargoyle seperti dirinya.

Mayat saudara-saudaranya telah hilang, tanpa jejak di dalam debu untuk memberitahunya di mana atau bagaimana atau bahkan kapan mereka dibawa. Sudah lama sekali, kemungkinan besar, karena karpet debu tebal di lantai hanya menunjukkan jejak kaki Ben sendiri.

Tapi kotak-kotak itu... kotak-kotak yang berkilauan dan hampir bersinar di bawah cahaya lilin malam itu, penuh dengan kekayaan yang tak terbayangkan, masih ada di sini.

Hampir tidak berani bernapas, Ben mengulurkan tangannya untuk membersihkan debu yang sudah berusia seabad dari kotak terdekat.

Emas berkilauan di bawah tangannya, sama seperti saat itu.

Seperti seorang pelayan gila, dia mulai membersihkan ruangan, membersihkan kotoran untuk mengungkapkan kekayaan yang melebihi mimpinya yang paling liar. Dari mimpi terliar orang waras manapun.

Cukup untuk membeli sebuah rumah megah di mana ia dan Rochelle bisa tinggal, dengan sisa uang yang cukup sehingga ia bisa belajar seni sementara Rochelle melakukan apa pun yang ia inginkan, tanpa harus membuat kopi lagi atau mendengar seorang pria mengeluh selama setengah jam tentang bagaimana sebuah muffin memiliki lebih banyak kacang daripada yang ada di sebelahnya. Dia bisa membayar seseorang untuk membuatkan kopi dan muffin untuknya.

Dia menarik sebuah kursi dan setengah jatuh ke kursi itu, pikirannya ke sana ke mari.

Saudara-saudaranya tidak ada di sini. Emas itu. Yang berarti tukang daging tidak mungkin jauh.

Tapi tentu saja tidak cukup dekat untuk menghentikan Ben mengambil sekotak barang untuk dirinya sendiri. Bagaimanapun juga, tukang daging telah mencurinya. Tentunya setelah bertahun-tahun berlalu, orang-orang sudah menyerah untuk mencarinya. Tidak akan ada yang mau menangkapnya setelah sekian lama.

Lalu lagi... mengapa tukang daging itu tidak menyentuhnya? Apakah dia mengetahui bahaya yang tidak diketahui Ben? Internet adalah sesuatu yang menakjubkan, penuh dengan informasi yang tidak dapat dimengerti oleh manusia. Mungkin polisi masa kini tidak lupa tentang pencurian itu, dan mereka bisa menangkapnya lebih cepat daripada polisi yang menangkapnya di masa lalu.

Lalu ada juga para gargoyle. Mereka pasti menjaga emas saat si tukang daging tidak ada. Ben akan mengambil risiko melawan kebanyakan pria, tapi dua gargoyle, yang tidak bisa dihancurkan seperti dirinya? Peluangnya tidak akan berpihak padanya - risikonya terlalu tinggi.

Ben menghela napas. Dia tidak berani mengambil emas itu. Belum, sih.

Dia harus menemukan tukang jagal itu, dan memaksanya untuk mengubah Ben kembali menjadi manusia, sehingga dia bisa bersama Rochelle. Tidak, dia harus mencari tahu bagaimana cara mengubahnya sendiri, sehingga dia bisa mengubah tidak hanya dirinya sendiri, tapi juga para gargoyle lainnya kembali menjadi manusia normal. Kemudian dia harus membunuh si tukang jagal, sebagai keadilan bagi saudara-saudaranya. Kemudian, dan hanya setelah itu, dia bisa mengklaim emasnya.

Agar dia bisa hidup bebas, dan membangun kehidupan baru bersama Rochelle, jika dia mau menerimanya.

Ben menghembuskan napas. Ya. Itulah yang akan dia lakukan. Dia akan...

Sebuah teriakan menggetarkan udara di jalan di atas.

Dia bisa merasakan kepanikan Rochelle.

Ada yang tidak beres.

Tanpa menghiraukan emas atau apa pun yang ada di ruang bawah tanah rahasia itu, Ben melesat ke permukaan.

Lima Puluh Lima

"Beraninya kau membatalkanku! Kau bukan siapa-siapa!"

Ben berharap menemukan Rochelle berteriak, atau paling tidak, seorang wanita, tetapi yang ia temukan adalah seorang pria yang mengamuk di tengah jalan. Ya, seorang pria, sungguh, karena tidak ada pria yang memiliki harga diri yang akan berperilaku seperti balita.

Oh, tapi itu adalah mantan teman sekamar Rochelle. Siapa namanya lagi? Jakob, itu dia.

"Tunjukkan dirimu, Rochelle! Aku tahu kamu ada di dalam sana, dan jika kamu tidak mau keluar, aku harus masuk dan menyeretmu keluar, kembali ke rumah di mana kamu seharusnya berada!"

Ben bergeser ke dalam bayang-bayang, di mana kegelapan mungkin menyembunyikan wujud aslinya. Tanduk, sayap, dan semuanya, karena saat dia mengancam Rochelle, dia telah memanggil monster itu. Monster yang tidak akan membiarkan siapa pun menyakitinya, lagi.

Sebaiknya ia segera menangani hal ini, sebelum Rochelle terbangun dan melihatnya. Atau mungkin dia akan percaya bahwa dia adalah Mothman yang dia rekam di masa lalu. Mungkin dia bahkan akan merekamnya saat berurusan dengan Jakob, dan mengunggahnya di saluran videonya, menarik gerombolan pelanggan baru ke kafe untuk memburu monster itu. Monster yang dengan senang hati akan menggambar rupa mereka dengan bayaran tertentu sementara mereka meminum kopi dan menunggu untuk melihat sekilas tentang apa yang tidak mereka pahami.

"Ada apa, Jakob? Apakah ini tentang perintah penahanan?"

Terlambat. Jendela di lantai atas terbuka, dan membingkai Rochelle, yang buru-buru membungkus dirinya dengan jubah untuk menyembunyikan ketelanjangannya.

"Pengadilan setuju untuk menerbitkannya minggu ini, jadi saya membayangkan jika Anda sudah menerimanya sekarang, Anda mengerti bahwa Anda tidak boleh berada sedekat ini dengan saya, atau polisi akan menangkap Anda. Pulanglah, Jakob." Dia mengangkat tangannya untuk menutup jendela.

"Jangan pergi dari saya! Kamu bukan siapa-siapa!" teriaknya. "Anda tidak bisa membatalkan saya seperti ini! Membatalkan internet saya tidak akan menghentikan sinyalnya! Saya akan didengar, atau penggemar saya akan menghancurkan Anda!"

"Saya membatalkan internet saya. Jika Anda sangat menginginkan akses internet, Anda bisa membayarnya. Selamat tinggal, Jakob."

"Kamu hanya cemburu! Cemburu karena saya adalah bintang yang sukses, dan kamu bukan siapa-siapa! Kamu sangat tidak berguna dalam pembuatan film, bahkan staf universitas pun bisa melihatnya! Gagal dalam setiap tugas, gagal dalam hidup. Kamu hanya mempermalukan dirimu sendiri, mencoba untuk menjadi diriku, padahal kamu tidak akan pernah cukup baik. Tidak akan pernah!"

"Sebenarnya, saya lulus dalam dua tugas terakhir saya. Saya mungkin akan mendapatkan gelar saya, bukan karena Anda."

"Segala sesuatu yang ada pada diri Anda adalah berkat saya! Segalanya! Anda bukan siapa-siapa tanpa saya, dan saya akan menunjukkannya kepada Anda! Aku akan menunjukkan kepada semua orang!"

"Terserah, Jakob." Jendela itu terbuka, dan Rochelle menghilang dari pandangan.

Ben melangkah maju, keluar dari bayang-bayang. Dia bermaksud untuk melihat si bodoh ini sejauh mungkin dari Rochelle. Mungkin dia akan menerbangkannya ke laut dan menjatuhkannya.

"Ada apa, nak?" Dua orang polisi muncul di jalan setapak, hanya beberapa meter dari Ben.

Ben menunduk agar tidak terlihat.

"Wanita jalang gila itu mencoba mengusir saya dari rumah saya, membatalkan pertunjukan saya!" Jakob mengayunkan lengannya ke arah jendela Rochelle yang samar-samar.

Dia telah menutup jendela, tapi Ben masih bisa melihatnya di atas sana, mondar-mandir dengan cemas di dalam bayang-bayang. Dia mungkin terdengar tenang dan meremehkan, tapi sebenarnya tidak.

"Minggirlah, nak, kamu membuat onar. Jika Anda tidak pindah, kami akan terpaksa menangkap Anda, dan kami tidak menginginkan hal itu, bukan?"

"Dia yang harus kau tangkap! Dia sudah gila! Mencuri rumah saya, pertunjukan saya, menodai nama baik saya dengan tuduhan yang tidak benar!" Suaranya meninggi menjadi jeritan.

"Mungkin memang begitu, tapi itu bukan alasan untuk membuat keributan. Kita harus menjaga ketenangan, dan Anda jelas-jelas mengganggunya. Kesempatan terakhir, nak. Apakah kamu mau pergi, atau kami perlu mencatat data-data kamu dan membawamu ke kantor polisi?"

Itu adalah hal yang salah untuk dikatakan. Si idiot itu bangkit, suaranya meninggi menjadi teriakan lagi. "Apa kau tidak tahu siapa aku? Tidakkah kau tahu? Saya Jakob Tollak, Iago bagi para penggemar saya, dan bagi mereka saya adalah dewa!"

Para polisi saling bertukar pandang saat salah satu dari mereka mencatat detail Jakob.

"Bukankah dia orang yang melarikan diri dari penjara beberapa minggu yang lalu? Orang yang kami kirimkan surat perintah penahanan sementara kemarin? Lebih baik bawa dia masuk. Terutama jika dia sudah melanggar perintah itu."

Dengan senang hati Ben, mereka memborgol Jakob dan mulai membawanya kembali ke stasiun.

"Kau akan menyesal! Anda tidak bisa membatalkan saya! Saya akan kembali ke rumah orang tua saya dan menggunakan sambungan satelit mereka. Saya akan menunjukkan kepada semua orang betapa pecundangnya kamu, betapa kamu selalu gagal, dan kamu akan menyesal! Kamu bukan siapa-siapa!"

Lima Puluh Enam

"Kamu bukan siapa-siapa!"

Teriakan Jakob bergema di seluruh ruangan, bahkan dengan jendela yang tertutup. Rochelle jatuh berlutut, matanya terlalu kabur oleh air mata untuk melihat lagi.

Dia benar, tentu saja. Dia bukan siapa-siapa.

Bahkan Ben tidak mau repot-repot untuk tinggal - dia sudah mendapatkan apa yang dia inginkan, dan pergi begitu saja saat wanita itu tertidur.

"Apakah Anda baik-baik saja?"

Suara itu adalah suara Ben, dengkuran dalam yang selalu membuatnya merasa lebih baik. Namun tidak malam ini. Tidak ada yang bisa melakukan itu.

"Dari mana saja kau?" Ketika dia ingin, tidak, membutuhkannya...

"Saya berada di luar, memperdebatkan apakah akan memukul kepala orang bodoh itu dan menguburnya di kuburan yang lebih awal, atau menyeretnya kembali ke rumahnya dan memasukkan kepalanya ke dalam toilet, untuk membuatnya merasakan kotorannya sendiri."

Rochelle hampir terkikik mendengarnya. Dia tidak mungkin serius.

Ben bergerak mendekat. "Saya berharap bisa menyingkirkannya, dengan satu atau lain cara, sebelum dia membangunkan Anda, tapi saya gagal secara spektakuler. Polisi mencuri perhatian saya, dan saya menduga dia akan menghabiskan malam yang sangat tidak nyaman di dalam sel mereka, sementara Anda menikmati kedamaian dan ketenangan yang memang layak Anda dapatkan."

"Mungkin ini yang terbaik." Dia menghela napas. Jika dia punya akal sehat, atau jika dia tidak merasa seperti orang yang sedang diperas sekarang, dia akan mengumpulkan keberanian terakhirnya dan menyuruhnya pulang. Tidak membuang-buang waktunya untuk orang seperti dia. "Saya tidak ingin Anda ditangkap untuk orang seperti saya."

"Anda bukan siapa-siapa."

Kedengarannya manis, dan mungkin dia bahkan mempercayainya, tetapi itu tidak membuatnya menjadi kenyataan.

"Dia benar. Aku bukan siapa-siapa. Saya bukan siapa-siapa yang tidak berbakat, yang telah gagal di lebih banyak unit universitas daripada yang telah saya lewati, sampai-sampai mereka mungkin akan mengeluarkan saya dan tidak akan pernah mengizinkan saya untuk lulus. Jakob memiliki saluran video yang sukses, dengan ribuan penggemar yang menonton setiap video yang ia unggah, dan di sinilah saya, tinggal di loteng di atas kedai kopi di mana saya menghabiskan waktu setiap hari untuk menyajikan kopi dan muffin, tersenyum hingga wajah saya pegal-pegal, kepada para pengeluh yang ingin mengeluh hanya untuk mendengar suara mereka sendiri."

Lengan Ben merangkulnya, dan menariknya untuk berdiri. "Kamu bukan siapa-siapa. Kamu adalah Rochelle Bourke. Kamu membuat kopi dan muffin terbaik di Fremantle, dan para pengeluh datang ke sini karena kamu adalah pendengar terbaik, dengan senyum terindah, dan kamu cukup baik untuk benar-benar mendengarkan alih-alih menyuruh mereka pergi. Anda telah mengambil alih sebuah kafe yang sedang mengalami kesulitan, dan video pemasaran viral Anda telah mengubahnya menjadi bisnis yang berkembang pesat. Faktanya, dua video Mothman Anda memiliki lebih banyak penayangan daripada semua video di saluran Jakob."

Rochelle menggelengkan kepalanya. "Itu tidak benar. Dia memiliki penggemar. Penggemar yang sebenarnya, yang menonton setiap minggu. Saya baru saja mengunggah dua video pendek dan buram yang saya ambil dengan ponsel saya. Mereka tidak mungkin..."

Ben mengeluarkan ponselnya, dan menunjukkannya. Ribuan, dan jutaan. Ada lebih banyak angka nol di saluran Shut Up daripada di saluran Jakob.

"Sial."

Namun, hanya karena lebih banyak orang yang menyukai Mothman daripada video game Jakob, tidak mengubah apa pun.

"Saya masih bukan siapa-siapa."

"Tidak, kamu tidak seperti itu. Anda adalah wanita termanis, paling baik, dan paling cantik yang pernah saya temui. Anda begitu menakjubkan di tempat tidur, hanya Anda yang bisa saya pikirkan. Yang bisa aku gambar, sejak pertama kali aku menciummu. Kau menyihir. Satu senyuman darimu, dan yang kupikirkan hanyalah apa yang bisa kulakukan untuk membuatmu tersenyum lagi. Tentu, mungkin ada banyak hal yang belum kamu lakukan. Kau masih muda. Kamu masih punya waktu untuk melakukan segalanya, lalu mengubah hidupmu dan melakukan segalanya dengan cara yang berbeda. Anda telah membuat seorang mantan narapidana percaya bahwa hidup bahagia selamanya. Karena Anda dapat membangun kehidupan baru, tidak peduli seberapa buruk keadaan yang terjadi. Anda adalah pemilik takdir Anda sendiri. Anda juga wanita yang saya cintai."

Rochelle menelan ludah. Benarkah dia mengatakan hal itu?

"Anda adalah wanita yang saya cintai, dan saya pikir inilah saatnya saya menunjukkan betapa saya mencintaimu, sampai Anda melupakan semua yang pernah terjadi."

Dia berhasil tersenyum lebar. "Itu cukup sulit."

Dia mengangkatnya ke dalam pelukannya dan membawanya ke tempat tidur. "Yah, cukup keras adalah keahlianku, terutama saat aku telanjang denganmu. Apa yang Anda katakan untuk mengizinkan saya menyembah tubuh Anda seperti dewi Anda?"

Dia harus tertawa mendengarnya. "Wanita mana yang bisa menolaknya?"

"Tak seorang pun," dia pikir dia mendengarnya berkata, tapi kemudian bibirnya menempel di bibirnya, dan tangannya membelai dia, dan tidak ada orang lain di dunia ini yang penting selain dia dan Ben.

Lima Puluh Tujuh

Ketika Ben tiba di kafe keesokan harinya, dia terkejut melihat Tacey di meja kasir dan bukan Rochelle. "Dia ada di penjara malam ini," dia mengingatkannya.

Ah, ya, tentu saja.

"Saya yakin dia akan senang jika Anda bergabung dengan salah satu turnya. Pergilah, ambil cuti malam ini. Saya akan memberitahu siapa pun yang menanyakan Anda bahwa Anda akan kembali besok," Tacey mendesak.

Jika Ben tidak tahu lebih baik, dia akan mengira Tacey mencoba menjodohkannya dengan Rochelle. Sedikit yang dia tahu bahwa Rochelle sudah memilikinya, jiwa dan raga.

Dia membungkuk. "Terima kasih, saya akan melakukannya."

Namun, alih-alih menuju ke High Street, menuju penjara, ia menyeberang jalan, untuk berdiri di depan rumah yang bayang-bayangnya telah menyembunyikannya semalam. Di bawahnya ada emas tukang daging, dan di suatu tempat, di balik jendela yang bersinar dengan kehangatan, ada jawaban yang ia cari.

Dia mulai meraba-raba dinding, mencari para penghuni rumah. Dia menemukan mereka semua berada di ruang makan bersama, sedang makan malam.

Ben melesat keluar dari dinding, melebarkan sayapnya lebar-lebar agar terlihat menakutkan. "Di mana William Pearse?" dia meraung.

Wanita pirang itu mengangkat bahu. "Siapa?" Dia menusuk sesuatu dengan garpu dan mengangkatnya ke bibirnya seolah tidak ada yang salah.

"William Pearse, si tukang daging!"

Orang-orang itu bangkit perlahan dari tempat duduk mereka, seolah-olah mereka akhirnya memutuskan bahwa dia adalah ancaman. Orang yang tadi duduk di sebelah si pirang mengembangkan sayapnya, sama seperti sayap Ben. "Tidak ada seorang pun di sini dengan nama itu, jadi sebaiknya kau pergi, teman."

Sesuatu yang hangat dan berbulu bergesekan dengan pergelangan kaki Ben. Dia melihat ke bawah dan menemukan seekor kucing hitam kecil yang melingkarkan dirinya dengan penuh tekad di kakinya. Mendengkur, demi Tuhan.

"Saya tidak akan pergi sampai Anda memberi tahu saya di mana William Pearse berada! Saya punya urusan dengan dia yang tidak akan menunggu lebih lama lagi!"

Gadis berambut hitam itu mengeluarkan ponselnya. "Baiklah, saya bisa mencarinya dan melihat apakah dia memiliki profil media sosial. Mungkin kau bisa mengirim pesan padanya. Sekarang, bagaimana kamu mengeja Pearse?"

Ini sama sekali tidak seperti yang diharapkan Ben. "Sialan, di mana Pearse?"

Itu pasti salah satu gargoyle Pearse, jadi dia harus tahu di mana dia berada.

Namun, pria lain yang berbicara. "Anda tahu, saya rasa saya ingat Pearse. Saya pikir dia adalah seorang tukang daging. Tapi itu sudah lama s ekali... dia mungkin sudah mati sekarang." Dia memutar-mutar garpunya ke dalam mie yang berantakan, lalu mengangkatnya ke mulutnya.

Gargoyle itu menatap dengan penuh kerinduan pada makan malam pria itu. "Mungkin," dia setuju.

"Mrow?" Makhluk itu telah mencakar-cakar celana Ben dan sekarang menempel di kemejanya, mencengkeram tangannya.

"Apa yang salah dengan kucingmu?" tanyanya sambil menepuk-nepuk makhluk itu.

Wanita berambut pirang itu berkedip. "Oh, Lucky suka gargoyle. Seperti, sangat menyukai gargoyle. Dia akan mengikutimu di sekitar dinding, menunggumu keluar sehingga dia bisa bergesekan denganmu. Awalnya saya pikir kami punya tikus. Gargoyle jauh lebih baik." Dia menautkan jari-jarinya dengan jari-jari gargoyle, dan meremasnya, seolah-olah mereka adalah sepasang kekasih.

Ben menghela nafas. Terlalu banyak mengancam mereka untuk memberikan apa yang dia inginkan. Dia melipat sayapnya, dan membentuk kembali dirinya menjadi bentuk sederhana yang paling dikenal Rochelle.

Garpu pria itu bergemerincing ke lantai. Dia melompat dari meja, wajahnya lebih putih dari bulan. "Ben?" bisiknya. "Kami pikir kau sudah mati!"

Wanita pirang itu menatapnya dengan tajam. "Catatan penjara mengatakan kau sudah mati, tapi ternyata mereka membuat kesalahan. Menarik." Dia meneguk dari gelas airnya.

Gargoyle itu melipat sayapnya dan menyipitkan mata ke arah Ben. "Ben?"

Ben berkedip. Awalnya, dia tidak mengenali mereka, tapi sekarang dia bisa melihat kedua pria itu, berdampingan, tanpa tanduk... "Tor? Dunstan? Kau masih hidup?"

Wanita berambut pirang itu bangkit, mengumpulkan piring-piringnya. "Baiklah, kurasa makan malam sudah selesai. Singkirkan pelukan reuni persaudaraan ini, karena kita akan pergi ke ruang tunggu selanjutnya, di mana kita semua akan duduk dan kau," dia menunjuk Ben, "akan menceritakan semuanya. Atau aku akan menaruh kucing di atasmu."

Siapa pun dia, dia bukanlah wanita yang harus dilewati.

"Ya, Bu," kata Ben.

"Anemone, kumohon. Aku baru saja menghentikan kebiasaan buruk kakakmu yang selalu memanggilku dengan sebutan nyonya."

"Ya, Ma... Anemon."

Dia berusaha untuk tidak tertawa. "Kamu pasti bisa."

Lima Puluh Delapan

"Hanya Pearse yang bisa menyelesaikan mantranya, dan membangunkan saya, jadi dia pasti masih hidup," kata Ben.

"Maaf, saya tidak tahu," kata Anemone. Dia memutar laptopnya agar Ben bisa melihat layarnya. "Aku sudah mencari, tapi yang kutemukan hanyalah dia menghilang pada waktu yang sama dengan catatan yang mengatakan bahwa kau meninggal. Dia jelas tidak membangunkan Tor atau Dunstan. Itu adalah Catena dan aku, atau itulah yang kami yakini."

Menganggguk-angguk di sekelilingnya.

"Lalu bagaimana kamu bisa mematahkan kutukan itu, jika Pearse tidak melakukannya?" Ben bertanya pada Tor.

Wajah Tor dan Catena menjadi merah.

Tor terbatuk-batuk. "Yah, kami pikir itu karena kami berhubungan seks, tapi..."

"Itu tidak berhasil bagi kami," kata Anemone sambil mengusap-usap perutnya.

"Jadi mematahkan kutukan itu mungkin lebih rumit dari yang kita duga," Catena memulai, mengalihkan pandangannya dari Anemone. "Temanku, Callie, mengatakan satu-satunya cara untuk mematahkan kutukan itu adalah dengan melelehkan hati yang terbuat dari batu. Dia memiliki sebuah buku mantra tua dengan ritual yang menurut kami mungkin digunakan untuk mengubah orang menjadi gargoyle. Kedengarannya memang seperti apa yang Anda ingat, Ben, jadi masuk akal jika apa yang dikatakannya juga benar. Mungkin Callie mungkin tahu lebih banyak. Mungkin ada terjemahan alternatif yang memberi kami lebih banyak informasi sehingga kami bisa membantumu dan Dunstan mematahkan kutukan kalian berdua. Maksudku, aku tahu sayap dan tanduk itu berguna, tapi kau harus merindukan sinar matahari."

"Dan makanan," tambah Dunstan.

"Baiklah, jadi kita harus menemui Callie. Tapi pertama-tama, kita mungkin harus mengambil emasnya, karena hanya gargoyle yang bisa mendapatkannya."

Keempat wajah itu menoleh untuk menatapnya. "Emas apa?"

Lima belas menit kemudian, dia berdiri di ruang bawah tanah yang tersembunyi bersama Dunstan, masing-masing dari mereka dipersenjatai dengan senter bertenaga tinggi milik Anemone. Catena menawarkan ponselnya agar Ben dapat mengambil gambar, tetapi Ben mengatakan bahwa ia memiliki ponselnya sendiri. Melihat tatapannya yang tidak percaya, dia terpaksa mengeluarkannya dan mengatakan bahwa dia menggunakannya untuk mengakses internet, dan agar klien dapat menghubunginya di siang hari. Dia masih belum terlihat yakin, tetapi dia sangat ingin mengetahui tentang emas ini seperti mereka semua, jadi dia melepaskannya.

Dunstan menatap sekelilingnya dengan takjub, seakan-akan dia belum pernah berada di ruangan ini sebelumnya.

"Di situlah dia meletakkan tubuhmu." Ben menunjuk. "Tor ada di sana."

"Saya ingat terbangun dalam kegelapan, naik melalui batu, dan kemudian... Anemon," kata Dunstan perlahan. "Tapi saya tidak ingat pernah melihat ini."

"Apa lagi yang kamu ingat?" Ben bertanya, penasaran.

Dunstan mengangkat bahu. "Tidak banyak yang bisa saya ingat, sungguh, sebelum saya terbangun. Ada ingatan samar-samar tentangmu, lebih banyak namamu daripada apa pun, dan Cara, yang membuatku terluka."

Ben mengangguk. "Ya, kamu telah menjatuhkan seorang wanita hamil yang telah bertunangan untuk menikah dengan pria lain. Saya tidak tahu bagaimana Anda berpikir itu bisa berakhir dengan baik."

Dunstan hanya menggelengkan kepalanya. "Saya tidak ingat semua itu. Saya hanya ingat dia mengusir saya."

Paling aneh. Ben tidak memiliki masalah dalam mengingat semuanya, kecuali saat dia tertidur. Apa yang membuat Dunstan berbeda?

"Apakah Tor kehilangan ingatannya juga?" Jika tidak, mungkin si tukang daging telah merusak mantranya pada Dunstan.

"Ya, dia tidak ingat apa-apa sampai dia dan Catena mematahkan kutukannya, katanya. Dia bahkan tidak ingat bahwa dia punya saudara. Setidaknya aku ingat kamu." Dia terdengar sangat bangga akan hal itu.

"Mungkin dia telah mengarang mantra untukku, kalau begitu," Ben merenung. Sebenarnya, hal itu mungkin saja benar. Si tukang jagal belum menyelesaikan mantranya, jadi Ben masih menyimpan ingatannya, sementara saudara-saudaranya kehilangan ingatan mereka, setidaknya untuk sementara. Mudah-mudahan, Dunstan akan mengingat banyak hal saat mereka mencabut kutukan itu.

"Di mana emasnya?" Dunstan bertanya.

Ben menggunakan sikat yang diberikan Anemone untuk menyapu debu dari satu rak ke rak lainnya. "Semua ada di dalam kotak-kotak ini," katanya.

Mata Dunstan membelalak. "Wow."

Wow, memang. Ben menimbang satu kotak di tangannya, lalu mulai menghitungnya. "Saya perkirakan ada sekitar dua ratus kilogram lebih di sini." Ketika Dunstan terlihat kebingungan, Ben melakukan perhitungan cepat di kepalanya. "Mungkin hanya di bawah lima ratus kilogram?"

Dunstan menganggguk. "Kita mungkin harus meminta bantuan Tor. Ini akan berjalan lebih cepat."

"Untuk membawa Tor ke sini, kita harus menemukan jalan masuk yang tidak melibatkan berjalan melalui dinding. Ada sebuah tangga di suatu tempat di sini..." Ben mengamati ruangan itu, mencari-cari tempatnya. Ah, itu dia, tapi begitu tertutup oleh lumpur yang tampak seperti lumpur kering, dia tidak mengenalinya pada awalnya. Dia menaiki tangga, hanya untuk menemukan jalan yang terhalang di bagian atas. Sebelumnya ada engsel di sini untuk mengangkat dudukan jamban palsu agar mereka bisa memanjat, tapi entah engselnya sudah berkarat atau ada yang memaku semuanya.

Tidak ada yang lain untuk itu. Ben mengepalkan tangannya yang terbuat dari batu dan meninju masuk. Dia masuk ke dalam sebuah lemari... bukan, sebuah jamban, yang ditutup dengan tembok agar tak seorang pun dapat menemukannya. Dia juga menerobos papan-papan itu, dan mendapati dirinya berada di ruang bawah tanah yang penuh dengan perabotan yang lebih modern daripada yang ada di bawah, tapi jauh lebih rusak daripada apa pun yang pernah dilihatnya di apartemen Anemone. Tapi ada lampu listrik di sini, dan sebuah pintu yang mengarah ke lorong masuk.

"Anda bisa naik, saya rasa saya telah menemukan jalan keluarnya," dia memanggil Dunstan.

"Mungkin akan lebih baik jika Anda turun. Saya rasa saya telah menemukan tukang daging yang Anda cari, dan dia dalam keadaan yang tidak baik."

Setelah pemeriksaan singkat terhadap mayat yang ditemukan Dunstan, mereka kembali ke yang lain melalui dinding.

Saat menyebutkan kerangka, Catena menolak untuk mengizinkan siapa pun pergi ke sana lagi. "Jika ada mayat, kita harus memanggil polisi."

Dunstan dan Anemone tampak khawatir. "Saya tidak bisa..." dia mulai.

"Saya juga," kata Ben. Ketika tidak ada orang lain yang mengatakan apa-apa, dia melanjutkan, "Dengar, kita bisa menunggu beberapa hari sebelum memanggil mereka, bukan? Maksud saya, selama tidak ada yang mengganggu ruang bawah tanah lebih dari yang sudah kita lakukan. Saya mungkin bisa menemukan tempat di mana Anda bisa tinggal selama satu atau dua hari sementara polisi menyelidiki. Kalian berdua."

"Terima kasih," kata Anemone. "Saya berharap saya bisa pergi dan bersembunyi juga, tapi polisi sudah mengenal saya, jadi mungkin lebih baik saya tetap tinggal untuk menjawab pertanyaan-pertanyaan yang sulit. Catena akan memulai PhD-nya tentang benda-benda tersembunyi di rumah, jadi kita anggap saja kamu melihat-lihat rumah kita, melakukan sedikit penyelidikan sendiri, dan menemukan ruang tersembunyi. Anda melihat sekeliling, menemukan mayat, dan kemudian menelepon polisi. Segera setelah kami bisa menemukan tempat untuk kalian tinggal."

"Siap," kata Ben. Mereka semua menatapnya, seolah-olah dia telah mengatakan sesuatu yang salah. Mungkin mereka salah dengar. "Aku bilang aku akan melakukannya."

Anemon tersenyum. "Kamu sama sekali tidak seperti saudara-saudaramu. Menarik. Baiklah kalau begitu. Datanglah lagi jika kau punya kabar terbaru untuk kami."

Dia telah diberhentikan.

Itu adil. Lagipula, dia telah mengganggu makan malam mereka, sebelum dia membuat lubang di ruang bawah tanah mereka. Jika dia adalah mereka, dia juga tidak akan mengundangnya untuk minum kopi dan makan kue.

Dia mengucapkan selamat malam kepada saudara-saudaranya dan kekasih mereka sebelum dia kembali ke jalan.

Lima Puluh Sembilan

Kafe masih buka, dan Tacey berdiri di belakang meja, membersihkan lemari sandwich. Ben sudah menunggu Rochelle, tapi dia mungkin masih berada di penjara. Dia harus segera ke sana agar bisa mengantarnya pulang, tapi, sementara itu, Tacey mungkin bisa membantunya.

"Bolehkah saya meminta bantuan?"

Tacey mendongak. "Anda bisa bertanya. Tetapi jika Anda ingin sandwich, silakan - pilihlah."

Ben menggelengkan kepalanya. "Saya ingin tahu apakah Anda tahu di mana letak universitasnya."

"Yang mana? Ada lima kampus utama, ditambah beberapa kampus satelit yang tersebar di sekitar tempat ini."

"Saya tidak tahu. Seseorang mengatakan kepada saya bahwa saya harus pergi ke universitas untuk berkonsultasi dengan seorang sarjana Latin bernama Callie."

Tacey tertawa terbahak-bahak. "Oh, itu adalah Universitas Notre Dame, tidak jauh dari sini. Tapi kamu tidak perlu pergi ke sana. Callie adalah teman serumahku. Saya akan memintanya untuk datang ke kafe suatu malam saat Anda bekerja. Dia tertarik mendengar kami memiliki seorang seniman yang tinggal di kafe. Saya yakin dia akan senang bertemu dengan Anda."

Ben mengucapkan terima kasih, lalu memeriksa waktu. Jika ia bergegas, ia akan sampai di penjara tepat waktu untuk mengantar Rochelle pulang. Saat itu dia harus meminta bantuan yang lebih besar lagi - jika dia tahu di suatu tempat dia mungkin bisa menampung saudara-saudaranya selama beberapa hari selama penyelidikan polisi.

Enam Puluh

"Satu chai latte dengan santan, dan apakah Anda memiliki muffin atau roti goreng dengan kelapa sebagai pendampingnya? Saya rasa Tacey membuat beberapa di antaranya dengan raspberry atau butterscotch."

Rochelle mendongak untuk menemukan Callie di meja kasir. "Kamu lupa yang lamington."

Callie tertawa. "Siapa yang bisa melupakan twist Tacey pada lamington? Tapi saya tahu dia hanya membuatnya untuk acara-acara khusus seperti Australia Day, dan itu terjual dengan cepat. Di sore hari seperti ini, saya tidak punya kesempatan."

"Sepertinya masih ada satu muffin butterscotch yang tersisa, jika Anda menginginkannya."

"Oh, tentu saja ya."

Rochelle menelepon pesanan, lalu mulai membuatnya.

"Jadi, yang mana yang menjadi artis Anda?" Callie bertanya dengan berbisik nyaring.

Rochelle tidak perlu mendongak untuk memeriksanya. "Ben tidak akan berada di sini sampai matahari terbenam. Sesuatu tentang cahaya. Tapi saat dia tiba, meja itu sudah disediakan untuknya." Ia menunjuk ke sudut di mana dindingnya kini dipenuhi dengan sketsa-sketsanya.

"Kalau begitu, di sanalah saya akan duduk menunggunya."

Rochelle harus menelan gumpalan di tenggorokannya saat Callie mengambil tempat duduk Ben yang biasanya, menyeruput chai-nya tanpa menyadari posisi yang telah direbutnya. Tapi dia adalah teman Tacey, dan terlebih lagi teman sekamar Tacey, dan Tacey tidak akan senang jika Callie mengeluh tentang salah satu pegawainya yang bersikap kasar padanya, seperti yang diinginkan Rochelle.

Kemudian sekelompok besar pelanggan datang, semuanya menginginkan minuman panas yang rumit untuk menemani muffin dan brownies yang sedang dipanaskan, dengan saus brendi dan puding Tacey yang baru.

Pada saat dia mengantarkan seluruh pesanan mereka, Ben dan Callie begitu asyik bercakap-cakap, sehingga dia hampir tidak menyadarinya.

Dia menghela napas. Dia sangat pendiam dalam perjalanan pulang tadi malam, melamun, dan dia tidak ingin mengoreknya. Namun dia baru saja bertemu Callie, dan sekarang dia berbicara seolah-olah mereka sudah saling kenal selamanya.

Rochelle tidak pernah menjadi orang yang pencemburu sebelumnya, dan dia tidak yakin dia menjadi pencemburu sekarang, tapi rasanya sakit ketika berpikir bahwa pria yang mulai dia sayangi tidak cukup mempercayainya untuk curhat.

Mungkin dia akan menceritakan semuanya nanti. Saat mereka tidak berada di kafe yang penuh sesak dengan orang-orang yang berteriak-teriak meminta lebih banyak saus brendi.

Dia menghela napas, mengumpulkan cangkir-cangkir kosong, dan membawanya kembali ke dapur untuk memastikan cangkir-cangkir itu sudah dicuci.

Enam Puluh Satu

"Aku Callie." Gadis seperti peri itu menjulurkan tangannya, matanya tampak besar di balik topi rambut hitamnya.

Ben menjabat tangannya. Dia tidak akan pernah terbiasa dengan kebiasaan modern ini, tidak peduli berapa kali pun dia melakukannya. "Ben Stone."

"Artis yang luar biasa tampan yang tinggal di Shut Up Café, dan tunggangan baru Rochelle, jika rumornya bisa dipercaya." Dia mengedipkan matanya.

Ben telah mempelajari banyak kiasan modern, tetapi yang satu ini tidak dipahaminya. "Maaf, saya tidak mengerti," katanya.

Hal ini membuat senyumnya semakin lebar. "Ooh, seorang pria sejati! Dewi tahu dia pantas mendapatkannya, setelah permainan judi itu. Dan dia terus melihat ke sini, seperti dia mengira aku berniat menculikmu. Nah, pastikan kamu mengatakan padanya bahwa aku mendoakan yang terbaik untuk kalian berdua. Tapi kau tak mengundangku kemari untuk meminta restu, kecuali jika kau ingin pernikahan itu dilakukan dalam bahasa Latin. Tacey bilang kamu tertarik dengan gargoyle."

Ben mengangguk dan mencondongkan tubuhnya ke depan, agar perkataannya tidak terdengar oleh pengunjung lain di kafe. "Aku sedang berbicara dengan Catena, dan dia bilang kau punya semacam buku mantra yang mengatakan bagaimana cara mengubah orang menjadi gargoyle."

Callie melipat tangannya di atas meja. "Di sini juga tertulis bagaimana cara memanggil setan, membuat seorang pria binasa karena nafsu, dan melindungi rumah dari roh-roh jahat, tapi tidak ada bukti yang menunjukkan bahwa semua itu mungkin terjadi, apalagi bahwa instruksi dalam buku ini akan menghasilkan hasil yang diinginkan, meskipun itu benar. Dan jika Anda berpikir untuk merapalkan salah satu dari mantra-mantra ini pada Rochelle, atau siapa pun yang saya kenal, saya harus memberi tahu Anda bahwa saya tahu beberapa kutukan yang sangat buruk dan saya akan merapalkan semuanya pada Anda." Ditekankan dengan anggukan tajam.

Dia adalah seorang penyihir, Ben menebak, dan dia sedang mengujinya, sebelum membagikan ilmunya.

"Kutukan macam apa?" tanyanya.

"Saya akan mengutuk ponsel Anda sehingga semua teks muncul dalam bahasa Yunani Kuno. Aku akan mengutuk lubang hidungmu sehingga kamu tidak akan mencium bau apa pun kecuali amonia selama seminggu. Dan aku akan meracuni pikiran wanita mana pun yang berpikir untuk meniduri Anda, sehingga mereka percaya bahwa Anda terinfeksi jenis herpes kelamin yang mematikan."

Ben santai. Tak satu pun dari kutukannya yang mengandalkan sihir sama sekali, meskipun dia tidak meragukan bahwa dia bisa melakukannya. Dia telah berhasil mengatasi amonia itu sendiri, dan tidak memiliki keinginan untuk melakukannya lagi. "Saya tidak keberatan untuk mengulang pelajaran bahasa Yunani Kuno saya. Saya memang memiliki pendidikan klasik, tapi saya akui saya sudah lupa banyak bahasa Yunani dan Latin. Tapi Catena mengatakan kepada saya bahwa Anda fasih berbahasa Latin dan Viking."

Callie menghela napas. "Kau penggemar sejarah misterius seperti Catena, bukan? Baiklah, aku membawa pindaian buku itu, dan terjemahanku. Semuanya ada di laptopku. Sementara itu, aku akan memberimu versi singkat yang kuberikan pada Catena..."

Itu tidak singkat, tapi sangat menarik. Hal itu juga membuat Ben bergidik, karena dibutuhkan orang yang sangat aneh untuk membunuh seseorang, lalu memotong-motong mayatnya yang sudah dingin, melakukan ritual yang aneh dan menguburkannya, sebelum membangun rumah mereka di atas kuburan. Buku yang dimiliki Callie sekarang ini mungkin dulunya adalah milik si penjagal, karena tentu saja tidak mungkin ada dua orang yang begitu jahat di koloni sekecil itu.

Ben mengetuk layar. "Jadi menurutmu apa artinya ini? Anda telah menerjemahkannya sebagai melelehkan hati batu, dan itulah yang dikatakan Catena kepada saya, tetapi itu adalah istilah alkimia yang mengacu pada transformasi menjadi sesuatu yang lain, sebuah proses kompleks yang tidak sesederhana melelehkan."

Callie tampak terkesan. "Saya belum pernah bertemu dengan orang yang begitu tertarik dengan sejarah misterius... ya, yang bukan orang gila yang percaya bahwa sihir, sihir, dan mantra itu nyata. Masih ada beberapa di antara mereka di sekitar sini."

Ben menundukkan kepalanya. Dia berharap dia tidak percaya bahwa mantra itu nyata, tapi dia adalah bukti nyata bahwa mantra ini bekerja. Sekarang, yang dia butuhkan hanyalah membuatnya berhenti bekerja dan dia bisa kembali percaya bahwa dunia ini masuk akal lagi. "Ini hanya hobi, dan murni diskusi teoritis," dia meyakinkannya. "Tapi menurut Anda apa yang dimaksud oleh penulisnya? Catena mengatakan bahwa itu hanya tentang seks. Bahwa seks dapat meluluhkan hati dan membatalkan mantra, tapi saya tidak setuju. Tentu saja tidak sesederhana itu..."

Callie mengangguk. "Aku setuju. Maksudku, kita bicara tentang cinta dan nafsu, sebagai permulaan. Seks adalah tujuan dari nafsu, sedangkan cinta lebih kepada hati. Ada banyak jenis cinta, tidak semuanya melibatkan seks. Dan bagi kebanyakan orang, seks tidak terlalu transformatif. Kecuali jika Anda berbicara tentang kekuatan vagina ajaib."

Ben merasakan pipinya menjadi panas. "Ak u... eh... tidak?" Dia tidak tahu bahwa adalah mungkin untuk memikat bagian anatomi wanita itu, dan meskipun dia tidak bisa menyangkal bahwa seks yang baik mungkin tampak ajaib, tentu saja itu bukan karena...

"Ya, itu hanya terjadi dalam buku-buku roman, sayangnya. Bukan kehidupan nyata. Bagaimanapun, mungkin ada sejumlah hal yang mereka anggap transformasional. Secara tradisional, hanya musuh yang digunakan sebagai pengorbanan dasar, jadi mungkin transformasinya lebih banyak di kepala daripada di hati, karena Anda perlu mengubah pemikiran Anda secara serius untuk perubahan paradigma yang mengubah musuh menjadi teman, atau bahkan kekasih." Dia terbatuk. "Yang membawa kita ke seks lagi. Kamu tahu, jika kamu belum melakukannya dengan Rochelle, kamu harus benar-benar melakukan sesuatu untuk mengatasi ketegangan romantis yang belum terselesaikan di antara kalian berdua, karena aku bersumpah aku bisa merasakan panasnya dari sini, dan dia bahkan tidak menatapku. Apapun rahasia Anda, jantan saja dan katakan padanya, sehingga Anda bisa sampai ke bagian seks yang penuh gairah. Dia benar-benar terlihat seperti sedang butuh..." Callie menelan ludah, lalu menyunggingkan senyum lebar di wajahnya. "Hai, Rochelle! Apakah kamu akan datang ke acara malam para wanita yang telah direncanakan Tacey untuk minggu depan? Tempatnya di rumah Alethia agar tidak membangunkan Rory, seperti yang kita lakukan terakhir kali."

Rochelle menggelengkan kepalanya. "Saya akan bekerja, baik di sini atau di penjara. Kalian semua bersenang-senanglah. Apa ada hal lain yang bisa saya ambilkan? Muffin lagi, mungkin?" Dia melihat dari Ben ke Callie, tapi mereka berdua menggeleng. "Baiklah, beritahu aku jika kau berubah pikiran." Dia mengambil cangkir dan piring kosong Callie dan pergi.

"Tolong beritahu saya bahwa Anda tidak akan membiarkannya menggantung," kata Callie.

Ben menegang. "Saya jamin perhatian saya kepada Rochelle adalah murni karena kehormatan."

"Ya, ya. Dia bisa melakukannya dengan sedikit kehormatan setelah pria terakhir, tapi saya hanya mengatakan, Anda harus memastikan itu datang dengan pesanan penis yang besar. Penis yang bagus."

Ben tidak yakin apa yang harus dikatakannya. Selama bertahun-tahun, tidak ada seorang pun yang pernah mempertanyakan... kebaikan penisnya. Akhirnya, dia hanya mengangguk. Hal itu tampaknya memuaskan wanita aneh itu.

"Nah, apa lagi yang ingin Anda ketahui tentang pengorbanan yayasan? Kecuali bahwa hal itu terdengar sangat menjijikkan dan aneh, dan siapa pun yang melakukannya memiliki beberapa masalah serius?"

Seperti Pearse. Ben bergidik. "Ya, memotong tubuh seperti itu akan membutuhkan pikiran yang sangat kacau. Aku bisa mengerti mengapa mereka memilih untuk melakukannya pada musuh-musuh mereka. Saya tidak bisa membayangkan melakukan hal seperti itu pada tubuh keluarga atau teman Anda, atau siapa pun yang Anda sayangi."

Callie tidak terlihat senang. "Tolong beritahu saya bahwa Anda tidak akan mencoba membuat gargoyle, atau saya bersumpah, saya akan menebus kutukan itu, hanya saja saya akan menukar bahasa Yunani dengan kanji dan Anda akan menyesal!"

Ben mengangkat kedua tangannya tanda menyerah. "Saya tidak berniat untuk mengorbankan siapa pun. Tapi saya telah melihat... di mana hal itu dilakukan. Sekali. Itu tidak bagus." Tetap saja tidak, dan dia harus menemukan tempat bagi saudara-saudaranya untuk tinggal sehingga polisi dapat memulai penyelidikan mereka.

"Yah, ini sangat menyenangkan, tapi ini giliranku untuk memasak malam ini, jadi aku harus pergi. Sekarang, Yang Mulia, maukah Anda setidaknya berjanji untuk mencium Rochelle malam ini?"

Dia memiringkan kepalanya. "Itu pasti akan saya janjikan."

Enam Puluh Dua

Keesokan harinya, terkurung di dalam studio seni rahasianya di langit-langit sekolah, Ben tidak bisa berkonsentrasi. Yang dia pikirkan hanyalah bagaimana dia bisa berada di sana.

Dari apa yang dia pahami dari Callie dan buku mantranya, ritual tersebut melibatkan pemberian kombinasi herbal dalam teh yang dibius. Seperti suatu bentuk anestesi modern, dia menduga, sebelum operasi yang lebih mirip pembantaian, yang mungkin menjadi alasan mengapa Pearse tidak memiliki keraguan untuk melakukan ritual tersebut. Menurut buku Callie, penyihir (karena tidak ada kata yang lebih baik) memotong jantung kurban, lalu menggantinya dengan batu, sehingga mengubahnya menjadi pelindung paranormal yang terbuat dari batu hidup. Namun, agar kurban dapat dipanggil kembali untuk benar-benar melakukan tugas perlindungannya, tubuhnya harus dikuburkan di bawah tanah yang harus ia lindungi, dan sebuah batu diletakkan di atas kuburannya. Di sana, pengorbanan itu tertidur sampai mereka dipanggil untuk melayani.

Memanggil tumbal melibatkan pemindahan batu di atas kuburan, dan benar-benar memanggil mereka untuk membantu.

Saudara-saudaranya, yang disemayamkan di ruang bawah tanah rahasia dengan jalan dan bangunan di atasnya, adalah pelindung yang tepat, sampai pemindahan jalan di atas membangunkan mereka. Teriakan Catena untuk meminta bantuan telah memanggil Tor untuk membantunya, dan teriakan putus asa Anemone untuk meminta bantuan, beberapa hari kemudian, telah membawa Dunstan keluar dari persembunyiannya.

Sebagai gargoyle, keduanya tidak memiliki banyak ingatan tentang masa lalu mereka. Mereka hanya tahu bagaimana rasanya menjadi seorang gargoyle, dan hal ini memaksa mereka untuk melayani gundik atau majikan masing-masing. Ben tidak yakin bagaimana bagian itu bekerja.

Dia, di sisi lain, telah meminum teh dan mungkin saja jantungnya terpotong, atau sebagian. Tukang jagal pasti juga berhasil memasukkan batu itu ke dalam dadanya, atau dia akan mati karena luka-lukanya dan itu saja. Para penjaga yang menemukannya di jalan mengira dia telah meninggal karena luka-lukanya ketika mereka menguburkannya.

Karena tidak mengetahui tentang ritual tersebut, perhatian utama mereka adalah memastikan bahwa dia mendapatkan pemakaman yang layak, meskipun di kuburan orang miskin. Dia tidak memiliki batu yang diletakkan di atasnya, jadi ritual itu belum selesai. Ben sudah benar-benar mati.

Namun seseorang, entah bagaimana, telah menyelesaikan ritual tersebut. Mereka telah meletakkan dan menyingkirkan batu itu, tanpa meninggalkan jejaknya saat Ben sampai di permukaan rumput lapangan olahraga sekolah. Dia juga tidak melihat tanda-tanda pemanggilnya, yang seharusnya ada di sana.

Kecuali jika mereka telah diusir sebelum Ben menggali jalan keluar dari kuburan. Tidak ada yang meminta pertolongan kecuali mereka benar-benar membutuhkannya, jadi mungkin si pemanggil sangat membutuhkannya, sangat ketakutan, sehingga membangunkan Ben adalah tindakan yang putus asa, sudah terlambat untuk melakukan banyak hal yang baik, karena bahaya fana sudah ada di depan mata mereka.

Pearse si tukang daging adalah orang yang paling logis. Dia melakukan ritual itu karena takut akan nyawanya, dan pencurian emasnya, jadi masuk akal jika dia memanggil Ben untuk melindunginya. Kecuali jika kerangka di ruang bawah tanah itu benar-benar tukang jagal. Dalam hal ini, dia kemungkinan besar telah jatuh dari tangga setelah Ben menendangnya dalam keputusasaannya untuk melarikan diri, dan membunuh pria itu. Hal itu akan membuat Ben menjadi seorang pembunuh, jika hanya untuk membela diri.

Satu lagi alasan baginya untuk menghindari penyelidikan polisi di ruang bawah tanah. Dia tidak ingin kembali ke penjara, dan dia tidak ingin menjelaskan kepada mereka bagaimana dia berhasil membunuh seorang pria lebih dari seratus tahun yang lalu.

Jika kerangka itu memang milik si penjagal, maka akan membutuhkan kekuatan gaib yang besar baginya untuk menyelesaikan mantra dan membangunkan Ben. Karena hantu atau bayangan pasti tidak akan bisa mengangkat batu yang cukup besar untuk menutupi tubuh manusia.

Jika si tukang daging masih hidup, maka dia masih memiliki kekuatan magis yang tidak biasa, yang memungkinkannya untuk memperpanjang hidupnya begitu lama. Nah, jika dia adalah manusia sejak awal. Jika ada gargoyle dan makhluk seperti Luce Iblis di dunia ini, maka masuk akal jika ada monster lain yang berjalan di antara mereka, yang mampu melakukan berbagai macam hal yang luar biasa. Seorang pria yang dapat hidup selamanya dapat dengan mudah berjalan ke kuburan Ben dengan membawa sepotong batu, menyelesaikan ritual, dan kemudian memanggil Ben sebagai pelindungnya.

Tetapi jika dia... mengapa sekarang, dan mengapa dia menghilang, jika dia sangat membutuhkan Ben?

Tidak ada skenario yang masuk akal.

Ada juga pilihan ketiga. Buku mantra itu mungkin telah berpindah tangan dari Pearse ke orang lain, atau dia telah meminjamnya sejak awal dan dipaksa untuk mengembalikannya. Maka, pemilik sebenarnya dari buku itu haruslah seorang penyihir yang kuat, yang mampu menyelesaikan mantra yang tidak dimiliki Pearse.

Kandidat pertama dan yang paling jelas adalah Callie. Bagaimanapun juga, dia adalah pemilik buku mantra saat ini dan dia mampu memahami dan menerjemahkannya. Kecuali... Callie tidak percaya pada sihir. Dia menyadari keraguannya karena hal itu sesuai dengan keyakinannya sendiri sebelum dia menjadi korban mantra. Dia juga berterus terang dalam pembicaraan tentang seks - jika dia percaya pada sihir, dia akan mengatakannya. Juga, dia merasa ngeri karena dia telah melihat pengorbanan yayasan, yang berarti dia jelas belum pernah melihat hal seperti itu, di luar deskripsi buku mantranya.

Kandidat kedua adalah Rochelle. Manis dan baik hati dan semua yang diinginkan hatinya, tapi dia juga pernah melihatnya berpura-pura menjadi seorang pembunuh yang dihukum di penjara. Rochelle adalah seorang aktris yang cakap, bahkan mampu menipu dia jika dia menginginkannya. Dia juga orang yang paling diuntungkan dengan kebangkitannya - dia sudah tidak bisa menghitung berapa kali dia bertindak sebagai pelindungnya, dan bahkan sekarang pun, dia masih merasakan dorongan kuat untuk terus melindunginya. Mungkinkah itu sama dengan dorongan yang digambarkan oleh saudara-saudaranya?

Kecuali... baik Catena maupun Anemone tidak pernah mengucapkan mantra itu sejak awal. Mereka berdua hanya meminta bantuan pada saat yang tepat, dan saudara-saudaranya menjawab panggilan mereka. Mungkin Rochelle hanya memanggilnya pada saat yang tepat ketika mantra telah selesai, menculiknya dari tukang jagal atau penyihir yang ingin menggunakannya untuk tujuan jahat mereka sendiri.

Yang berarti penyihir itu kemungkinan masih ada di luar sana, dan membahayakan dirinya dan Rochelle.

Ben menggelengkan kepalanya, namun hal itu tidak membantu rasa sakit kepala yang mendera karena banyaknya kemungkinan yang muncul.

Hal yang paling masuk akal untuk dilakukan adalah melupakan penyihir itu, dan mencoba untuk mematahkan kutukannya. Maka mereka tidak akan bisa menguasainya lagi.

Seandainya saja dia tahu bagaimana cara melelehkan atau mengubah hati yang terbuat dari batu.

Menemukan penyihir misterius atau, jika dia masih hidup, tukang jagal terdengar jauh lebih mudah. Lebih memuaskan juga.

Ben mengangguk-angguk pada dirinya sendiri dan kembali ke lukisannya. Lukisan itu akan siap untuknya dalam waktu seminggu.

ENAM PULUH TIGA

Apa itu teleponnya? Rochelle mengumpat dan melepaskan headphone-nya. Dia sedang berusaha menyelesaikan pengeditan tugas terbarunya dan dia harus mendapatkan waktu yang tepat untuk ketukan montase yang cepat in i... ya, itu adalah teleponnya, benar, dan ayahnya menelepon.

Akhirnya. Sudah berminggu-minggu sejak terakhir kali dia mendengar kabar darinya. Dia pasti sudah selesai mengumpulkan tenaga dan kembali ke wisma.

"Hai, Ayah," katanya, sambil mencolokkan headphone-nya ke pengisi daya. Ini mungkin akan menjadi panggilan yang panjang. "Bagaimana hasil penggalangannya? Apakah Anda mendapatkan cukup banyak tangan untuk membantu?"

Dia telah membantu beberapa kali ketika Mum masih hidup, tetapi setelah kuliah dan Jakob, dia tidak pernah kembali lagi. Mendengarkan cerita ayahnya tentang penggalangan dana tahun ini hampir seperti pulang ke rumah.

Bahkan dengan ditutupnya perbatasan, mereka memiliki cukup banyak pendatang baru yang membuat hidup menjadi menarik, dan dia segera tertawa dan berharap dia pergi ke utara saat meninggalkan Jakob, alih-alih tetap tinggal di Fremantle.

Namun, hal itu berarti menyerah pada kesempatan untuk lulus, yang tidak akan ia lakukan, tidak selagi masih ada harapan. Nilainya di semester ini akan memupuskan harapan itu atau membuatnya naik lagi setidaknya untuk satu semester lagi.

Ketika ayahnya akhirnya selesai menggambarkan respons jillaroo ketika dia menyadari bahwa mandi keledai sama sekali tidak digerakkan oleh keledai sungguhan, dia tahu bahwa ini adalah gilirannya untuk bercerita... terlalu banyak.

"Bagaimana keadaan di Fremantle dengan Jakob? Saya mendapat email yang paling aneh..."

Ah, jadi itulah maksud Jakob untuk membuatnya menyesal... apa pun yang membuatnya kesal pada malam itu. Pembalasan dendamnya adalah dengan mengirim email kepada ayahnya, mengatakan bahwa dia sudah gila karena semua hal yang tidak lagi dia lakukan untuknya. Dia mengakhiri kata-kata kasar itu dengan ancaman melodramatis bahwa, karena dia tidak bisa lagi tinggal bersama putri Ayah yang gila, dia akan pindah kembali ke rumah orangtuanya, dan dia berharap Rochelle akan mengerti ketika dia berjuang untuk membayar sewa dan tagihan tanpa dia berkontribusi. Ketika dia menghubungi Ayah untuk meminta bantuannya, Jakob menyiratkan, dan tidak sebelumnya, dia mungkin bersedia menerima permintaan maafnya karena telah mengabaikannya, tetapi hanya jika Ayah memberinya perwalian dan surat kuasa atas Rochelle jika dia menjadi gila lagi.

Rochelle tidak yakin apakah dia harus tertawa atau menangis. Ia berharap bisa mengingat apa yang pernah ia lihat dari Jakob, tapi mungkin ia selalu bersikap sedikit mengatur dan... gila.

"Apakah dia sudah pindah?" Ayah bertanya.

"Saya tidak tahu. Aku harap begitu. Saya telah tinggal di rumah Tacey selama beberapa minggu setelah dia memukul saya dan saya melapor ke polisi. Pengadilan menyetujui perintah penahanan sementara, tetapi pada hari mereka mengirimkannya, dia memutuskan bahwa itu tidak berlaku baginya dan benar-benar datang ke kafe untuk mencari saya. Terakhir kali saya melihatnya, dia meneriakkan hal-hal yang tidak masuk akal saat polisi membawanya pergi. Saya kira saya bisa berkeliling ke rumah dan memeriksa apakah dia benar-benar pergi..." Itu adalah rumah Nenek, tetapi untuk pertama kalinya dalam hidupnya, dia tidak ingin mendekatinya. Tidak jika Jakob ada di sana.

"Jangan pergi sendirian. Ajaklah seseorang bersamamu. Beberapa pegulat sumo setidaknya. Dan jika dia pergi, aku ingin kau mengubah semua kunci. Setiap satu. Aku akan mengirimkan uang untuk tukang kunci... tapi jangan pergi sendirian. Berjanjilah padaku, Rochelle!"

"Saya akan bertanya kepada teman saya, Ben. Dia bekerja di kafe bersama saya dan berperan sebagai tukang pukul di malam hari. Dia tidak sebesar pegulat sumo, tapi dia bisa membuat Jakob takut, dan itu mungkin yang saya butuhkan."

"Bagus." Jeda yang panjang. "Apakah saya perlu bertemu dengan si Ben ini? Saya bisa datang ke Perth, sekarang pembatasannya sudah dilonggarkan."

Akan sangat menyenangkan untuk bertemu dengannya, tetapi dia tahu bahwa dia dibutuhkan di stasiun. Selalu ada banyak pekerjaan administrasi yang harus dilakukan di kantor setelah pergi selama berminggu-minggu. "Aku akan baik-baik saja, Ayah. Tidak perlu terburu-buru. Saya sangat berharap Ben tetap tinggal, dan jika dia tetap tinggal, Ayah akan punya banyak waktu untuk bertemu dengannya."

Tiba-tiba saja ia merasa rindu untuk membawa Ben ke utara, untuk menunjukkan kepadanya negara stasiun tanah merah tempat ia dibesarkan. Ruang, warna dan satwa liar... banyak hal yang bisa ia lukis di sana.

Jika dia tetap bertahan, dan tidak bosan dengannya dan menemukan orang lain. Dia telah mengatakan bahwa dia mencintainya, dan dia tidak punya alasan untuk tidak mempercayainya, tapi dia juga cepat jatuh cinta padanya, dan itu akan menghancurkan hatinya menjadi jutaan keping jika... ketika... jika dia meninggalkannya.

Dia hanya perlu melihat seberapa baik dia bergaul dengan Callie untuk mengetahui betapa mudahnya dia memikat wanita.

Crystal segera menelepon Crystal dan gadis lainnya setuju untuk menggantikannya malam itu, jadi yang harus ia lakukan hanyalah menunggu Ben tiba dan juga setuju, sebelum mereka keluar dari sana, menuju ke atas bukit menuju rumah tua Nenek.

"Apa yang Anda katakan atau lakukan pada Crystal hingga membuatnya menatap tajam ke arah Anda seperti itu?" Rochelle bertanya segera setelah pintu kafe tertutup di belakang mereka.

"Saya hanya menggambarnya saat ia membuat secangkir kopi, seperti saya menggambar Anda hampir setiap malam. Namun, Crystal memiliki beberapa bekas luka yang tidak biasa yang berhasil masuk ke dalam gambar, jadi ketika saya pergi malam itu untuk mengantarmu pulang dari penjara, dia merobeknya. Aku menemukan sobekannya di tempat sampah." Ben mengangkat bahu. "Saya yakin dia memiliki cerita yang cukup menarik untuk diceritakan, tapi hanya kepada seseorang yang dia percaya, dan hanya ketika dia siap untuk melakukannya. Sampai saat itu, dia mungkin akan terus mengenakan baju lengan panjang."

Rochelle tidak pernah menyadari hal itu tentang Crystal sebelumnya. "Huh. Kamu tidak seperti pria lain, kamu tahu. Kebanyakan pria hanya akan mengatakan bahwa dia menyebalkan, atau dia tidak menyukaimu. Tapi kebanyakan orang tidak akan menyadari bekas luka yang dia sembunyikan dengan sangat baik... Maksudku, aku bahkan tidak tahu."

Ben menyeringai. "Hal yang lucu, itu. Kebanyakan orang menyukaiku. Mereka tidak bisa menahan diri. Namun, jika ada yang tidak suka... jarang sekali ada hubungannya dengan saya."

Sekali lagi, pada pria lain, kepercayaan diri yang berlebihan seperti itu akan terlihat sebagai kesombongan. Namun, dari Ben, dan mengetahui betapa rendah hatinya dia...

Rochelle menggelengkan kepalanya. "Callie pasti menyukaimu."

Ben tertawa dengan penuh penyesalan. "Callie sepertinya lebih tertarik membicarakanmu dan mencoba menjodohkan kita. Dia sangat bersikeras bahwa Anda membutuhkan... ah... penis yang bagus, seperti yang dia katakan, dan dia yakin saya harus menjadi orang yang memberikannya kepada Anda."

Rochelle mendengus. "Seolah-olah Callie akan tahu benar jika menari telanjang di depannya. Dia punya banyak cerita tentang kencan yang gagal, saya tidak yakin apakah dia pernah berkencan dengan seorang pria lebih dari seminggu. Dia menemukannya di aplikasi kencan, karena semua orang di universitas mengira dia penyihir dan dia pernah diancam akan mengutuk sebagian besar staf. Oh, dan para mahasiswanya, tapi hanya jika mereka menyontek atau menjiplak atau melakukan hal-hal yang seharusnya tidak dilakukan oleh mahasiswa. Hal itu membuat sebagian besar orang yang mengenalnya takut, yang membuatnya terjebak dengan aplikasi kencan, dan berbagai macam pria yang tampaknya tertarik padanya di aplikasi tersebut."

"Dia mengancam akan mengutuk saya setidaknya dalam tiga cara...tidak, ada empat cara yang berbeda tadi malam. Terutama jika aku tidak menciummu."

"Itu..." Rochelle berjuang untuk menemukan kata yang tepat. "Perhatian padanya?" Tidak, itu kurang tepat.

"Saya pikir itu mengganggu dan vulgar, terutama ketika dia meminta detail tentang momen intim kami bersama. Saya yakin dia menganggap sikap diam saya dalam masalah ini berarti kami tidak pernah berbagi momen intim, dan saat itulah dia mulai bersikeras bahwa kami harus melakukannya. Dengan bahasa yang sangat kasar."

Rochelle menyembunyikan senyumnya. Hampir terdengar seperti Ben tidak menyukai Callie. "Kamu bisa saja menyuruhnya pergi dan mengurusi urusannya sendiri. Itulah yang kulakukan saat dia mencoba hal itu padaku."

"Ah, saya tidak memikirkan hal itu. Saya berusaha untuk tetap sopan, karena saya ingin bantuannya untuk menerjemahkan beberapa bahasa Latin yang tidak saya pahami. Dia menerjemahkannya, di sela-sela hal-hal lain yang dia katakan, tetapi saya masih sama bingungnya seperti sebelumnya. Saya berharap orang-orang akan lebih jelas, daripada menggunakan bahasa yang berbunga-bunga untuk menyembunyikan apa yang sebenarnya mereka maksudkan."

"Kau dan aku berdua. Saya lebih suka bicara terus terang. Daripada berbohong atau mengada-ada atau menyembunyikan kebenaran..." Air mata menetes di pipinya, dan ia berhenti sejenak untuk mengusapnya. Sekilas Ben melirik ke arahnya, namun ia sedang memalingkan wajahnya, jadi ia tidak melihatnya. "Kau tahu apa yang ayahku katakan padaku? Dia bilang Jakob telah menghubunginya, untuk mengatakan bahwa saya gila, dan tidak mempercayai apa pun yang saya katakan karenanya."

"Apakah ayahmu mempercayainya?"

"Tentu saja tidak. Ayah tidak bodoh. Dia menyuruh saya untuk turun ke rumah dan mengganti semua kunci. Dia juga menyuruhku untuk tidak pergi sendirian." Rochelle menatap Ben. "Sepertinya dia pikir Jakob berbahaya, padahal dia hanya angin lalu saja. Dia selalu menjadi pengecut di sekolah. Jika ada bisikan sekecil apa pun tentang perkelahian, dia akan lari ke kantor agar para guru bisa melerai. Itulah yang pertama kali membuat video game-nya terkenal - dia biasa masuk, membuat keributan dengan segerombolan orang jahat dan melempar mereka ke mana-mana, sambil menjerit ketakutan. Dan itu bahkan bukan orang sungguhan. Saya tidak yakin dia bahkan tahu bagaimana cara melempar pukulan. Dia tidak akan menyakiti siapa pun. Tidak dengan sengaja."

Ben hanya menggelengkan kepalanya. "Penjara yang Anda kunjungi ini dulunya adalah tempat para penjahat terburuk di Australia Barat. Meskipun beberapa dari mereka adalah orang yang sangat jahat, tipe orang yang merencanakan kejahatan mereka atau sangat menikmati kejahatan mereka, kebanyakan dari mereka berada di sana karena kesalahan yang mereka buat. Kesalahan yang membuat seseorang kehilangan nyawa. Sebuah kesalahan sesaat dalam penilaian. Kau mungkin tidak ingat, tapi aku ingat. Aku melihat anak itu berayun. Aku melihat pukulan Jakob menjatuhkanmu dan menjatuhkanmu. Seandainya kau mendarat di pijakan batu dan bukannya di dek, satu pukulan itu mungkin telah membunuhmu. Mungkin itu adalah sebuah kecelakaan. Mungkin dia tidak akan pernah melakukan hal seperti itu lagi. Seseorang mungkin menyesali sesuatu yang begitu besar sehingga ia tidak akan pernah melakukannya lagi.

Namun anak laki-laki itu datang ke tempat tinggal baru Anda, berteriak-teriak di jalanan tentang bagaimana dia akan membalas dendam. Dia juga menghubungi ayah Anda, mencoba untuk mendiskreditkan Anda. Itu bukanlah tindakan seorang pria yang tidak bersalah. Itu adalah tindakan seorang pria yang memulai dengan niat untuk melanjutkannya, begitu mabuk dengan kekuatannya sendiri sehingga dia tidak akan berhenti. Mungkin pukulan pertama tidak disengaja, tetapi semua yang dia lakukan sejak saat itu hanya memiliki satu tujuan: untuk menyakitimu."

Ben benar. Ayah juga tahu itu. Rasanya sangat sulit dipercaya, sangat menyakitkan. "Tapi dia adalah temanku."

Ben mengangguk. "Dulu. Tapi orang berubah. Saya mendengar seorang konselor sekolah berkata kepada seorang siswa minggu ini bahwa ketika orang berubah, mereka menjadi orang yang mereka inginkan, orang yang sebenarnya. Mengharapkan mereka untuk berubah kembali sama saja dengan mengharapkan waktu berjalan mundur. Saya tidak akan pernah bisa kembali menjadi anak laki-laki seperti sebelum saya ditangkap. Saya tidak bisa mengubah apa yang telah terjadi. Saya hanya bisa berharap saya yang sekarang tidak akan melakukan kesalahan yang sama lagi, sehingga suatu hari nanti saya bisa menjadi orang yang seharusnya."

Perlahan-lahan, Rochelle menganggguk juga. "Itu... cukup dalam. Kamu belum pernah merokok, kan? Atau sebenarnya kau benar-benar vampir berusia seribu tahun, yang hanya terlihat seperti seorang pria berusia awal dua puluhan, dan itu sebabnya kau hanya keluar setelah gelap?" Dia tertawa melihat keterkejutan di wajahnya. "Maaf, Ben, tapi aku yakin itu benar-benar alur cerita buku vampir yang kubaca saat aku masih SMA." Dia berjalan mundur saat mereka sampai di jalan masuk.

Tidak ada cahaya yang menyinari jendela, tapi itu mungkin karena semua tirai dan gorden ditutup. Nenek bersikeras bahwa semua penutup jendelanya harus benar-benar menghalangi cahaya, untuk mencegah panas di musim panas. Jakob selalu bersikeras untuk selalu menutup jendela sepanjang waktu, sepanjang tahun, karena jam-jam aneh yang dia jalani, bermain game siang dan malam.

"Nah, ini dia tidak ada apa-apa. Rumahnya gelap, jadi kita bisa beruntung..." Dia mengulurkan tangan untuk memasukkan kunci ke dalam gembok.

Enam Puluh Empat

Di dalam rumah, setumpuk amplop yang belum dibuka mengotori meja di ruang tamu. Rochelle mengambil satu, terlihat seperti ingin berlama-lama, tapi Ben tahu itu ide yang buruk.

"Mari kita geledah rumah ini dan lihat apakah dia ada di sini, sebelum kamu melakukan itu. Dia bisa saja bersembunyi di sini dalam kegelapan, menunggu untuk menyergapmu." Ben meragukan Jakob akan melakukan hal seperti itu, tapi dia tidak akan mempertaruhkan keselamatan Rochelle dengan asumsi yang bodoh. "Tetaplah di belakangku, untuk berjaga-jaga."

Menggeledah pondok kecil itu tidak membutuhkan waktu lama, dan tamannya juga kosong. Kamar tempat Jakob menyimpan komputernya kosong, begitu juga dengan separuh lemari pakaiannya. Sepertinya dia benar-benar telah pergi.

Rochelle mengumpulkan semua amplop dan membawanya ke dinding taman, lalu memanjatnya, sama seperti malam pertama kali dia melihatnya.

Di sisi dinding ini, pendakiannya nyaris tanpa usaha, tidak seperti turunan terjal di sisi lainnya. Tidak heran jika dia memilihnya sebagai tempat untuk berfoto.

Ada cukup ruang untuk mereka berdua, jadi Ben pun mengangkat dirinya ke atas batu kapur yang runtuh. Pemandangan di atas sini hampir sama bagusnya dengan pemandangan dari tempat pengamatan. Seharusnya dia membawa buku sketsa.

Namun, karena dia tidak melakukannya, dia malah memperhatikan Rochelle. Ia membuka surat-surat itu satu per satu, mengamati isinya sebelum mengangkat bahu, lalu meletakkannya. Amplop di satu tumpukan, surat di tumpukan lainnya. Hingga satu surat membuat warna di wajahnya hilang saat tangannya bergetar.

"Ada apa? Kabar buruk?" Ben menekan.

Rochelle membasahi bibirnya. "Mungkin. Aku tidak tahu. Wakil Rektor universitas ingin bertemu dengan saya di kantornya pada Senin pagi untuk membahas status pendaftaran saya. Saya kira saya tidak mengerjakan beberapa tugas terakhir saya sebaik yang saya kira, dan jika saya gagal dalam unit ini, mereka akan mengeluarkan saya. Saya pikir mereka tidak akan repot-repot mengirim surat. Mereka hanya akan melarang saya untuk mendaftar di unit semester berikutnya, dan hanya itu saja. Sekarang saya harus bertemu dengan VC dan... saya rasa saya sedikit takut."

"Aku berharap aku bisa ikut denganmu." Jika dia manusia normal, dia akan bisa. Sebagai garg oyle... tidak mungkin.

"Ya, aku berharap kamu juga bisa. Tetapi, mengingat kau adalah seorang vampir dan s emuanya..." Dia mengangkat bahu. "Aku akan baik-baik saja. Mungkin aku akan menangis sedikit, jadi jika mataku merah ketika kau melihatku Senin malam, aku beritahu kau sekarang, aku pasti akan menerima semua pelukan yang kau tawarkan."

"Saya akan membawa sejumlah pilihan untuk Anda pilih. Dan, saya yakin saya juga bisa membawakan lukisan Anda yang sudah jadi."

Matanya berbinar. "Benarkah? Oh, itu luar biasa. Benar-benar sesuatu yang patut dinantikan. Um, selama kamu menutupinya, karena jika itu setengah cabul seperti apa yang kamu gambar di atas kertas, aku cukup yakin itu tidak aman untuk bekerja, dalam berbagai hal."

Dia membungkuk. "Seperti yang Anda inginkan, tentu saja."

Enam Puluh Lima

Tukang kunci mengantarkan kunci-kunci baru keesokan harinya, bersama dengan buku panduan untuk sistem alarm yang baru. "Anda pasti ingin mengubah kodenya menjadi sesuatu yang lebih pribadi yang akan Anda ingat," katanya.

Rochelle sama sekali tidak menginginkan sistem alarm, tetapi ayahnya bersikeras, dan karena dia telah membayarnya... "Aku akan membelinya." Itu adalah hal terakhir dari sederet hal yang harus ia lakukan, sebelum ia pindah kembali ke rumah nenek. Yang paling penting adalah menemukan waktu untuk memindahkan semua barangnya kembali. Tacey dan yang lainnya mengadakan acara malam gadis akhir pekan ini, yang berarti dia bekerja hampir sepanjang waktu, dan tidak ada satupun dari mereka yang bisa membantunya, jadi paling cepat dia bisa pindah adalah Senin malam. Ia sangat ingin mengajak Ben untuk ikut bersamanya, sebagian untuk membantu, tapi sebagian besar sebagai dukungan moral, kalau-kalau Jakob datang, tapi Ben pulang lebih larut dari biasanya malam ini.

Alasan keterlambatannya menyusulnya, setengah jam kemudian - dua orang pria yang tampak berwajah muram seperti dirinya. Namun kemiripan itu tidak berhenti sampai di situ. Ada sesuatu dalam cara mereka berjalan... dan cara mereka memandang sekeliling kafe seolah-olah mereka belum pernah masuk ke dalamnya. Hal yang tidak masuk akal, karena Shut Up Café sama seperti lusinan kafe lainnya di Fremantle, dan salah satu dari jutaan kafe lainnya di seluruh dunia. Bahkan mesin espressonya lebih tua dari usianya.

"Rochelle, saya perlu memohon bantuan Anda. Ada sesuatu yang terjadi, dan saudara-saudaraku sangat membutuhkan tempat untuk tinggal selama akhir pekan. Tempat tinggal saya tidak lebih dari sebuah studio seni, tanpa tempat untuk mereka tidur, dan saya memiliki komisi pribadi yang harus diselesaikan selama akhir pekan. Mengingat rumah Anda kosong saat ini dan Anda masih tinggal di sini, saya bertanya-tanya apakah Anda bisa menempatinya selama beberapa hari. Saya bisa membayar Anda, dan saya bisa menjamin bahwa mereka akan memperbaiki, membersihkan, atau mengganti apa pun yang mereka sentuh, jika perlu. Tolonglah, saya mohon."

Dia benar-benar terlihat putus asa. Saudara-sa udaranya... yah, dia melihat kemiripan keluarga, meskipun salah satu dari mereka memiliki badan yang lebar seperti pegulat sumo. Ben adalah yang paling tampan di antara ketiganya, meskipun yang bukan pegulat memiliki kedipan mata yang nakal.

Rochelle memejamkan matanya. Ia membiarkan Jakob tinggal di sana, tanpa biaya sewa, selama bertahun-tahun, dan Jakob tidak pernah membayar apa pun, apalagi memperbaiki atau membersihkan atau mengganti barang. Dan jika Jakob kembali pada akhir pekan, marah karena dia mengganti kunci, akan lebih baik jika ada dua orang pria kekar yang bisa mengusirnya dan memberitahunya tentang hal itu, alih-alih membiarkannya menakut-nakuti dia jika dia sendirian di rumah minggu depan.

Ini untuk Ben, pria yang telah melakukan banyak hal baik untuknya setiap hari selama ia mengenalnya. Dia bahkan membuat lukisan untuknya, demi kebaikan.

"Baiklah, tapi saya berencana untuk kembali pada hari Senin. Jika Anda semua mau membantu saya memindahkan barang-barang saya pada Senin malam, saya akan menganggapnya sebagai pertukaran yang adil."

Ben merangkul pundaknya dan memberikan ciuman mesra di kedua pipinya. "Kamu adalah wanita yang paling manis dan baik hati di dunia. Dunstan, Torstan - ini Rochelle, induk semang baru kalian untuk akhir pekan ini."

Nafasnya tercekat di tenggorokannya. Dia pernah mendengar nama-nama itu sebelumnya. Lonceng alarm berdentang di kepalanya. Ada sesuatu yang tidak beres. Tentunya mereka bisa menginap di hotel atau para backpacker di ujung jalan... mengapa mereka membutuhkan tempatnya?

Dia menunggu saudara-saudara Ben pergi - yang mana mereka pergi, setelah memberikan anggukan singkat sebagai tanda perkenalan - sebelum dia membungkuk di atas meja dan mendesis, "Apa yang terjadi? Apakah mereka melakukan sesuatu yang berbahaya atau ilegal di rumah saya? Apakah karena itu mereka tidak boleh pergi ke hotel?"

"Rumah Anda, dan kehormatan Anda, sama amannya dengan mereka seperti halnya dengan saya, saya bersumpah kepada Anda. Mereka hanya butuh... tempat untuk bersembunyi selama beberapa hari. Ini bukan hal yang ilegal, saya bersumpah demi hidup saya."

"Tapi ada sesuatu yang terjadi, bukan? Kenapa kau tidak mau mengatakannya padaku?" Mereka akan tinggal di rumahnya, demi Tuhan. Dia berhak tahu apa yang sedang mereka lakukan.

Ben memejamkan matanya. "Dengar, ada... aku tidak ingin kamu panik, oke? Tapi mungkin akan ada penyelidikan polisi di rumah di seberang jalan dari kafe dalam beberapa hari ke depan dengan forensik dan selotip kuning terang dan orang-orang yang mengajukan banyak pertanyaan. Akan lebih baik jika... saudara-saudaraku dan aku tidak berada di sini untuk itu. Dan.. . mungkin akan lebih baik jika Anda tidak tahu jawabannya, jika seseorang mulai bertanya, jika Anda tahu apa yang saya maksud."

"Ebenezer Stone, jika ini adalah sesuatu yang ilegal, kita sudah berakhir, kau dengar? Saya mungkin tidak peduli dengan masa lalu Anda, tetapi saya peduli dengan masa kini Anda dan apakah kita memiliki masa depan, dan jika Anda terjerat narkoba atau lebih buruk lagi, maka tolonglah saya, tidak ada masa depan bagi kita."

Bahkan jika itu menghancurkan hatinya untuk mengatakannya, dia tidak akan bergeming dalam hal ini. Tuhan, sama seperti dia mulai percaya bahwa dia juga jatuh cinta pada Ben.

Dia menggenggam tangannya. "Saya bersumpah, apapun yang polisi temukan adalah berita lama, dari jauh sebelum kamu lahir. Saudara-saudaraku tidak terlibat dalam semua itu. Ini adalah sejarah lama keluarga, yang seharusnya sudah ditangani sejak lama, tapi ternyata tidak, dan sekarang kami harus absen untuk sementara waktu, sampai semua ini selesai."

Dia ingin mempercayainya. Tuhan, cara matanya mengintip ke dalam jiwanya, seolah-olah dia ingin dia membaca kejujuran di dalam jiwanya. Tetapi ide-ide yang melintas di kepalanya, kecurigaan, sungguh, tidak mungkin. Tidak mungkin. Harus ada penjelasan yang masuk akal dan logis untuk hal ini dan...

"Pada Senin malam, saya akan pulang ke pondok, dan ketika saya pulang, Anda akan menceritakan semuanya. Apa yang kau dan saudara-saudaramu lakukan. Apa yang kau sembunyikan. Dan mengapa sejarah keluarga selama beberapa ratus tahun bisa membuat polisi datang ke kafeku sekarang. Karena jika tidak..." Hatinya akan hancur berkeping-keping, dan dia mungkin tidak akan pernah mempercayai pria lain lagi.

"Ketika semua ini berakhir, dan polisi sudah pergi, saya bersumpah akan menceritakan semuanya," katanya.

Oh, betapa dia ingin mempercayainya. "Sebaiknya kau percaya."

Kemudian lebih banyak pelanggan datang, dan dia mendapat komisi untuk membuat sketsa, sementara dia harus membuat kopi, jadi mereka terpaksa membatalkan topik tersebut, tetapi ini tidak akan menjadi akhir dari segalanya, Rochelle bersumpah.

ENAM PULUH ENAM

Saat matahari terbit, Ben merosot ke tempat duduk di meja dapur di samping saudara-saudaranya. Dengan semua tirai diturunkan, hanya sedikit cahaya yang masuk ke dalam rumah Rochelle sehingga bahkan gargoyle pun bisa menghabiskan waktu seharian di sana tanpa berubah menjadi batu.

"Apakah Anda bermaksud menawarkan diri untuk gadis penjual kopi?" Dunstan bertanya. "Karena kau masih terlalu muda untuk mempertimbangkan menetap. Tor dan aku, kami lebih tua, tapi kau baru berusia satu dan dua puluh tahun. Tidak ada rumah, pekerjaan, atau perdagangan untuk menghidupi istri dan keluarga..

. mungkin kau harus mempertimbangkan untuk masuk sekolah seni, seperti yang kau inginkan saat di Skotlandia. Tor sudah memulai bisnis batu, jadi mungkin dia bisa mempekerjakanmu untuk membantunya sementara waktu, dan kemudian dengan uangnya..."

Ben tertawa terbahak-bahak. Dunia telah berubah, tetapi saudara-saudaranya tidak. "Kalian pikir apa yang saya lakukan selama ini, sementara kalian berdua mengendap-endap di dinding rumah wanita yang kalian sukai, memata-matai mereka saat mandi dan semacamnya? Aku menghabiskan hari-hariku di perguruan tinggi seni. Pemakaman tempat penjaga menguburkan jasad saya sekarang menjadi lapangan olahraga kampus, karena para mahasiswa di sini belajar lebih dari sekadar seni. Gerakan Hak-hak Sipil, psikologi, kimia, dan komputer... dan mereka sekarang mengajarkan seni di sekolah-sekolah kepada siapa saja. Tahun ini saja, saya telah menghadiri lebih banyak kelas seni di sini daripada di seluruh sisa hidup saya. Dan saya menjual lebih banyak karya saya dalam semalam daripada yang saya lakukan dalam setahun di Skotlandia. Dunia telah berubah dan ini adalah tempat yang menakjubkan. Saya tidak membutuhkan uang Anda. Saya menghasilkan lebih dari cukup untuk saya sendiri, hidup di antara orang-orang saat ini sebagai salah satu dari mereka. Saya bahkan memiliki telepon dan alamat email saya sendiri dan semuanya." Dia mengeluarkan ponsel dari sakunya dan melambaikannya ke arah mereka, bertanya-tanya apakah salah satu dari mereka tahu seberapa besar kemampuan perangkat itu.

Tor mengerutkan kening. "Apakah itu perangkat yang mengambil gambar dan mengirimkannya ke dalam eter untuk dilihat semua orang?"

Ben mengangguk. "Itu salah satunya, ya."

"Jika Anda tahu begitu banyak, lalu bagaimana cara kita mematahkan kutukan itu?" Dunstan menuntut.

Ben menghembuskan napas. Setelah berdiskusi dengan Callie dan berpikir keras, dia memiliki sebuah teori. "Kita masing-masing harus mematahkan pola yang membuat kita dikutuk, dan kembali ke jalan yang ditakdirkan untuk kita ikuti, sebelum semua ini terjadi. Jalan yang telah diramalkan oleh Ratu Kelpies saat pulang ke rumah, pada malam Pamela meninggal." Dia menunjuk ke arah Tor. "Kau adalah seorang tukang batu ulung, siap datang ke koloni ini untuk membangunnya menjadi kota yang indah. Pada malam si penjagal mengubah kita menjadi gargoyle, kau hancur secara jasmani dan rohani, bahkan tidak dipercaya untuk memecah batu, apalagi membangun dengan batu itu, tapi sekarang aku melihat saudara yang berdiri di hadapan Ratu bersamaku, bertahun-tahun yang lalu. Anda mungkin berpikir bahwa itu adalah tempat tidur arkeolog, tetapi saya pikir itu lebih dari itu. Anda ingat siapa diri Anda, dan apa yang mampu Anda lakukan."

Tor terlihat sangat bijaksana. Dia mungkin akan berpikir untuk waktu yang lama, karena dia bukanlah orang yang mudah setuju dengan siapa pun. Tapi dia akan melihatnya, Ben yakin akan hal itu.

Ben menoleh ke arah Dunstan. "Kau datang ke sini, patah hati karena pengkhianatan Cara, bersumpah tidak akan pernah mempercayai wanita lagi. Kau bahkan mengutuk nama Pamela karena kematiannya, agar kami dituduh atas pembunuhannya, meskipun dia tidak bersalah atas kejahatan itu, lebih dari kami. Kamu berbicara padaku tentang pernikahan, anak-anak, dan tanggung jawab, tapi nasihatmu sekarang sama salahnya dengan saat itu. Lalu, kamu menghabiskan seluruh waktumu untuk magang di galangan kapal, sebelum kamu melaut. Jika kamu tetap tinggal, mungkin kamu akan menjadi orang yang merayu Cara dan membuatnya memiliki anak, bukannya Oscar yang kasar itu. Dia menangis setiap kali jatuh bersamanya, karena dia tidak pernah memikirkan apa pun kecuali kesenangannya sendiri, dan dia akan memilihmu daripada dia jika dia berpikir sejenak bahwa kamu ada di rumah untuk tinggal, tapi kamu pergi, jadi dia tidak punya pilihan selain mengikatkan diri padanya selamanya."

Alis Dunstan bertaut. "Kau dan Tor suka sekali menceramahiku tentang Cara dan Oscar, tapi aku tidak pernah melihat ada yang salah dengan salah satu dari mereka sampai dia menikah dengan pria itu dan mengusirku! Tak satu pun dari kalian pernah jatuh cinta seperti yang saya alami, jadi kalian tidak akan pernah bisa memahami bagaimana rasanya memiliki hati yang begitu hancur, kalian tidak akan pernah bisa menyatukannya kembali untuk mencintai orang lain seperti yang benar-benar layak untuknya!"

"Kencing kuda!" Tor membentak. "Kau tidak pernah benar-benar mencintai Cara, karena kau tidak pernah benar-benar mengenalnya. Sekarang, Nyonya Anemone, aku telah melihat bagaimana kau menatapnya. Tidak ada bedanya dengan bagaimana kau dulu memandang Cara, hanya saja Anemone semanis penampilannya. Ya Tuhan, bung, dia mengandung anakmu!"

"Tunggu... gargoyle bisa beranak pinak?" Untung saja dia dan Rochelle sudah menggunakan kondom. Sungguh tidak nyaman dan baunya aneh, tapi dia akan menggunakan sekotak kondom itu setiap malam sampai mereka sepakat bahwa mereka siap untuk memiliki anak. Jika saja Rochelle tidak mengantarnya pergi saat dia mengetahui siapa dia sebenarnya... jika saja dia bisa menemukan cara untuk menghilangkan kutukan itu sebelum hari Senin...

Dunstan meletakkan tangannya yang berat di bahu Ben. "Saya kira Anda adalah seorang pria sekarang, jadi Anda harus tahu bahwa setiap kali Anda meniduri seorang wanita, selalu ada kemungkinan untuk mengandung seorang anak. Kamu tahu, benihmu..."

Ben menepis tangan Dunstan. "Tidak usah repot-repot, saudaraku. Aku berani bertaruh setiap sen yang telah kuterima dari hasil menjual karya seniku selama ini bahwa tidak ada yang bisa kau ceritakan padaku tentang seks yang belum kuketahui, dan jika aku berbagi sepersepuluh saja dari apa yang kuketahui tentang seks antara pria dan wanita dengan kalian berdua, Catena dan Anemone akan mengikatmu di tempat tidur mereka dan tidak akan membiarkanmu meninggalkan kamar mereka lagi." Itu bahkan belum termasuk jenis-jenis pengikatan lainnya, yang pernah Ben lihat tapi tidak pernah dicoba.

Dunstan melipat kedua tangannya di depan dada. "Jika Anda tahu begitu banyak, maka, adik kecil, katakan padaku: bagaimana cara mematahkan kutukan itu?"

Ben berpikir keras. "Saya pikir pada akhirnya, semua terserah padamu, tapi saya yakin kamu harus melepaskan kepahitanmu tentang Cara, memaafkan dirimu sendiri atas kesalahan yang kamu lakukan saat itu, dan bertekad untuk melakukan yang lebih baik sebagai seorang suami untuk Anemone dan ayah dari anak-anak yang akan dilahirkannya. Namun agar kutukan itu bisa hilang, kamu harus memastikan semua ini sesuai dengan keinginan wanita itu juga, yang tidak bisa aku ketahui."

Dunstan mendengus, tapi dia tidak terlihat ingin membantah. "Lalu bagaimana denganmu?"

Ben menghela napas dan merentangkan kedua tangannya di atas meja. "Aku tidak tahu. Tidak seperti kalian berdua, saya tidak pernah benar-benar meninggalkan jalan Ratu. Saya di sini, mengerjakan karya seni saya dan menuju kebahagiaan. Saya mungkin telah sedikit menyimpang, dalam mengejar balas dendam, pertama atas apa yang saya pikir adalah kematian saudara-saudara saya, dan kedua atas pembunuhan Pamela, ta pi... takdir telah mengatur segalanya, seperti biasa. Brandon meninggal secara mengerikan di tangan Burke sendiri, sebelum Burke bunuh diri, saya baru tahu. Keadilan yang pas untuk mereka berdua. Pearse... jika itu adalah jasadnya di ruang bawah tanah rahasia, maka dia menemui ajalnya di dasar jamban, terkubur di bawah tumpukan kotoran di samping emas curian yang tidak pernah bisa dia nikmati. Keadilan, tentu saja, dan di tangan saya, atau mungkin kaki saya, karena sayalah yang menendang dan menjatuhkannya dari tangga.

"Saya adalah seorang seniman, seperti yang selalu saya inginkan, dan jika patron saya adalah seorang wanita biasa yang memiliki sebuah kafe dan bukannya seorang bangsawan kaya, maka takdir tersenyum pada saya untuk kali ini, karena Tacey tidak pernah membuat saya merasa rendah diri, karena kehadiran saya di kafenya memberikan keuntungan bagi bisnisnya dan juga bisnis saya. Saya tidak tahu apa lagi yang harus saya lakukan."

Tor menegakkan badannya. "Ratu berbicara tentang ahli waris, dan emas. Mungkin Anda membutuhkan ini untuk mematahkan kutukan."

Ben mengangkat bahu. "Kami sudah menemukan emasnya, di ruang bawah tanah rahasia. Polisi kemungkinan akan mengembalikannya kepada pemilik yang sah. Mungkin Ratu percaya bahwa saya akan mengambilnya untuk saya sendiri, atau bahwa kami akan membaginya di antara kami, dan saya akui saya mempertimbangkannya, tetapi jauh lebih sulit untuk menyembunyikan sesuatu di zaman komputer dan kamera serta internet yang menghubungkan dunia dalam sekejap mata.

"Mengenai ahli waris... mungkin dia berbicara tentang Pamela, dan bagaimana saya akan berdamai dengan hantu Pamela, karena satu-satunya wanita yang saya lihat di masa depan saya adalah Rochelle, jika dia mau menerima saya, dan dia hanyalah seorang siswa miskin, membuat kopi dan bekerja di penjara di setiap waktu luang. Atau mungkin takdir memiliki lebih banyak tikungan untukku, seperti yang biasanya terjadi. Mungkin Rochelle akan menolak saya, dan saya belum bertemu dengan pewaris ini, jadi saya akan tetap terkutuk untuk beberapa waktu lagi, sementara saya melihat saudara-saudara saya mencari kebahagiaan dengan wanita pujaan hati mereka."

Kedua kakaknya meraih Ben dan masing-masing menepuk pundaknya.

"Kamu akan selalu diterima di salah satu dari kami, adik," kata Tor.

Dunstan mengangguk. "Anemone memiliki kamar tidur untuk para tamu yang tidak pernah ditiduri oleh siapa pun kecuali kucingnya, dan kucingnya akan sangat kesal jika aku mematahkan kutukannya dan dia tidak lagi memiliki gargoyle untuk meringkuk. Anda dapat menghibur kucingnya saat dia dan saya sedang sibuk di kamar tidurnya. Dia suka cakaran di leher, tapi Anda tidak boleh menyentuh perutnya."

Ben tidak yakin apakah yang dimaksud adalah Anemone atau kucingnya, tapi dia akan tetap memperhatikan peringatan itu, dan menghindari menyentuh perut betina mana pun.

Enam Puluh Tujuh

Di antara kerja lembur sepanjang akhir pekan, dan tidak bertemu Ben sama sekali sejak malam dia datang bersama saudara-saudaranya, pada hari Senin, Rochelle hanya ingin kembali bersembunyi di balik selimut dan bersembunyi dari dunia luar. Tapi dia tahu dia tidak bisa melakukannya. Ia harus menghadiri pertemuan dengan Wakil Rektor, siapa tahu ia bisa memohon satu kesempatan lagi untuk mengizinkannya tetap belajar selama satu semester. Tentu saja, kemungkinan dia akan setuju sangat kecil, tetapi jika dia tidak pergi, dia pasti akan dikeluarkan.

Jadi dia mengenakan setelan bisnis yang dimilikinya, yang belum pernah dia kenakan sejak magang di kantor tahun lalu. Sebelum magang, ia sudah tahu bahwa ia tidak cocok untuk bekerja di perusahaan besar, dengan anggaran pemasaran sebesar PDB sebuah negara kecil, namun ide segarnya adalah sebuah iklan yang pernah mereka lihat pada abad yang lalu untuk sebuah produk yang sudah terpuruk dan sepertinya tidak akan bangkit kembali dalam waktu dekat.

Tidak, dia telah melakukan pekerjaan terbaiknya untuk kafe Tacey, sebenarnya, atau beberapa film pendek yang dia bantu produksi dan promosikan saat dia pertama kali masuk universitas. Sebelum Mum meninggal dan peruntungannya memburuk.

Ketika proyek-proyek filmnya mulai hilang pada tahun ketika ibunya meninggal, pihak universitas bersimpati atas kehilangannya dan memberinya banyak kelonggaran dalam hal tenggat waktu dan kualitas karyanya. Namun waktu itu telah berlalu, meskipun peruntungannya tidak banyak berubah menjadi lebih baik. Dengan pengecualian sekitar satu bulan terakhir, sejujurnya ia tidak berpikir bahwa keadaannya akan menjadi lebih buruk lagi, meskipun keadaannya akan menjadi lebih baik.

Rochelle menghela napas. Setidaknya dia masih punya pekerjaan - dua, jika Anda menghitung penjara - dan tempat tinggal, bahkan jika dikeluarkan dari universitas, dia akan kehilangan rumah neneknya. Dia harus mencari tempat tinggal baru, atau dia harus kembali ke utara ke peternakan.

Sesuatu yang perlu dikhawatirkan setelah shift-nya, dan setelah pertemuan ini.

Rochelle menarik napas dalam-dalam. "Hai, saya Rochelle Bourke. Saya ada pertemuan dengan Wakil Rektor," katanya kepada resepsionis berpakaian elegan yang menjaga akses ke kantor-kantor mewah di luar.

Mata wanita itu membelalak. "Oh, Nona Bourke. Ya, dia mengatakan untuk menunjukkannya pada Anda. Hal yang mengerikan, hal yang sangat buruk terjadi, dan ada di seluruh berita juga."

Rochelle menelan ludah. Dia terlalu sibuk untuk mengecek berita selama berhari-hari, dan melihat polisi memasang tenda dan pita peringatan di jalan, seperti yang Ben perkirakan, telah membuatnya lari menjauh dari segala hal yang mereka selidiki. Ketika para pelanggan bertanya tentang hal itu, ia hanya mengangkat bahu dan mengatakan bahwa ia tidak tahu.

Karena ide-ide yang ia miliki berganti-ganti antara mengerikan, mustahil, dan tidak dapat dipercaya.

Dia sedang membungkus muffin untuk Anemone ketika dia melihat sekilas polisi membantu memasukkan kantung mayat ke dalam mobil ambulans. Anemone menyadari keasyikannya, melirik ke arah ambulans, lalu berkata, "Saya tahu. Tetangga saya, Catena, hampir terkena serangan jantung saat pertama kali menemukannya. Siapa yang akan percaya bahwa benda itu terkubur di ruang bawah tanah saya selama bertahun-tahun? Saya selalu bergegas pergi lebih awal dan pulang larut malam, jadi saya tidak sengaja melihat apa lagi yang mereka temukan di sana."

"Nona Bourke?"

Rochelle mengerjap, menyeret pikirannya kembali ke masa kini. "Oh, ya, mengerikan," gumamnya, berharap itu adalah respons yang tepat.

"Lewat pintu sebelah sana." Resepsionis itu menunjuk.

Rochelle mengetuknya dengan takut-takut, sampai pria yang duduk di meja mendongak. "Ya?"

"Saya Rochelle Bourke," katanya.

Matanya membelalak. "Oh. Terima kasih banyak sudah datang. Bisakah Anda menutup pintunya?"

Mungkin lebih baik resepsionis tidak mendengarnya memohon untuk diberi kesempatan lagi. Dia akan melihatnya berlari keluar sambil menangis, dan itu sudah cukup buruk.

"Silakan duduk, Nona Bourke."

Ya, karena jika ia mencengkeram lengan kursi dengan cukup erat, ia bisa menghentikan tangannya dari gemetar.

Wakil Rektor menangkupkan kedua tangannya, lalu menarik napas dalam-dalam. "Saya ingin meyakinkan Anda, bahwa hal seperti ini tidak pernah terjadi selama hampir tiga puluh tahun sejak universitas ini pertama kali dibuka. Bahwa hal ini telah terjadi sama sekali telah mengejutkan setiap anggota staf di sini. Bahwa hal ini diketahui oleh media, alih-alih melalui jalur resmi, di mana masalah ini dapat ditangani secara diam-diam demi kepuasan semua pihak... yah, sudah terlambat untuk itu sekarang." Dia menatapnya dengan sesuatu yang tampak seperti kekecewaan.

Hatinya tenggelam. Terlambat. "Saya mengerti," katanya, meskipun sebenarnya tidak. Apa yang seharusnya ia lakukan - datang untuk mengemis lebih awal, alih-alih mengerjakan tugasnya dan berusaha mencapai hasil yang cukup baik? Dia tidak ingin mendapatkan hasil yang lebih baik dengan merengek - dia ingin dinilai berdasarkan kemampuannya. Untuk mengetahui bahwa dia cukup baik untuk lulus dan melakukan apa yang telah dilatih oleh gelarnya.

Tapi sudah terlambat, dan jika dia tetap berada di sini lebih lama lagi dengan pria yang menghakiminya atas kegagalannya, dia akan menangis dan dia tidak yakin bisa berhenti. Rochelle melompat berdiri. "Terima kasih atas waktunya, Pak."

"Silakan duduk, Nona Bourke. Aku mohon padamu. Hanya karena universitas telah membiarkan hal ini terjadi, bukan berarti hal ini tidak dapat diperbaiki, betapapun terlambatnya. Saya masih menaruh harapan bahwa kita dapat mencapai hasil yang saling menguntungkan, tanpa media negatif lebih lanjut. Sebagai seorang mahasiswa perdagangan, komunikasi dan media, saya yakin Anda memahami lebih dari siapa pun bahwa hasil akhir, dan pesan yang disampaikan olehnya, yang lebih penting daripada apa yang mungkin terjadi."

Seorang siswa yang tidak akan pernah lulus, kecuali dia menawarkannya kesempatan untuk melanjutkan ... bahkan untuk harapan yang samar ini, Rochelle bersedia melakukan apa yang diperintahkan. Setidaknya kursi itu nyaman.

"Apa yang Anda usulkan?" Kata-katanya tenang dan tenang, terdengar sangat profesional sehingga Rochelle hampir tidak percaya kata-kata itu keluar dari bibirnya. Tapi jika Wakil Rektor menawarkan sesuatu padanya, dia akan menjadi orang bodoh jika menolaknya. Setidaknya sampai dia tahu apa yang dia minta sebagai balasannya.

"Pertama, karena pengabaiannya terhadap kode etik universitas, Mr Tollak akan dicabut gelarnya dan tidak diperbolehkan untuk mendaftar atau mendapatkan kredit untuk studinya di universitas mana pun di Australia."

Jakob? Ini bukan tentang kegagalannya sendiri, tetapi sesuatu yang telah dilakukan Jakob? Sesuatu yang sangat buruk sehingga mereka akan mencopot gelarnya? Itu pasti kecurangan serius atau plagiarisme atau... sesuatu seperti itu.

"Supaya kita berada di halaman yang sama di sini, bisakah Anda memberi tahu saya bagian mana dari kode etik yang dilanggar Jakob sehingga ia layak mendapatkan ini?" Rochelle bertanya.

Wakil Rektor terbatuk-batuk. "Sepertinya dia mencuri pekerjaan Anda dan mengirimkannya atas namanya sendiri untuk sebagian besar gelarnya, sementara catatan Anda menunjukkan bahwa Anda meminta perpanjangan waktu karena file tugas Anda hilang karena kesalahan komputasi atau teknis. Jelas, ini adalah kecurangan terang-terangan dan plagiarisme yang paling buruk. Jika Anda menyerahkan tugas yang telah Anda selesaikan sebelumnya, hal ini akan terlihat jelas oleh para dosen dan masalah ini akan ditangani, tetapi karena Anda tidak pernah menyerahkannya, hal ini luput dari perhatian."

Tunggu dulu... Jakob telah melakukan apa? "Jadi kamu mencoba menimpakan semua ini padaku? Katakanlah ini salahku karena Jakob telah berbohong, menipu, mencuri..." Dia tidak boleh mengumpat, dia benar-benar tidak boleh, tetapi tidak ada kata-kata yang bagus untuk menggambarkan Jakob, jadi dia memilih, "... bajingan?"

Wakil Rektor meringis. "Tidak sama sekali, Nona Bourke. Anda hanya bertanya sejauh mana pelanggarannya, dan saya telah memberi tahu Anda. Ini tidak bisa menggantikan konsekuensi yang Anda terima dari pencuriannya, atau dari tindakannya setelah dia mendapatkan gelarnya. Seluruh kekacauan ini dimulai ketika Mr Tollak mengakui di saluran videonya yang agak terbuka bahwa dia telah mencuri tugas Anda dari cloud drive Anda, menyatakan bahwa dia melakukannya untuk menyelamatkan staf akademik dari standar rendah pekerjaan Anda, sebelum melanjutkan dengan memposting contoh-contoh tugas ini secara terbuka, yang memiliki kemiripan yang sangat dekat dengan pekerjaan yang dia kirimkan. Beberapa tutor Anda menyampaikan masalah ini kepada koordinator unit terkait, dan pada saat itu media telah mengetahui skandal yang mungkin melibatkan universitas, dan mereka menghubungi kantor humas kami untuk meminta pernyataan." Dia tersenyum tipis. "Saya yakin Anda bisa membayangkan apa pernyataan kami."

"Bahwa universitas akan melakukan investigasi penuh atas masalah ini, dan akan mengeluarkan pernyataan media ketika ada sesuatu yang perlu dilaporkan lebih lanjut," kata Rochelle. Ia harus mengulang unit hubungan masyarakat dua kali, berkat Jakob, jika Wakil Rektor dapat dipercaya.

"Tepat sekali. Saya mengerti mengapa staf dan mahasiswa di universitas ini sangat menghargai Anda, Nona Bourke, dan bersedia memperjuangkan Anda dalam masalah ini. Saya yakin bahkan ada rumor bahwa universitas ini akan dikutuk, jika kami tidak bertindak."

Callie. Itu pasti Callie. Rochelle harus memeluknya ketika dia melihatnya berikutnya.

"Selama beberapa hari terakhir, kami telah melakukan investigasi penuh, dan hasil yang dikemukakan oleh para pendukung Anda di staf akademik mungkin akan mengejutkan Anda."

Rochelle menyilangkan semua jarinya. Bahkan, ia mencoba menyilangkan jari-jari kakinya di dalam sepatunya. Jika dia akan mengatakan padanya bahwa dia bisa tetap tinggal di semester depan dan tidak dikeluarkan...

"Berdasarkan penilaian ulang atas pekerjaan Anda yang belum diserahkan, karena pencurian, tampaknya Anda tidak hanya mencapai poin kredit yang cukup untuk mendapatkan gelar Sarjana Media dan Komunikasi dan, sambil menunggu nilai Anda dari semester ini, yang saya pahami belum final, tetapi saya yakin sudah cukup untuk memastikan bahwa Anda akan lulus dari semua unit Anda... kemungkinan besar Anda juga akan memenuhi persyaratan untuk lulus dengan gelar Sarjana Perniagaan di bidang Periklanan dan Pemasaran. Bolehkah saya menjadi orang pertama yang mengucapkan selamat kepada Anda karena telah meraih gelar ganda?" Dia berdiri dan menyodorkan tangannya.

Rochelle tidak menerimanya. "Berapa harganya?"

Karena segala sesuatu ada harganya, dan dua gelar sarjana tidaklah murah. Lagipula, dia tidak menawarkan untuk membebaskan biaya kuliahnya.

"Mengapa, tentu saja untuk mencegah hal yang tidak menyenangkan di masa depan. Kantor PR telah menyiapkan pernyataan media, dan mereka ingin menyertakan kutipan dari Anda tentang betapa bahagianya Anda dengan hasilnya. Kami juga ingin jaminan bahwa Anda tidak akan memberikan pernyataan lebih lanjut kepada media, di luar pernyataan tertulis yang akan kami keluarkan."

Ah, harga yang harus dibayar adalah kebisuannya.

Sebagian dari dirinya tidak ingin diam. Jika hal ini bisa terjadi padanya, maka hal ini bisa terjadi pada siapa saja. Dia belum pernah melih atnya... bagaimana jika mempublikasikan semua ini akan membantu orang lain? Kemudian lagi... Jakob telah membuat banyak hal menjadi publik, dan jika ia memberikan wawancara, ia pasti akan mengakui bahwa ia tidak tahu tentang semua ini sampai sekarang. Dia akan terlihat seperti orang bodoh karena tidak menyadari bahwa Jakob telah menyabotase dirinya selama ini, bukan peretas misterius atau kesalahan komputer biasa.

Begitu banyak gelar yang diperoleh berdasarkan prestasi. Kemudian lagi...

"Apakah koordinator unit benar-benar menilai semua tugas saya? Bahkan yang tidak saya kirimkan?"

Wakil Rektor menganggguk. "Tuan Tollak mempublikasikan semuanya, jadi mereka bisa melihat bahwa yang dia kirimkan adalah salinan yang sama persis dengan milik Anda, hanya namanya saja yang diubah. Dia dianugerahi sejumlah penghargaan tinggi untuk pekerjaan Anda, Nona Bourke. Cukup untuk mendapatkan gelarnya dengan mudah, dengan indeks prestasi kumulatif yang patut ditiru."

IPK-nya, bukan dia. Atau setidaknya akan begitu, jika dia menyetujui hal ini.

"Tawaran ini terbatas, seperti yang saya yakin Anda pahami, Nona Bourke. Begitu Anda meninggalkan ruangan ini, tawaran itu tidak lagi ada di atas meja." Dia menundukkan kepalanya. "Untuk apa yang berharga, saya yakin Anda harus menerimanya. Anda telah mendapatkan kedua gelar itu, tidak diragukan lagi. Tawaran saya tidak lebih dan tidak kurang dari yang layak Anda dapatkan. Saya hanya berharap kami berada dalam posisi untuk menawarkan lebih banyak lagi. Maksud saya, dengan indeks prestasi kumulatif Anda yang baru dan luar biasa, Anda akan memiliki peluang yang sangat bagus untuk mendaftar untuk tahun penghargaan di salah satu disiplin ilmu yang Anda pilih."

Penelitian dan akademis... tidak, dia tidak memiliki keinginan untuk pergi ke sana. Bahkan untuk menjadi dosen seperti Callie.

Rochelle bangkit berdiri sekali lagi. "Jika saya menerima tawaran Anda, kapan upacara kelulusannya?"

"Pada bulan Juli, saya yakin. Anda harus memeriksa situs web universitas untuk mengetahui tanggalnya. Saya tahu itu ada di kalender saya, karena saya harus berada di sana, tetapi saya memiliki banyak janji, jadi kadang-kadang ada yang terlewatkan." Dia berhenti sejenak. "Jadi, apakah saya harus memahami bahwa Anda menerima tawaran universitas?"

Kali ini dia menjabat tangannya. "Ya, dan Anda dapat mengatakan kepada kantor humas Anda atau siapa pun yang menyiapkan rilis media bahwa saya berterima kasih kepada staf universitas atas penyelesaian masalah ini dengan cepat, dan saya senang dengan hasilnya."

Dia mungkin tidak begitu senang setelah melihat dan mendengar apa yang dikatakan Jakob untuk mewujudkannya, tapi itu bisa menunggu sampai dia pulang. Saat ini, ia merasa keberuntungannya telah berubah.

Enam Puluh Delapan

Hari Senin di kafe itu ternyata sangat sepi, sehingga Rochelle dapat mengemasi tempat itu untuk tutup tepat pukul tujuh malam. Karena semua barangnya hanya muat dalam satu koper, ia naik taksi ke pondok, tanpa repot-repot menelepon Ben atau saudara-saudaranya untuk meminta bantuan. Bukan berarti ia tidak memiliki nomor mereka - sesuatu yang harus ia perbaiki, jika ia ingin terus bertemu dengan Ben.

Ya Tuhan, itu pertanyaannya, bukan? Dia baru saja berjalan di udara ketika meninggalkan kantor Wakil Rektor, dan telepon singkat ke ayahnya untuk memberitahukan kabar baik dan mengundangnya datang ke Perth untuk menghadiri kelulusannya tidak mengurangi semangatnya, tapi sekarang dia teringat banyaknya polisi yang menyelidiki ruang bawah tanah Anemone, dan penjelasan yang dijanjikan Ben.

Dia menarik napas dalam-dalam dan menghembuskannya. Pasti ada penjelasan yang sangat logis untuk semua ini, yang pasti akan segera ia ceritakan padanya. Ide-ide gila yang melintas di kepalanya akan mereda atau hilang sama sekali, dan ia akan bisa memperkenalkan Ben kepada ayahnya sebagai pacar barunya pada saat wisuda nanti. Lebih baik lagi, malam ini ia bisa merayakan kabar gembira ini bersama Ben.

Ya. Fokuslah hanya pada skenario kasus terbaik dan bukan... semua hal lain yang dapat terjadi.

Kunci itu berputar dengan mulus di dalam kuncinya, sebuah perubahan yang menyenangkan setelah goyangan dan sumpah serapah yang tak henti-hentinya ia lakukan dengan kunci milik Nenek. Rochelle memasukkan kopernya ke dalam pintu masuk dan menutup pintu itu kembali dengan punggungnya. Kesuraman menyelimutinya.

Apakah Ben dan saudara-saudaranya sudah tidur? Atau mungkin mereka sudah keluar. Atau mungkin...

"Ini, biar saya bantu." Ben ada di sana, dalam cahaya yang tiba-tiba muncul dari lampu aula yang dinyalakan dengan tergesa-gesa, mengambil kopernya. "Di mana Anda menginginkannya?"

"Di kamar tidur."

Dia mengemudikannya, bahkan tanpa berhenti untuk menciumnya.

Ini bukan pertanda baik.

Dia membawa beberapa makanan - sebagian besar merupakan sisa makanan dari kafe - jadi dia menuju ke dapur untuk menyimpan semuanya.

Jakob, atau saudara laki-laki Ben, terlihat membersihkan lemari es dari makanan yang tersisa saat ia pindah ke studio di atas kafe. Bahkan baki es di dalam lemari es pun kosong, meskipun ada orang baik hati yang meninggalkan baki-baki kosong itu di sana, mungkin dengan harapan baki-baki itu akan terisi dengan sendirinya.

Setidaknya masih ada teh yang tersisa di dalam kaleng. Jakob tidak akan menyentuhnya, dan meskipun saudara-saudara Ben mungkin minum teh, mereka jelas tidak menemukannya. Ia menyalakan ketel hingga mendidih, lalu berbalik dan mendapati Ben duduk di meja, tampak seperti orang yang akan digiring ke tiang gantungan.

"Sebelum kita memulai interogasi ini, bolehkah saya mengajukan beberapa pertanyaan?" Kata Ben. "Saya berjanji pertanyaan-pertanyaan itu tidak akan terlalu pribadi."

Dia mengangkat bahu. "Anda bisa bertanya."

"Pada malam-malam ketika Anda duduk di dinding di belakang rumah Anda, apakah Anda pernah melihat ritual aneh yang dilakukan di lapangan olahraga pada malam hari?"

Itu jelas bukan pertanyaan yang dia harapkan. "Apa, maksudmu seperti sihir atau ritual setan di lapangan sekolah? Tidak, kenapa?"

"Ya, dulunya tempat ini adalah pemakaman sebelum menjadi sekolah, dan pemakaman adalah tempat di mana orang mungkin melakukan hal semacam itu. Saya pikir jika memang begitu, Anda mungkin akan menyadarinya."

Rochelle bergidik. "Serius? Ada pemakaman di belakang rumah ini? Di bawah lapangan oval sekolah? Itu hanya ... ugh. Aku tidak akan pernah bisa tidur nyenyak di sini lagi."

"Nisan-nisan telah dipindahkan ke pemakaman yang baru, tetapi jenazahnya tetap ada, saya khawatir. Setidaknya, sebagian besar dari mereka masih ada. Apa kamu pernah mendengar atau melihat sesuatu yang aneh di sana?"

Dia benar-benar ingin tahu. Rochelle berpikir keras, tapi dia harus menggelengkan kepalanya. "Percayalah, jika saya tahu tentang kuburan itu, atau melihat sesuatu seperti itu... saya mungkin akan melempari mereka dengan batu sampai mereka pergi. Terutama jika Jakob membuatku kesal malam itu, yang hampir terjadi setiap malam menjelang akhir."

Ben mengangguk sejenak, sebelum matanya membelalak seolah-olah dia baru saja mendapat ide. "Jenis batu apa, dan seberapa jauh kamu bisa melemparnya?"

"Bongkahan kecil batu kapur yang terkelupas dari dinding, atau sisa-sisa pembangunan rumah. Tidak ada yang lebih besar dari kepalan tangan saya. Dan saya biasanya tidak melemparnya ke orang lain, tapi mungkin saja jika saya pikir mereka merencanakan sesuatu yang jahat."

"Seberapa jauh?" dia mendesak. Hal ini sangat penting baginya.

"Biasanya, tepat di seberang jalan. Pada malam hari saat hujan turun, seluruh jalan berubah menjadi danau, dan saya melempar batu di atasnya.

Ketika saya benar-benar kesal, saya hanya melemparkannya sejauh yang saya bisa, melewati jalan dan tembok di sisi lain, dan langsung ke jalan yang berbentuk oval. Tentu saja tidak saat ada orang yang menggunakannya, tetapi pada malam hari, saat tidak ada orang di sana... Saya marah, oke?"

"Jadi, mungkin saja Anda melempar batu dari atas tembok di sini dan batu itu mendarat di salah satu kuburan tua, lalu memantul ke rerumputan, tanpa meninggalkan jejak kecuali mungkin untuk menyelesaikan mantra pada jiwa malang yang terkubur di bawahnya..." Ben merenung.

Rochelle harus tertawa. "Yah, mungkin saja jika Anda percaya pada sihir, mantra, dan hal-hal semacam itu. Saya tentu saja tidak. Maksud saya, saya mungkin pernah memfilmkan Mothman, tapi saya pun tahu bahwa dia hanyalah seorang pria berjas."

Ben menghela napas. "Kalau begitu, apa yang akan kukatakan padamu mungkin sulit untuk dipercaya, tapi aku bersumpah padamu, demi hidupku dan hidupmu, bahwa itu adalah kebenaran. Dan fakta bahwa saya ada di sini, duduk di meja dapur Anda, berbicara dengan Anda, adalah karena saya adalah monster yang Anda ciptakan, meskipun tindakan Anda tidak disengaja."

"Ben..."

"Saat saya berusia enam belas tahun, saya dan saudara laki-laki saya bertunangan untuk membangun sebuah kastil..."

Enam Puluh Sembilan

"Jadi, Mothman yang Anda rekam bukan hanya satu orang, tetapi dua orang, dan keduanya tidak mengenakan setelan jas, atau apa pun," kata Ben.

Pikiran Rochelle berputar terlalu cepat untuk bisa mengejar ketertinggalannya. Dia telah beralih dari kemungkinan dikeluarkan dari universitas dan menjadi tunawisma menjadi seorang sarjana dan pemilik rumah dan sekarang pacarnya mengira dia adalah monster? Bukan hanya jenis sosiopat, tapi makhluk paranormal yang sebenarnya. Itu terlalu berlebihan.

"Tolong, katakan sesuatu," Ben memohon.

Dia tidak yakin apa yang harus dikatakannya, tapi kemudian kata-kata itu keluar begitu saja dan dia tidak bisa menghentikannya. "Anda dan saudara-saudara Anda datang ke sini pada tahun 1852 sebagai narapidana, dihukum..."

"Salah vonis," dia menimpali.

"Benar, salah dihukum atas pembunuhan Nona Pamela Burke, gadis yang patungnya saya lihat di Skotlandia, yang Anda pahat ketika Anda membangun kastil ayahnya..."

"Sebuah kebodohan. Sebuah kebodohan yang menghancurkan kastil."

"Reruntuhan palsu, yang sekarang berada di samping reruntuhan asli yang saya kunjungi ... dan Anda datang ke sini, membangun penjara dan banyak hal lainnya, sebelum Anda melarikan diri dengan bantuan seorang tukang jagal, yang ternyata adalah tukang jagal jahat yang menyihir Anda ..."

"Pada kami bertiga, tetapi saya bangun dan melawan, jadi dia tidak selesai mengucapkan kutukan pada saya dan para penjaga menemukan saya di jalan dan menguburkan saya di pemakaman sebagai gantinya, di mana Anda membangunkan saya dengan batu yang secara kebetulan dilemparkan..."

Rochelle menghela napas. "Jadi, berkat aku dan tukang jagal jahat ini, kamu dan saudara-saudaramu berubah menjadi gargoyle yang terbangun di masa kini sebagai pelindung. Kalian tidak bisa keluar di siang hari, atau kalian berubah menjadi batu, kalian tidak makan dan minum, itulah sebabnya kalian menuangkan semua kopi yang kubuatkan untuk kalian ke dalam pot-pot tanaman, dan kalian mengurung diri sepanjang hari di loteng sekolah tinggi seni di belakang rumahku, menerima komisi lukis yang kalian jual di kafe tempatku bekerja di malam hari. Ben, kamu tahu ini terdengar gila, bukan?"

"Anda merekam Manusia Ngengat! Anda telah melihat mereka!"

Melihat alis Rochelle yang terangkat, dia melanjutkan, "Saudara-saudaraku! Tor, orang yang menghilang dengan membawa gadis itu ke dalam tembok, dan Dunstan, yang menari di atas atap."

"Tunggu, Anda bisa berjalan menembus dinding?"

Dia mengerutkan kening. "Bukankah aku sudah memberitahumu? Menurutmu bagaimana saya meninggalkan kafe setiap pagi sebelum fajar, tanpa membiarkan pintu tidak terkunci?"

Dia tidak benar-benar memikirkannya, tapi ternyata dia harus memikirkannya. "Entahlah, tapi saya tidak menyangka Anda berjalan melewati dinding-dinding itu!" Seperti hantu. Seperti orang mati. Seperti itulah dia, atau seharusnya, jika dia lahir pada tahun 1834, seperti yang dia katakan. Dia membenamkan wajahnya di tangannya. Ini terlalu berlebihan.

"Setidaknya, izinkan saya memberikan lukisan itu kepada Anda."

Lukisan mereka bersama, melakukan hubungan seks yang liar dan mulia di depan cermin. Saat itu dia terlihat gelap dan misterius dan seperti ingin menelannya. Dia membuka matanya dan itu dia, gambar paling erotis yang pernah dilihatnya. Satu tatapan yang meleleh menembus celana dalamnya dan mungkin juga kursi yang didudukinya. Dia hampir dapat merasakan pria itu berada di dalam dirinya lagi, mendorongnya menuju orgasme demi orgasme saat dia meneriakkan namanya. Seks terbaik dalam hidupnya.

Dan kemudian dia meletakkan lukisan lain di atas meja. Hampir sama dengan yang pertama, kecuali dia.

Pada lukisan kedua, ia memiliki tanduk. Dan sayap. Dan apakah itu ekor?

"Inilah yang Anda lihat. Apa yang kau inginkan. Tapi ini adalah monster yang merasuki Anda malam itu, tidak peduli sedikit pun kecuali kesenangannya sendiri. Ini adalah fotoku, kenanganku pada malam itu." Dia mengangkat kedua foto itu, berdampingan sejenak, sebelum mendorong foto yang ada di seberang meja ke arahnya, dan memeluk monster itu ke dadanya. "Maafkan aku, karena kau memberiku malam terbaik dalam hidupku yang menyedihkan, meskipun aku tidak pantas mendapatkannya, juga malam-malam yang kau berikan padaku setelahnya, terutama saat aku seharusnya menjadi pelindungmu. Aku jatuh cinta padamu malam itu, dan aku lupa siapa dan apa diriku, dan aku melakukan hal yang tak termaafkan."

Ia mempelajari kedua gambar tersebut, membandingkan satu dengan yang lainnya. Ada sedikit perbedaan, seperti yang Anda harapkan dari dua kanvas yang dilukis dengan tangan, tetapi kemiripannya yang membuatnya kagum. Dia persis sama di kedua gambar itu, kepalanya bersandar di bahu pria itu saat dia berteriak dalam ekstasi. Dan pria itu, karena dengan penis seperti itu, dia adalah seorang pria, dibangun dengan persis sama. Setiap ototnya tergambar dengan detail yang luar biasa di cermin, meskipun sayapnya yang besar dan kasar membingkai latar depan gambar monster itu. Dia terlihat seperti setan, tapi dia tetaplah.. . Ben. Dia mengulurkan tangan untuk menyentuh sayapnya, seolah-olah dengan membelai kanvas, dia bisa mengetahui seperti apa rasanya sayap monster itu.

Rochelle menggelengkan kepalanya. Ini konyol. Entah ini adalah representasi visualnya tentang bagaimana dia melihat dirinya sendiri, atau dia benar-benar percaya bahwa dia adalah monster ini, dan dia membutuhkan bantuan profesional.

"Tunjukkan padaku," katanya. "Tunjukkan pada saya monster itu."

Ben mengangguk, lalu bangkit dari tempat duduknya. Perlahan-lahan, ia menanggalkan bajunya, diikuti dengan yang lainnya, menyisakan tumpukan kecil pakaian yang rapi di atas kursi. Ketika dia berdiri di sana, telanjang bulat seperti pria dalam lukisannya, dia bertanya, "Apakah Anda yakin?"

Rochelle memejamkan matanya. Sekarang dia memiliki seorang pria telanjang yang seksi di dapurnya, seorang pria yang mengaku sebagai pelindungnya. Jika dia berdiri di sana dalam keadaan telanjang lebih lama lagi, dia akan memanjatnya seperti pohon, tidak peduli dia monster atau bukan. "Ben."

"Sebelum saya tunjukkan kepada Anda, saya ingin Anda tahu bahwa saya melakukan semua yang saya bisa untuk mematahkan kutukan itu. Adikku Torstan berhasil, dan Dunstan dan aku telah menghabiskan sepanjang akhir pekan untuk mencari cara agar bisa menjadi manusia lagi. Kami akan berhasil, saya berjanji."

Dia memusatkan tatapannya padanya. "Tunjukkan padaku monster itu, Ben."

Suatu saat dia menatapnya. Lalu... dia tidak menatapnya, namun dia menatapnya. Karena dia memiliki sayap.

"Whoa."

Tanduk dan sayap serta ekor dan...

"Apakah itu tonjolan di kemaluanmu?"

Dia melangkah maju untuk melingkarkan tangannya di sekelilingnya, hanya untuk memastikan.

"Selama ini kita melakukannya dengan Anda seperti pria normal, padahal Anda bisa saja memberi saya ini?"

Dia menyeringai. "Sebenarnya, aku sudah melakukannya. Anda hanya mengira itu adalah kondom."

Ohmygod. Dia telah melakukan hubungan seks terbaik dalam hidupnya dengan monster yang memiliki penis ajaib dan dia adalah Ben.

Mulutnya terasa kering. Otaknya berteriak padanya bahwa semua ini tidak mungkin terjadi, tetapi tangannya mengatakan sebaliknya. Tanduknya kasar dan tajam. Sayapnya lembut seperti kulit yang sudah usang. Ekornya meliuk-liuk seperti ular, sebelum melingkari pinggangnya dan menariknya mendekat, sebuah tali baja yang tak bisa ia hindari.

Bahkan jika dia menginginkannya.

Dadanya terasa panas dan keras berotot, sama seperti pria itu.

Dan penisnya... sangat keras dan siap untuknya.

"Saya ingin itu," katanya sambil menunjuk ke arah gambar monster.

"Lukisan saya?"

Itu juga. Tapi pertama-tama, dia ingin merasakannya sendiri.

"Seks liar dengan monster di depan cermin. Denganmu."

"Tapi bagaimana jika saya menyakiti Anda?"

"Tidak akan."

Dia tidak pernah begitu yakin dengan apa pun dalam hidupnya.

Dia menuntunnya ke kamar mandi, berjuang untuk melepaskan pakaiannya dengan satu tangan di sepanjang jalan. Ketika potongan kain terakhir hilang, dia menekan tangannya ke cermin, mendorong pantatnya ke selangkangannya. "Aku menginginkanmu."

"Dan aku menginginkanmu, tapi aku monster, Rochelle. Sekarang kau percaya padaku?"

Ya, dan tidak. Dia masih Ben dan...

"Aku tahu bahwa aku menginginkanmu."

Ohmygodohmygod THAT COCK!

Menancap jauh di dalam dirinya, menggesekkan pada titik-titik paling sensitifnya sampai dia memenuhinya. Keras dan cepat, seperti sebelumnya. Hanya saja kali ini, sepertinya hanya beberapa detik sebelum orgasme eksplosif pertama meledakkannya.

Ketika penglihatannya mulai jelas, dia melingkarkan ekornya di pinggangnya, menjepit pinggulnya ke pinggulnya. Tangannya yang bercakar menangkup payudaranya. "Sekarang kau percaya aku monster, Rochelle?"

Dia mengepalkan penisnya dengan keras, membuat mereka berdua terkesiap, sebelum dia menyeringai. "Kamu adalah monsterku, dan aku mencintaimu, dan aku ingin kamu melakukannya lagi, tapi kali ini, jangan berhenti."

Jauh setelah itu, ketika kakinya yang goyah tidak mampu lagi menopang tubuhnya, Ben menggendongnya ke tempat tidur, membungkusnya dengan pelukan dan sayapnya, dan ia tidak pernah merasa begitu terlindungi, atau begitu dicintai.

Ketika ia terbangun di bawah cahaya fajar, ia masih berada dalam pelukannya, meskipun sayap dan pelengkap mengerikan lainnya telah hilang. Semua kecuali penisnya yang besar, karena itu bukan kutukan sama sekali.

Tujuh Puluh

Beberapa minggu kemudian, Ben dan Rochelle menerima undangan makan malam di rumah Anemone. Saat itu hanya ada Ben, kedua saudara laki-lakinya, dan Anemone serta Catena, gadis yang memiliki flat lain di gedung tempat Anemone tinggal. Ketika Rochelle mengatakan bahwa Catena terlihat samar-samar familiar, Catena hanya tertawa dan mengatakan bahwa tidak ada yang memperhatikan pustakawan universitas.

Anemone menyajikan pasta, menata enam piring makanan seolah-olah dia sudah tahu.

"Apa kau sudah memberitahunya?" Rochelle bertanya, tapi Ben menggeleng. Hanya Rochelle yang tahu tentang kemampuan barunya untuk berjalan di bawah sinar matahari, yang muncul bersamaan dengan hilangnya sayapnya, dan kemampuannya untuk berjalan menembus dinding. Dia harus membeli bahan-bahan lukisan baru, karena dia tidak bisa kembali ke studio rahasianya di langit-langit kampus setelah malam pertama yang dia habiskan bersama Rochelle di pondoknya.

Dan itu adalah pondoknya. Ayahnya telah menjelaskan setelah upacara kelulusannya bahwa Nenek telah menjanjikannya kepada dia dan ibunya, setelah Rochelle lulus, tetapi setelah kematian ibunya, pondok itu secara keseluruhan akan diberikan kepada Rochelle. Dan itulah yang terjadi minggu ini.

"Tunggu, bagaimana dengan Dunstan? Apa k au...?" Ben meledak.

Dunstan menyeringai. "Anemone menjalani USG pertamanya minggu ini. Ini adalah alat paling cerdik yang memungkinkan Anda untuk melihat bayi di dalam rahim! Atau dalam kasus kami, kedua bayi - kami memiliki bayi kembar! Dengan risiko yang terjadi terakhir kali, saya tidak bisa membiarkan sinar matahari menghentikan saya untuk melindunginya jika dia membutuhkan saya. Itu hampir seperti sihir - suatu malam, saya membuat keputusan untuk melakukan apa pun yang diperlukan untuk mematahkan kutukan itu, dan keesokan paginya, kutukan itu hilang!"

"Jadi, apakah itu alasan pesta makan malam ini? Untuk merayakan si kembar?" Rochelle bertanya.

Catena menggelengkan kepalanya. "Polisi menghubungi kami minggu ini, terkait investigasi mereka di ruang bawah tanah. Anda tahu, ada hukum tentang barang yang hilang dan ditemukan. Biasanya mengacu pada uang tunai, tetapi emas dalam kasus ini sangat mirip dengan mata uang, karena hampir tidak mungkin untuk melacak pemiliknya. Jika pemilik yang sah tidak mengidentifikasi dirinya untuk mengklaim mata uang yang dimaksud dalam jangka waktu tertentu, maka tampaknya mata uang tersebut menjadi milik penemu yang menemukannya."

"Sekarang, kami semua tahu Ben yang menemukannya, tapi karena kami harus memberi tahu polisi bahwa kami yang menemukannya, dan kami yang memiliki properti itu... secara resmi, semua emas itu sekarang menjadi milik saya dan Catena," kata Anemone. Ia mengangkat tangan ketika Ben membuka mulutnya untuk memprotes. "Saya tahu itu tidak adil, dan Tuhan tahu saya tidak membutuhkannya, tetapi itu adalah uang yang sangat banyak, jadi Anda tidak bisa mencairkan emasnya dan menyelipkan uang kertas ke dalam dompet. Anda akan membutuhkan rekening bank dan identifikasi yang tepat dan uang sebanyak itu akan diperhatikan, itulah sebabnya saya mengusulkan agar kita membaginya menjadi enam bagian, dan membentuk perwalian. Mungkin kita bisa mencairkan sebagian dari emas itu, dan menempatkan sisanya di brankas di bank. Itulah yang akan kita diskusikan di sini."

Lima kepala menganggguk, tetapi Rochelle tampak bingung. "Emas apa yang kamu bicarakan?"

Ben meringis. Dia mungkin lupa menyebutkan bagian itu. "Tukang jagal itu mengubah kami menjadi gargoyle untuk melindungi tumpukan emas yang dia curi dari tempat yang saya yakini sebagai ladang emas di Victoria. Ketika saya mengonfrontasi dia tentang hal itu, dia hanya mengatakan dua kata - Nelson, dan Williamstown, yang keduanya bukan nama kota ladang emas. Kecuali Nelson adalah seorang pria..."

Dalam sekejap, Rochelle, Catena dan Anemone mengeluarkan ponsel mereka, menggesek-geseknya dengan penuh semangat.

Anemon mengeluarkan teriakan. "Dapat! Nelson adalah sebuah kapal yang terdampar di lepas pantai Williamstown pada tahun 1852, ketika delapan ribu ons emas atau sekitar itu dicuri dan tidak pernah ditemukan. Pemiliknya pada saat itu adalah... pemerintah Inggris, dan Perdana Menteri mereka yang sekarang terlalu bodoh untuk menyadari apa pun yang terjadi di sini. Tidak heran jika tidak ada yang mencoba mengklaimnya."

Rochelle memucat. "Delapan ribu ons? Itu... berapa ukurannya dalam satuan metrik? Bukan berarti itu penting. Dengan harga emas saat ini, itu..."

"Lebih dari dua puluh juta dolar," kata Anemone. "Lebih dari yang dibutuhkan satu orang, karena itu saya mengusulkan kita membaginya. Tentu saja, kalian harus mendapatkan semacam dokumen identitas... Saya tidak tahu harus mulai dari mana untuk mengurusnya."

Rochelle tampak berpikir. "Aku yakin Octavia pasti mengenal seseorang. Aku akan bertanya padanya saat aku bertemu dengannya nanti."

Lebih banyak mengangguk. Mereka dengan cepat merundingkan rinciannya saat mereka menyelesaikan makan malam mereka, dan mereka telah mencapai kesepakatan sebelum hidangan penutup.

Ketika Rochelle membawa kue yang dibelinya dari kafe, ia mendapati kedua bersaudara itu sedang asyik berdiskusi.

"Kau tahu, ini lucu. Ayah memenuhi kepala kami dengan mimpi-mimpi tentang bagaimana kami akan menjadi orang kaya begitu kami datang ke Koloni Swan River, tetapi ide itu bukan dari dia. Dari saudara laki-laki Ibu, Paman Stanley, dia terkena demam Swan River. Paman Stanley dan beberapa orang lain dari keluarga Ibu ikut bersama koloni pertama. Kami menerima satu surat darinya, menyuruh Ayah untuk magang di bidang perdagangan bangunan dan memastikan kami bisa berlayar dan bertani, karena keterampilan seperti itu sangat dibutuhkan di koloni, dan kemudian tidak ada apa-apa. Saya mencoba bertanya tentang dia ketika kami datang ke sini, tetapi tidak ada yang pernah mendengar tentang Stanley Steel," kata Dunstan.

Ben mengangkat bahu. "Saya masih terlalu muda untuk mengingatnya."

Tor tertawa. "Memang! Aku rasa kau bahkan belum lahir. Aku ingat pernah berjanji pada Paman Stanley bahwa aku akan membangunkan sebuah kastil untuknya di koloni ketika aku tiba. Aku ingin tahu apa yang terjadi padanya."

Anemon mencondongkan tubuhnya. "Kita bisa mencoba mencarinya seperti yang kita lakukan untuk Ben. Setidaknya kita mungkin bisa menemukan di pemakaman mana dia dimakamkan."

Mata Catena berbinar-binar. "Ooh, perusahaan Alethia baru saja mulai menggali salah satu pemakaman kolonial paling awal di Perth Timur. Saya yakin dia pasti tahu di mana mencarinya! Dan dia akan memberikan presentasi di universitas besok, bersama dengan para arkeolog yang bekerja di komisariat penjara. Saya berencana untuk pergi dan saya pikir kamu juga akan pergi." Dia mengangguk pada Anemone. "Mengapa kita semua tidak pergi, dan kalian bisa bertanya sendiri padanya?"

Ben menatap Rochelle dengan curiga.

Dia mengangkat bahu. "Tentu saja, mengapa tidak?"

Tujuh Puluh Satu

Dunstan berjuang untuk tidak tertidur selama presentasi. Banyak orang yang berbicara, menggunakan kata-kata besar, menggambarkan potongan tulang dan bahkan potongan kuku seolah-olah itu adalah harta karun yang terkubur. Jika Anemone dan para cendekiawan wanita lainnya tidak begitu tertarik, dia tidak akan pernah setuju untuk pergi.

Tiba-tiba, Anemone menusukkan sikunya ke rusuknya. "Ayo!" bisiknya.

Dunstan memusatkan perhatian pada panggung di bagian depan ruangan.

"Ada pertanyaan?" tanya wanita yang memegang mikrofon.

Dunstan mengangkat tangannya. "Jika Anda sedang mencari seorang leluhur, seseorang yang mungkin dikuburkan di pemakaman itu, di mana Anda akan menyarankan saya untuk mulai mencarinya?"

Mikrofon diberikan kepada seorang gadis yang tidak terlihat jauh lebih tua dari Ben. "Jika Anda datang menemui saya nanti, saya bisa memberikan rincian catatan yang saya sarankan untuk Anda telusuri terlebih dahulu. Kami menggunakan metode yang sama untuk menentukan rencana penggalian situs Bronte Street. Meskipun tidak ada nisan yang tersisa, kami masih bisa mengidentifikasi tempat di mana nenek moyang Anda dimakamkan. Jika dia orang Skotlandia seperti Anda, mungkin saya bisa melihatnya sebagai bagian dari penggalian kami, atau setidaknya kerangkanya."

Tawa yang santun mengikuti komentar ini.

Dunstan mengerutkan kening. "Saya tidak ingin tulang-tulangnya. Aku ingin tahu apa yang terjadi padanya!"

Anemone membungkamnya. "Jika kita mengetahui kapan dia meninggal dan di mana dia dimakamkan, itu adalah sebuah permulaan. Maksud saya, yang kita miliki hanyalah nama kapal yang ditumpanginya dan tanggalnya saat ini. Jika Anda benar-benar ingin tahu tempat peristirahatan terakhir leluhur Anda, dapatkan informasi itu darinya, dan saya akan membantu Anda."

Ketika pembicaraan selesai dan orang-orang mulai berjalan menuju prasmanan, Dunstan menghampiri gadis itu. Sayangnya, seorang pria lain telah menghampirinya terlebih dahulu, jadi dia harus menunggu.

Mengacungkan belati ke punggung pria lain tampaknya tidak melukainya sama sekali. Jika ada, hal itu hanya membuat sang pria memonopoli sang gadis lebih lama.

Akhirnya, dia melangkah ke samping, dan membungkuk kepada gadis itu. Kemudian dia berbalik untuk pergi.

Jantung Dunstan berdegup kencang saat ia bertatap muka dengan pria itu, yang merupakan sosok yang sama persis dengan... "Paman Stanley?" tanyanya dengan suara parau.

INGIN MEMBACA LEBIH LANJUT?

Buku berikutnya dalam seri ini adalah

Penjaga Batu

yang bisa Anda dapatkan DI SINI: https://demelzacarlton.com/romansa-gargoyle-pelindung/

TENTANG PENULIS

Demelza Carlton selalu menyukai lautan, tetapi pada perjalanan snorkeling pertamanya, ia merasa takut dengan ikan.

Sejak saat itu, ia berenang bersama singa laut, hiu, dan teripang, serta berdiri di tebing yang basah kuyup di atas lautan yang mendidih saat gelombang topan setinggi tujuh meter menerjang dan menghancurkan sebuah kapal karam di bawahnya.

Demelza sekarang tinggal di Perth, Australia Barat, ibu kota serangan hiu di dunia.

Serial Ocean's Gift adalah karya fiksi pertamanya, yang kemudian disusul dengan trilogi Nightmares yang menegangkan. Dia bersumpah serial Mel Goes to Hell menyergapnya di kereta api yang penuh sesak dan tidak akan meninggalkannya sendirian.

Ingin tahu lebih banyak? Cari tahu lebih lanjut tentang buku-buku Demelza di situs webnya, Demelza Carlton's Place di: https://demelzacarlton.com/